Ar Waith

Non ap Emlyn

Glenys Hughes

caa
PRIFYSGOL ABERYSTWYTH

Cyhoeddwyd gan CAA, Prifysgol Aberystwyth, Plas Gogerddan, Aberystwyth SY23 3EB (www.aber.ac.uk/caa).
Noddwyd gan Lywodraeth Cymru.

ISBN 978-1-84521-475-3

Golygwyd gan Non ap Emlyn
Paratowyd ar gyfer y wasg gan Fflur Pughe
Dyluniwyd gan Dylunio GraffEG
Argraffwyd gan Argraffwyr Cambrian

Cydnabyddiaethau

Diolch i'r canlynol am ganiatâd i atgynhyrchu delweddau yn y gyfrol hon:

Hedd ap Emlyn – t. 2
Roland Davies – t. 3
Mr Philip S. Evans / www.oldukphotos.com – t. 14
Canolfan Addysg Awyr Agored Dolygaer – t. 14
rhiw.com – t. 16
Richard Huw Pritchard – t. 32
Nick Macneill – t. 68
www.trellyn.co.uk – t.80
Incredible Edible Todmorden – t. 104, 106
Bwrdd yr Iaith Gymraeg – t. 119
Mentrau Iaith Cymru – t. 130
Esther Llwyd Ifan – t. 136
Gwobr Dug Caeredin – t. 191, 195
Gwirfoddolwyr y Mileniwm – t. 196

Gwnaethpwyd pob ymdrech i olrhain a chydnabod deiliaid hawlfraint. Bydd y cyhoeddwyr yn falch o wneud trefniadau addas gydag unrhyw ddeiliaid na lwyddwyd i gysylltu â hwy.

Diolch i Lisa Williams, Rhiannon Roberts, Donna George a Tina Thomas
am eu syniadau a'u harweiniad yn ystod paratoi'r gwaith hwn.

Diolch i'r ysgolion canlynol am gymryd rhan yn y broses dreialu:

Ysgol Gyfun Bryngwyn, Dafen, Llanelli
Ysgol Clywedog, Wrecsam
Ysgol Gyfun Penyrheol, Gorseinon, Abertawe

I'r tiwtor

Ystyr **Ar waith** yw bod rhywbeth yn cael ei wneud, bod rhywbeth yn digwydd neu fod rhywbeth yn datblygu. Mae'r teitl, felly, yn berthnasol i lyfr sy'n annog disgyblion i chwarae rhan ymarferol wrth iddynt ddatblygu eu sgiliau gwaith a'u sgiliau iaith.

Nod y gwerslyfr yw darparu cyfleoedd ar gyfer defnyddio'r Gymraeg mewn cyd-destunau galwedigaethol drwy gyflwyno ac ymarfer sgiliau ac iaith sy'n berthnasol i fyd gwaith. Mae'n berthnasol, felly, i'r cwrs TGAU Cymraeg Ail Iaith Cymhwysol. Yn wir, mae llawer o'r gweithgareddau'n darparu cyfleoedd uniongyrchol ar gyfer ymarfer y sgiliau a'r iaith sydd eu hangen er mwyn ateb gofynion asesu'r cymhwyster hwn. Fodd bynnag, er mwyn sicrhau bod disgyblion yn cael cyfleoedd digonol i ganolbwyntio ar agweddau sy'n perthyn i fyd gwaith yn eu hardal leol, dylai tiwtoriaid ddefnyddio amrywiaeth o daflenni, erthyglau, papurau bro ac ati yn ogystal. Byddai ymweliadau â gweithleoedd a chanolfannau lleol ac ati'n gwneud y gwaith yn fwy ymarferol a pherthnasol.

Mae'r llyfr wedi ei fwriadu ar gyfer unrhyw un sy'n astudio ar gyfer y cymhwyster uchod neu sy'n dymuno dilyn cwrs galwedigaethol ei naws, a cheir gweithgareddau y gall dysgwyr ymateb iddynt ar eu lefelau eu hunain. Ar brydiau, fodd bynnag, ceir gweithgareddau gwahaniaethol ac fe'u nodir fel a ganlyn:

Gwaith 'sylfaenol': S Gwaith 'ymestynnol': Y

Ar adegau, hefyd, ceir gwaith sy'n berthnasol i'r Cwrs Llawn ac fe'i nodir â'r logo canlynol: CLl

Mae'r patrymau a'r eirfa a geir yn y llyfr yn adeiladu ar yr iaith sydd eisoes wedi ei chyflwyno mewn blynyddoedd cynharach. Ysgogir disgyblion i ddwyn i gof y patrymau a'r eirfa maent wedi eu dysgu, gan eu cymhwyso i wahanol sefyllfaoedd. Ceir crynodeb o rai o'r patrymau iaith a'r eirfa allweddol yng nghefn y llyfr, ynghyd ag arweiniad i rai sgiliau swyddfa pwysig.

Er bod llawer o gridiau a thempledi gwag yn y gwerslyfr hwn, nid yw'n fwriad i'r dysgwyr ysgrifennu yn y llyfr. Yn hytrach, ceir fersiynau mwy o'r rhain ar ffurf Word ar wefan CAA a gall athrawon eu lawrlwytho a'u haddasu'n unol â'u gofynion. Yn ogystal, ceir yr atebion i'r gweithgareddau ar y wefan hon: www.aber.ac.uk/caa

Sgiliau ar draws y cwricwlwm

Datblygu meddwl
Mae'r gwerslyfr yn cynnig cyfleoedd i ddysgwyr archwilio, cynllunio, datblygu ac ystyried syniadau drwy siarad, darllen ac ysgrifennu, ac wrth ymateb i'w gwaith eu hunain ac i waith pobl eraill.

Datblygu cyfathrebu
Caiff y dysgwyr gyfleoedd cyson i ddatblygu eu sgiliau cyfathrebu. Gan mai dysgu Cymraeg Ail Iaith mewn cyd-destun galwedigaethol yw nod y gwerslyfr hwn, mae sgiliau llafaredd, darllen, ysgrifennu a chyfathrebu ehangach yn cael eu meithrin a'u hatgyfnerthu drwy'r gwaith. Ceir gweithgareddau sy'n cynnig cyfleoedd i gyfathrebu ar gyfer ystod o ddibenion a chydag ystod o gynulleidfaoedd. Mae cyfleoedd hefyd i ddysgwyr ymdrin ag iaith estynedig a mwyfwy cymhleth lle bo'n addas er mwyn iddynt ddatblygu i ddefnyddio iaith yn annibynnol ac yn hyderus.

Datblygu TGCh
Dylid annog y dysgwyr i wneud cymaint o ddefnydd â phosib o TGCh er mwyn datblygu eu sgiliau trwy gyfathrebu a rhannu gwybodaeth, a thrwy ddefnyddio technoleg ar gyfer ymchwilio, datblygu a chyflwyno'u gwaith.

Datblygu rhif
Bydd y dysgwyr yn datblygu eu sgiliau rhif trwy weithgareddau sy'n defnyddio trefnolion a rhifolion, cywain a chyflwyno gwybodaeth mewn gwahanol ffyrdd, gan gynnwys holiaduron; cyrchu, dethol, cofnodi a chyflwyno data mewn gwahanol fformatau.

Non ap Emlyn
Ionawr 2012

Rhestr o eiriau pwysig

Darnau darllen ac ysgrifennu

adroddiad,-au	report,-s	neges,-euon	message,-s
brawddeg,-au	sentence,-s	neges e-bost	e-mail (message)
disgrifiad,-au	description,-s	nodyn	note
e-bost	e-mail	portread,-au	portrait,-s
erthygl,-au	article,-s	poster,-i	poster,-s
ffurflen,-ni	form,-s	rhestr,-i	list,-s
hysbyseb,-ion	advert,-s	taflen,-ni	leaflet,-s
gwefan,-nau	website,-s	taflen wybodaeth	information leaflet
llythyr,-au	letter,-s	taflenni gwybodaeth	information leaflets
memo,-s	memo,-s	tudalen we	webpage

Berfau / Verbs

Berfenw	Verb-noun	Gorchymyn	Command
anfon	to send	anfonwch	send
cyfieithu	to translate	cyfieithwch	translate
cyfeirio at	to refer to	cyfeiriwch at	refer to
cymharu	to compare	cymharwch	compare
cynllunio	to plan, to design	cynlluniwch	plan, design
cywiro	to correct	cywirwch	correct
chwilio am	to look for, to search for	chwiliwch am	look for
darllen	to read	darllenwch	read
derbyn	to receive	derbyniwch	receive
disgrifio	to describe	disgrifiwch	describe
gofyn	to ask	gofynnwch	ask
gorffen	to finish	gorffennwch	finish
gwneud	to do, to make	gwnewch	do, make
hyrwyddo	to promote	hyrwyddwch	promote
hysbysebu	to advertise	hysbysebwch	advertise
paratoi	to prepare	paratowch	prepare
penderfynu	to decide	penderfynwch	decide
rhestru	to list	rhestrwch	list
rhoi	to give	rhowch	give
sgwrsio	to chat	sgwrsiwch	chat
siarad	to talk, to speak	siaradwch	talk, speak
trafod	to discuss	trafodwch	discuss
ysgrifennu	to write	ysgrifennwch	write

Geiriau pwysig eraill

bos	boss	gwybodaeth	information
camgymeriad,-au	mistake,-s	isod	below
canolfan	centre	manylion	details
cronfa ddata = bas data	database	pennaeth	boss, manager, head teacher
cydweithiwr, cydweithwyr	colleague,-s	rheolwr	manager
gair, geiriau	word,-s	swydd,-i	job,-s
gwaith	work	uchod	above

Cynnwys

Byd Gwaith

Gwaith yn yr ardal

Dwy ardal

1. Edrychwch ar y lluniau ar y ddwy dudalen yma.
Ble mae pobl yn gweithio yn yr ardaloedd yma?

a. Trafodwch syniadau a gwnewch restr.

Geirfa

byd gwaith	the world of work
ardal,-oedd	area,-s
trafod	to discuss
syniad,-au	idea,-s
rhestr,-i	list,-s

WRECSAM

help

Mae pobl yn gweithio:	**People work:**
mewn ysbyty	**in a** hospital
yn yr ysbyty	**in the** hospital
i gwmni Lloyd's	**for** Lloyd's company
i'r Cyngor	**for the** Council
ar safle adeiladu	**on a** building site

ABERAERON

help

Mae **rhai** pobl yn gweithio mewn caffi.	**Some** people work in a café.
Mae **llawer o b**obl yn gweithio mewn siopau.	A **lot of** people work in shops.
Mae **nifer o b**obl yn gweithio i'r Cyngor.	A **number of** people work for the Council.
Mae **nifer o b**obl yn gweithio yn Freshos.	A **number of** people work in Freshos.

b. Cymharwch eich rhestri chi.

c. Gwnewch restr hir o weithleoedd yn Gymraeg.

Gweithleoedd yn eich ardal chi

Rydych chi'n gweithio yn y ganolfan waith.

1. Mae'r ganolfan wedi gwneud map o ardal arbennig i ddangos ble mae pobl yn gweithio yn yr ardal.

Mae'r bos yn gofyn i chi gyfieithu'r map i'r Gymraeg.

Geirfa

gweithle (gwaith + lle)	workplace
gweithleoedd (gwaith + lleoedd)	workplaces
canolfan waith	job centre
stad ddiwydiannol	industrial estate
parc busnes	business park
swyddfa, swyddfeydd	office,-s
gwesty, gwestai	hotel,-s
tŷ bwyta, tai bwyta	restaurant,-s

iaith bwysig

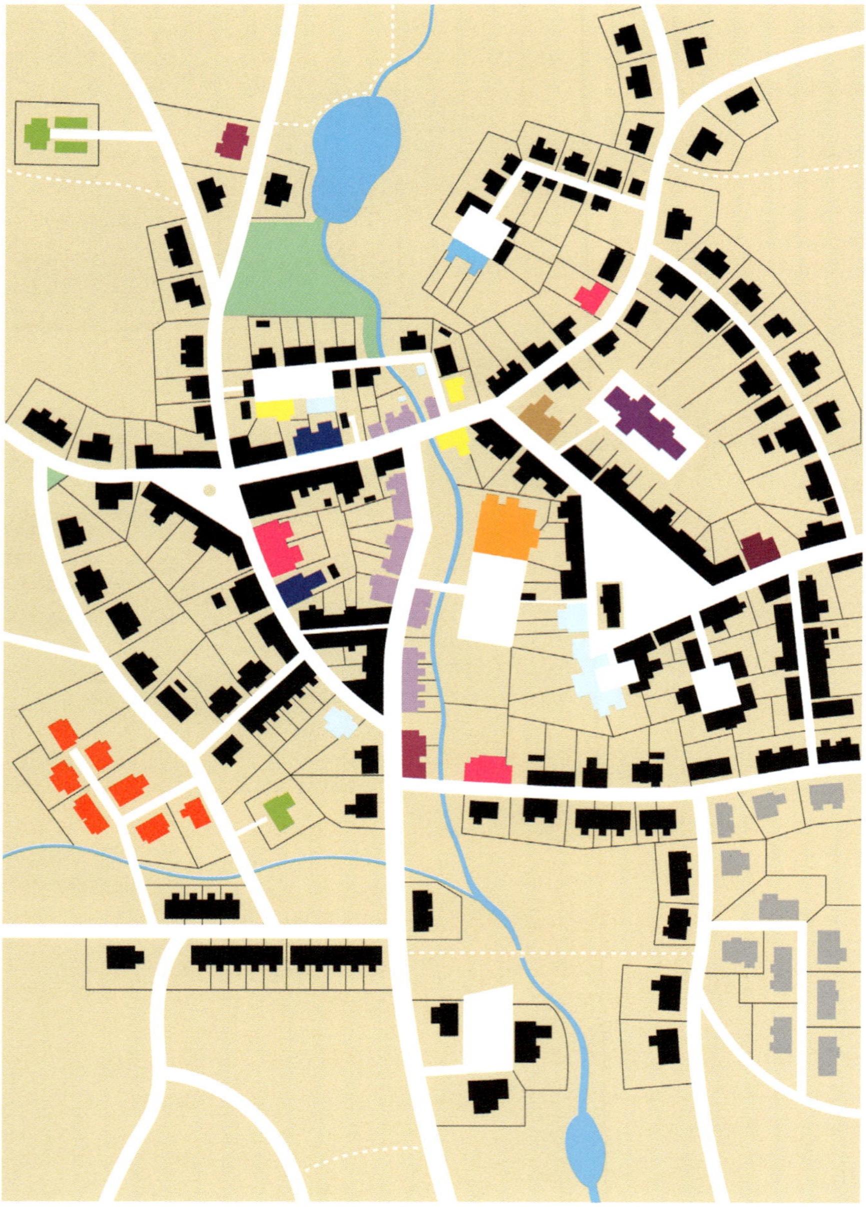

- shopping centre
- shops
- supermarket
- park
- offices
- hotel
- restaurant
- bank
- job centre
- industrial estate
- business park
- chapel / church
- library
- school
- houses

Many people work

- in shops, offices, restaurants and hotels
- on the industrial estate and the business park.

atebion ar y we

2. Mae'r bos yn gofyn i chi wneud arolwg i weld **ble** mae pobl yn gweithio yn eich ardal chi.

Geirfa

arolwg	survey
adeilad,-au	building,-s

a. Chwiliwch am wybodaeth:

- Meddyliwch am yr adeiladau yn eich ardal chi – oes pobl yn gweithio yno?
- Edrychwch mewn papurau.
- Gofynnwch i bobl.
- Trafodwch mewn grŵp.

help

Ble mae pobl yn gweithio yn yr ardal?	Where do people work in the area?
Pa fath o waith sy yn yr ardal?	What kind of work is there in the area?
Mae pobl yn gweithio mewn ysgolion.	People work in schools.
Mae llawer o bobl yn gweithio mewn swyddfeydd.	Many people work in offices.

b. Ysgrifennwch eich syniadau chi ar fap meddwl.

c. Cymharwch eich syniadau.

ch. Atebwch y cwestiynau yma ar gyfer yr arolwg:

Geirfa

ar gyfer yr arolwg	for the survey
cytuno	to agree
cymharu	to compare
cymaint â phosib	as much as possible
ysgol gynradd	primary school
ysgol uwchradd	secondary school

Sawl ysgol sy yn yr ardal?

Sawl gwesty sy yn yr ardal?

Sawl stad ddiwydiannol sy yn yr ardal?

Sawl parc sy yn yr ardal?

Sawl canolfan hamdden sy yn yr ardal?

Os dydych chi ddim yn siŵr, defnyddiwch **tua**.

iaith bwysig

help

tua …	**about, approximately …**
Mae **tua deg gwesty** yn yr ardal.	There are about ten hotels in the area.
Mae **tua deg o westai** yn yr ardal.	There are about ten hotels in the area.

d. Ydy pawb yn cytuno? Cymharwch eich atebion. Triwch ddweud cymaint â phosib.

Mae tair ysgol yma. / Mae tair o ysgolion yma.
Mae un ar Ffordd y Fro. Mae un yn Stryd Las. Mae un ger y parc.
Mae dwy yn ysgol gynradd. Mae un yn ysgol uwchradd.

Mae saith gwesty yma. / Mae saith o westai yma.
Mae pedwar gwesty bach yng nghanol y dre – Y Llew Arian, Yr Hen Ysgol, Yr Haul, Y Parc.
Mae tri gwesty mawr tu allan i'r dre – Y Grand, Yr Hafan, Y Majestic.
Mae'r Llew Arian yn Stryd …

dd. Mae un o'ch cydweithwyr chi'n ysgrifennu am y gweithleoedd yn yr ardal ond mae'n gwneud nifer o gamgymeriadau.

Ysgrifennwch y cywiriadau ar y daflen o'r we.

Geirfa

camgymeriad,-au	mistake,-s
taflen	sheet
y we	the web
edrych ar ôl	to look after
campfa	gym
Tsieineaidd	Chinese
sawl	several

Gwaithio yn yr ardal

Mae rhai pobl yn gweithio mewn **shops**. Mae pobl eraill yn gweithio yn yr **ysbyti** ac mae llawer o **pobl** yn gweithio mewn swyddfeydd **a** i'r Cyngor.

Mae pedwar **parciau** yma ac mae pobl yn edrych ar **ol** y parciau yma.

Mae tua dau **deg** o bobl yn gweithio yn y ganolfan hamdden – yn y pwll nofio ac yn y gampfa.

Mae sawl lle bwyta yma. Mae **tree** deg o bobl yn gweithio yn y **ty** bwyta Tsieineaidd yn y Stryd Fawr.

atebion ar y we

e. Ysgrifennwch nodyn at eich bos yn sôn am y gweithleoedd yn yr ardal.

help

Ble mae pobl yn gweithio yn yr ardal?

Yn yr ardal yma, mae pobl yn gweithio mewn ...

Mae rhai pobl yn gweithio yn y ...

Mae llawer o bobl yn gweithio i'r ...

Mae rhai'n gweithio ar ...

f. Beth am wneud map syml yn Gymraeg i fynd gyda'r gwaith?

Pa fath o swyddi sy yn eich ardal chi?

Dyma rai geiriau Cymraeg am swyddi:

garddwr ffermwr gyrrwr tacsi trydanwr
rheolwr / rheolwraig gofalwr / gofalwraig

derbynnydd deintydd cyfrifydd optegydd
deintydd trinydd gwallt arlunydd
gweinydd / gweinyddes cogydd / cogyddes

Ydych chi'n gwybod beth ydy ystyr y geiriau yma? Mae cliwiau yn y geiriau!

Cofiwch

athro	teacher (male)
athrawes	teacher (female)

Geirfa

meddygfa	surgery
stad,-au	estate,-s
tŷ, tai	house,-s
peiriant, peiriannau	machine,-s
datblygu	to develop
ffisig = moddion	medicine

1. Rydych chi'n gweithio yn y ganolfan waith ac rydych chi'n paratoi gwybodaeth i fynd ar gyfrifiadur y ganolfan.

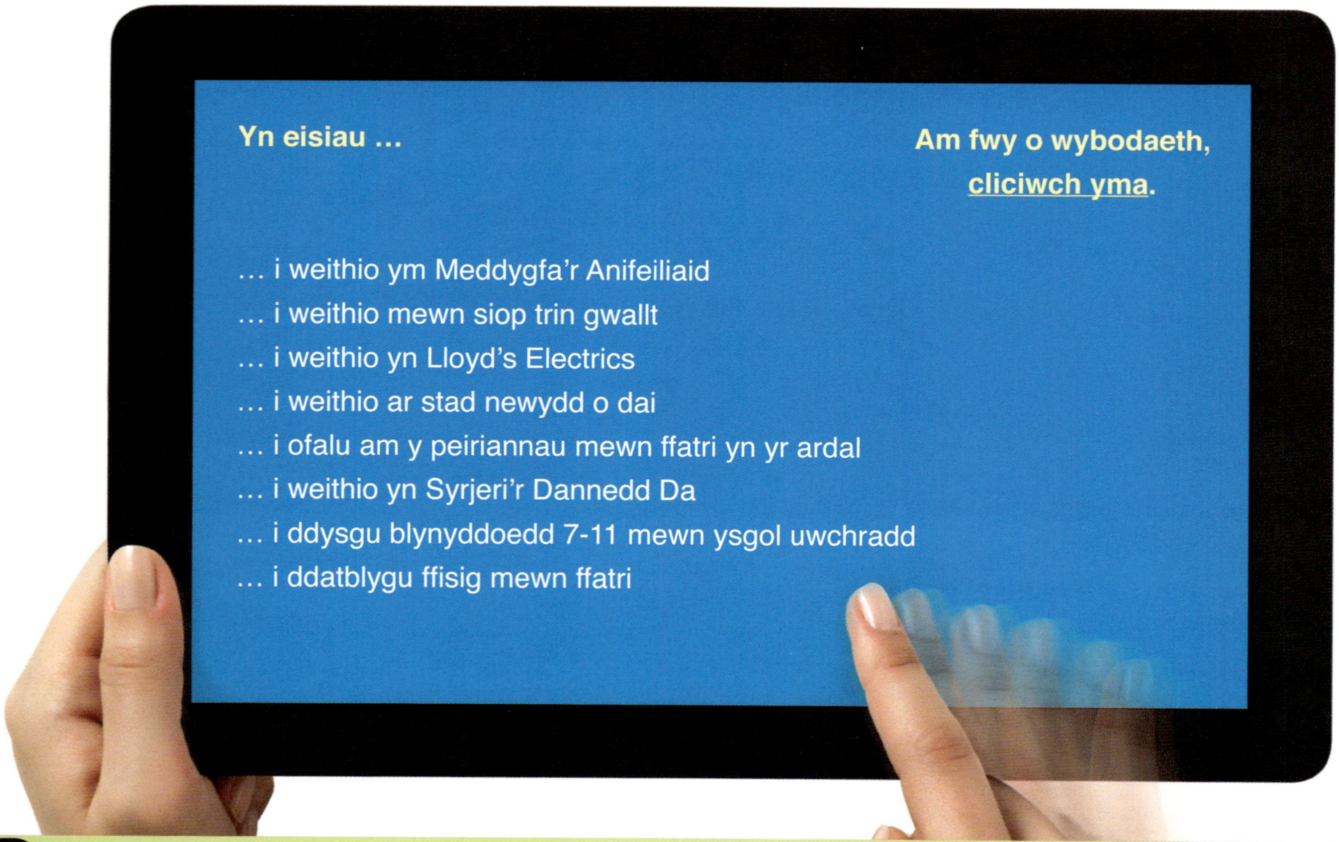

Rhaid i chi ysgrifennu teitl y swydd wrth y disgrifiad ar y daflen sy ar y we:

Trinydd gwallt Milfeddyg Peiriannydd Adeiladwr Trydanwr
Deintydd Gwyddonydd Athro / Athrawes

atebion ar y we

2. Rydych chi a'ch cydweithwyr yn y ganolfan waith yn gwneud arolwg i weld beth mae pobl yn wneud mewn gweithleoedd gwahanol, e.e.

gwesty

rheolwr / rheolwraig — rheoli, trefnu, talu staff, recriwtio staff

derbynnydd — ateb y ffôn, ysgrifennu llythyrau, croesawu, helpu pobl

gweinydd — gweini bwyd, clirio byrddau

cogydd — archebu bwyd, paratoi bwyd, coginio bwyd

glanhäwr ac ati — glanhau

Rhaid i bawb ddewis gweithle gwahanol a gwneud diagram tebyg i'r un uchod. Rhaid cymharu syniadau.

Geirfa

rheoli	to manage
recriwtio	to recruit
archebu	to order
glanhäwr	cleaner
glanhau	to clean

3. Rydych chi'n derbyn yr hysbyseb Saesneg yma. Rhaid i chi gyfieithu'r hysbyseb i'r Gymraeg.

Geirfa

dechrau	to start
gorffen	to end, finish
gweini	to serve
clirio	to clear
bwrdd, byrddau	table,-s

atebion ar y we

4a. Gwnewch hysbyseb ar gyfer swydd yn yr ardal.
Rhaid sôn am:

- ble mae'r swydd
- teitl y swydd
- yr oriau gwaith – dechrau a gorffen
- y gwaith
- rhif ffôn.

Geirfa

oriau gwaith	hours of work

b. sgil siarad

PARTNER 1

Rydych chi'n ffonio i ofyn am wybodaeth am y swydd. Rhaid:

- dweud pwy ydych chi – enw, oed, ysgol
- dweud pam rydych chi'n ffonio
- gofyn am fanylion am y gwaith
  - ble
  - yr oriau gwaith
  - y gwaith
  - rhif ffôn
- diolch am yr help.

PARTNER 2

Rydych chi'n gweithio yn y ganolfan waith. Rhaid:

- ateb y ffôn – enwi'r ganolfan waith, dweud pwy ydych chi, cynnig help
- ateb y cwestiynau
- gorffen y sgwrs.

5. Mae un o'ch cydweithwyr chi'n ysgrifennu llythyr i weithleoedd yn yr ardal i ofyn am y swyddi ond mae'n gwneud llawer o gamgymeriadau.
Cywirwch y camgymeriadau ar y daflen o'r we.

atebion ar y we

Y Ganolfan Waith, Stryd y Dŵr, Llanaber
e-bost: canwaith@llanaber.org Rhif ffôn: 01478 871 840

Medi 20

Annwyl **Sir** / Madam

At: Ysgolion, canolfannau hamdden, colegau, banciau, siopiau a gweithleoedd eraill yn yr ardal

leanne Spencer **ydy** i ac rydw i'n gweithio yn y Ganolfan Waith. Rydw **i** ysgrifennu i weithleoedd yn **y** ardal i ofyn pa fath o waith sy yn y gweithleoedd. Rydyn ni'n gwneud cronfa ddata o waith ar gyfer pobl ifanc yr ardal.

Pa fath o waith sy yn eich gweithle chi**.**

Anfon e-bost ata i erbyn Hydref 30 os **gwelch** yn dda.

Yn **gwir**

L. Spencer

Geirfa

cronfa ddata = bas data	database
pa fath	what kind
e-bost	e-mail
erbyn	by
cynnwys	to include

6. Rydych chi eisiau cynnwys mwy o swyddi ar y gronfa ddata. Felly, rydych chi'n siarad â nifer o weithwyr (eich partneriaid chi). Maen nhw'n disgrifio'u swydd ond dydyn nhw ddim yn enwi'r swydd. Rhaid i chi enwi'r swydd.

help

Rydw i'n gweithio tu mewn / tu allan.	I work inside / outside.
Rydw i'n teipio …	I type …
gofalu am …	look after / care for …
dechrau am … y bore	start at ... in the morning
gorffen am … y prynhawn	finish at … in the afternoon
gweithio sifftiau	work shifts

help

Beth yn union ydych chi'n wneud?	What exactly do you do?
Ydych chi'n …?	Do you …?
Ydy'r swydd yn ddiddorol?	Is the job interesting?
Ydy. / Nac ydy.	Yes. / No.

Swyddi arbennig

Rydych chi'n gweithio yn y ganolfan waith ac mae pedwar person ifanc wedi ysgrifennu atoch chi am eu swyddi.

1. Darllenwch y darnau yma:

Fy enw i ydy Tom Roberts. Rydw i'n un deg wyth oed ac rydw i'n byw yn Sebastopol, ger Pont-y-pŵl.

Mecanig ydw i mewn garej yn Sebastopol. Rydw i'n gofalu am geir. Mae'n hwyl!

Emma Davies ydw i. Dw i'n un deg saith oed a dw i'n byw ym Merthyr Tudful.

Dw i ym Mlwyddyn 12 yn yr ysgol a dw i'n astudio addysg gorfforol, Cymraeg a bioleg ar gyfer Lefel A. Dw i eisiau bod yn nyrs yn y dyfodol.

Dw i'n gweithio mewn siop yn y dre bob dydd Sadwrn. Dw i'n helpu i lenwi'r silffoedd yn y bore. Yn y prynhawn, dw i'n gweithio wrth y til.

Mae'r gwaith yn wych achos dw i eisiau'r arian.

Mitchell Smith ydw i a dw i'n byw yn Abertawe. Dw i'n un deg naw oed. Dw i'n gweithio mewn ffatri metel ger Abertawe.

Mae'r gwaith yn ddiddorol. Dw i'n mwynhau gweithio gyda metel a hefyd dw i'n dysgu sgiliau fel gweithio gyda phobl. Mae'r ffatri'n dda iawn. Mae'n fodern ac mae'r bobl yn wych.

Mae un peth dw i ddim yn hoffi – rhaid i fi weithio sifft nos weithiau. Dw i'n dechrau am ddeg o'r gloch y nos ac yn gorffen am chwech o'r gloch y bore. Mae'n anodd gweithio drwy'r nos a chysgu yn y dydd. Ond dim ots – dw i'n hapus yn y gwaith.

Geirfa

ger	near
gofalu am	to look after
car, ceir	car,-s
astudio	to study
addysg gorfforol = ymarfer corff	PE
yn y dyfodol	in the future
llenwi'r silffoedd	to stack the shelves
ffatri	factory
metel	metal
mae'n anodd	it's difficult
dim ots	never mind

Y

Catrin Jones ydw i a dw i'n un deg wyth oed. Dw i'n byw yn Llanelli. Dw i'n gweithio mewn canolfan arddio ond dw i'n gobeithio mynd i goleg garddio y flwyddyn nesaf. Un diwrnod, dw i eisiau gweithio fel garddwr.

Mae'r gwaith yn y ganolfan arddio'n wych. Dw i'n gwneud llawer o bethau gwahanol. Dw i'n trefnu basgedi o flodau yn yr haf a dw i'n gweithio yn y siop weithiau.

Dw i wrth fy modd yma! Dw i'n mwynhau gweithio tu allan, dw i'n hoffi trefnu'r basgedi a dw i'n cael profiad gwych. Dw i'n dysgu sgiliau pwysig ar gyfer y dyfodol!

a. Chwiliwch am y geiriau yma yn y darnau.

I'm eighteen	I'm a mechanic
It's fun	I live in Merthyr Tudful
I'm in Year 12	to study
every Saturday	to help
to work at the till	I want / need the money

Geirfa

canolfan arddio	garden centre
gobeithio	to hope
un diwrnod	one day
gwahanol	different
trefnu	to arrange
pwysig	important
profiad	experience
y dyfodol	the future

Y

I work in a factory	The work is interesting	I am learning	skills	working with people
It's modern	the people are great	lots of different things	great experience	important skills

b. Rhaid i chi roi gwybodaeth am y bobl ifanc yma ar gronfa ddata'r ganolfan. Llenwch y grid o'r we.

atebion ar y we

Enw'r person	**Oed**	**Byw – ble?**	**Gweithio – ble?**	**Pa fath o waith?**	**Barn am y gwaith**
Tom Roberts					
Emma Davies					
Y Mitchell Smith					
Y Catrin Jones					

Ddoe a heddiw …

Mae'r ganolfan waith yn trefnu arddangosfa i ddangos sut mae byd gwaith wedi newid yng Nghymru.

1. Rydych chi'n derbyn y darn yma am ardal Merthyr Tudful.

a. Darllenwch y darn.

Newid … newid … newid …

Mae byd gwaith wedi newid yng Nghymru! Edrychwch ar Ferthyr Tudful …

Yn y gorffennol, roedd glo a dur yn bwysig iawn. Roedd ffermio'n bwysig hefyd.

Mae byd gwaith wedi newid ym Merthyr Tudful. Does dim gwaith glo heddiw. Does dim gwaith dur.

Ond mae gwaith ym Merthyr Tudful heddiw. Mae llawer o bobl yn gweithio:

- mewn siopau
- mewn colegau ac ysgolion
- i Lywodraeth Cymru, ym Mae Caerdydd
- mewn twristiaeth a hamdden
- mewn cwmnïau mawr fel cwmnïau ffôn.

Mae tipyn o ffermio yma hefyd.

Geirfa

arddangosfa	exhibition
byd gwaith	the world of work
newid	to change
yn y gorffennol	in the past
glo	coal
dur	steel
yn bwysig	important
does dim	there isn't / there aren't
Llywodraeth Cymru	the Welsh Government
ym Mae Caerdydd	in Cardiff Bay
twristiaeth	tourism
cwmni, cwmnïau	company, companies
capsiwn	caption

b. Rhaid i chi ysgrifennu capsiwn Cymraeg i fynd gyda'r lluniau yma:

In the past, coal was important in Merthyr Tudful.

Today, tourism is important in Merthyr Tudful.

2. Rhaid i chi baratoi darn am eich ardal chi ar gyfer yr arddangosfa. Rhaid dangos sut mae byd gwaith wedi newid yn eich ardal chi.

a. Rhaid chwilio am wybodaeth ac ysgrifennu nodiadau:

Ddoe ...

Roedd ffatri tu allan i'r dref.
Roedd 400 o bobl yn gweithio yno.
Roedden nhw'n gwneud ceir.

Heddiw ...

Mae parc busnes tu allan i'r dref.
Mae swyddfeydd yno.
Mae tua 500 o bobl yn gweithio yno.

b. Rhaid cymharu gwybodaeth.

help

Yn y gorffennol …	**In the past …**
Yn y gorffennol, roedd … yn bwysig.	In the past, … was important.
Yn y gorffennol, roedd llawer o bobl yn …	In the past, many people used to …
Yn y gorffennol, roedd llawer o … yn yr ardal.	In the past, there were many … in the area.
Roedd pobl yn …	People used to …
Roedden nhw'n …	They used to …
Doedd pobl ddim yn …	People didn't …
Doedden nhw ddim yn …	They didn't …

Heddiw …	**Today …**
Heddiw, mae … yn bwysig.	Today, … is important.
Heddiw, mae llawer o bobl yn …	Today, many people …
Heddiw, mae llawer o … yn yr ardal.	Today, there are many … in the area.
Heddiw, does dim llawer o bobl yn …	Today, not many people …
Heddiw, does dim llawer o … yn yr ardal.	Today, there aren't many … in the area.
Erbyn heddiw …	(By) today ...
Erbyn hyn, mae pethau wedi newid.	By now, things have changed.

c. Ysgrifennwch y darn.

3. Rhaid trefnu noson arbennig i agor yr arddangosfa. Dyma boster drafft o'r noson.

Geirfa

arteffactau	artefacts (objects)
stondin,-au	stand,-s
adloniant	entertainment
agoriadol	opening
penderfynu	to decide

GWEITHIO YN YR ARDAL
DDOE A HEDDIW

Ddoe: Arddangosfa o ffotograffau ac arteffactau
Heddiw: Stondinau gan gwmnïau'r ardal
Hefyd bwyd ... ac adloniant ...

a. Rhaid i chi a'ch cydweithwyr drefnu'r noson. Rhaid meddwl yn gyntaf:

Y noson agoriadol

- Pa fath o ffotograffau ac arteffactau?
- Pa fath o fwyd?
- Pa gwmnïau?
- Pa fath o adloniant?
- Pa stondinau?

b. Rhaid trafod syniadau.

help

Beth am ...?		**What about ...?**	
Syniad da!	Good idea!	Na, dydw i ddim yn meddwl.	No, I don't think so.
I'r dim!	Spot on!	Dydw i ddim eisiau ...	I don't want ...
Mae ... yn wych!	... is great!	Dydw i ddim yn hoffi ...	I don't like ...
Dw i'n cytuno'n llwyr.	I agree completely.	Diflas!	Boring!

sgiliau swyddfa

c. Beth ydych chi'n penderfynu?
Rhaid ysgrifennu'r syniadau mewn grid:

	Beth?
ffotograffau / arteffactau	
stondinau / cwmnïau	
bwyd	
adloniant	

ch. Rhaid ysgrifennu nodyn at y bos yn sôn am y noson.

help

Rydyn ni wedi trafod …	We have discussed …
Rydyn ni wedi penderfynu …	We have decided …
Rydyn ni'n mynd i …	We are going to …
Rydyn ni'n mynd i wneud y canlynol:	We're going to do the following:
Byddwn ni'n …	We will …

d. Gwnewch boster neu daflen i hysbysebu'r noson agoriadol.

dd. Rhaid i chi wneud cyflwyniad ar y noson agoriadol.
Paratowch beth rydych chi'n mynd i'w ddweud:

Y noson agoriadol: cyflwyniad

Cyfarch:
Helo.
Noswaith dda.

Y pwnc:
Rydw i eisiau siarad am …
Rydw i'n mynd i siarad am …

Y cyflwyniad:
Yn y gorffennol …
Heddiw …

Diolch:
Diolch am wrando.

Cwestiynau:
Oes cwestiynau?

Beth am wneud cyflwyniad PowerPoint?

Byd Gwaith

Gwaith rhan amser

Rydych chi'n gweithio yn y ganolfan waith ac rydych chi'n derbyn yr hysbysebion yma am swyddi rhan amser.

1

CAFFI'R CASTELL –

bwyd blasus dros ben!

Yn eisiau:
Bachgen / merch
i olchi llestri
bob nos Wener a nos Sadwrn

Oriau gwaith: 5.00pm-10.00pm
Cyflog: £5.00 yr awr (+ bwyd)

Am fwy o fanylion, cysylltwch â Ben Williams:
Rhif ffôn: 0899 998 0134
E-bost: staffio@caffircastell.com

2

ARCHFARCHNAD PRIS DA

Yn eisiau:
Staff rhan amser
i lenwi'r silffoedd

Oriau gwaith: 9.30pm-2.00am
Cyflog: £5.50 yr awr

Am fwy o fanylion, cysylltwch â Delyth Jenkins:
Rhif ffôn: 0967 684 2229
E-bost: staffio@prisda.com

3

SINEMA'R FRO

Rydyn ni'n chwilio am staff rhan amser i:
- weithio tu ôl i'r cownter (gwerthu tocynnau, pop corn a diod)
- helpu pobl

Pryd: Nos Fercher, nos Wener a nos Sadwrn, 5.30pm-9.30pm
Cyflog: £20.00 y noson (+ cerdyn disgownt y staff)

Am fwy o fanylion, cysylltwch â Shane Evans:
Rhif ffôn: 0236 945 6139 neu
e-bost: staffio@sinemarfro.com

4

PARC THEMA ANTUR YN Y COED

Yn eisiau:
Staff rhan amser i helpu i ofalu am y parc, e.e. gweithio yn y gerddi, codi sbwriel, peintio

Oriau gwaith:
Dydd Sadwrn: 10.00am-6.00pm
Cyflog: £45.00 y dydd

Am fwy o fanylion, cysylltwch â **Lauren Smith**:
Rhif ffôn: 0895 998 0134
E-bost: lsmith@anturynycoed.com

help

Cyflog

… yr awr	… per hour
… y dydd	… per day
… y noson	… per night
… y penwythnos	… per weekend
… yr wythnos	… per week
… y mis	… per month
… y flwyddyn	… per year

Geirfa

rhan amser	part-time
blasus dros ben	extremely delicious
golchi llestri	to wash dishes
oriau gwaith	hours of work
cyflog	pay, wages, salary
gwerthu	to sell
gofalu	to look after
am fwy o fanylion	for more details

1. Rhaid i chi roi gwybodaeth am y swyddi yma ar gronfa ddata'r ganolfan:

a. Llenwch y grid o'r we.

	Ble	**Y gwaith**	**Enw cyswllt**	**Rhif ffôn / cyfeiriad e-bost**
Swydd 1				
Swydd 2				
Swydd 3				
Swydd 4				

Geirfa

cyswllt — contact

b. Rhaid ysgrifennu'r oriau gwaith a'r cyflog hefyd – mewn rhifau ac mewn geiriau.

	Oriau gwaith		**Cyflog**	
	Rhifau	**Geiriau**	**Rhifau**	**Geiriau**
Swydd 1	5.00pm-10.00pm	O bump o'r gloch yr hwyr tan ddeg o'r gloch yr hwyr	£5.00 yr awr + bwyd	Pum punt yr awr a bwyd
Swydd 2				
Swydd 3				
Swydd 4				

help

o **b**ump o'r gloch tan **dd**eg o'r gloch — from five o'clock until ten o'clock
o **dd**eg o'r gloch tan **b**ump o'r gloch — from ten o'clock until five o'clock

atebion ar y we

iaith bwysig

c. Dyma'r swyddi rhan amser ar dudalen 18.

Swydd ran amser yn CAFFI'R CASTELL	Swydd ran amser yn ARCHFARCHNAD PRIS DA	**Swydd ran amser yn SINEMA'R FRO**

Swydd ran amser yn PARC THEMA ANTUR YN Y COED

sgil siarad

PARTNER 1

Rydych chi'n ffonio i ofyn am wybodaeth am un o'r swyddi. Rhaid:

- agor y sgwrs
- dweud pwy ydych chi – enw, oed, ysgol
- dweud pam rydych chi'n ffonio
- gofyn am fanylion am
  - y gwaith
  - yr oriau gwaith
  - y cyflog
  - y person cyswllt
  - y manylion cyswllt
- diolch am yr help.

PARTNER 2

Rydych chi'n gweithio yn y ganolfan waith. Rhaid:

- ateb y ffôn – enwi'r ganolfan waith, dweud pwy ydych chi, cynnig help
- ateb y cwestiynau – defnyddiwch y wybodaeth ar dudalen 18
- gorffen y sgwrs.

help

• **pam rydych chi'n ffonio**	Rydw i'n ffonio i ofyn …	I'm phoning to ask …
	Rydw i'n chwilio am swydd ran amser.	I'm looking for a part-time job.
	Rydw i'n chwilio am waith rhan amser.	I'm looking for part-time work.
• **gofyn am:**		
- y gwaith	Beth ydy'r gwaith?	What's the work?
- yr oriau gwaith	Beth ydy'r oriau gwaith?	What are the hours of work?
- y cyflog	Beth ydy'r cyflog?	What's the pay?
	Faint ydy'r cyflog?	How much is the pay?
- y person cyswllt	Pwy ydy'r person cyswllt?	Who is the contact person?
- y manylion cyswllt	Beth ydy'r cyfeiriad?	What's the address?
	Beth ydy'r rhif ffôn?	What's the phone number?
	Beth ydy'r cyfeiriad e-bost?	What's the e-mail address?

2. Mae cwmni Tacsis Thompson yn anfon hysbyseb i'r ganolfan waith ond mae camgymeriadau ynddi hi. Rhaid i chi gywiro'r hysbyseb cyn ei rhoi hi ar y gronfa ddata. Ysgrifennwch y cywiriadau'n glir yn y grid o'r we.

TACSIS THOMPSON

YN EISAU
Staff rhan amser i **gweithio**
mewn **sywddfa** tacsis

Oriau gwaith:
Dydd **sadwrn**: o **deg** o'r golch y bore tan **pedwar** o'r gloch y prynhawn
Cyflog: **Pimp** punt yr awr

Am fwy o **manylion**:
Ffonio Craig Thompson **am** 0899 998 0134   E-bost: craig@tacsisthompson.co.uk

atebion ar y we

3a. Ysgrifennwch hysbyseb am swydd ran amser. Cofiwch sôn am:

- ble
- y gwaith
- y cyflog
- yr enw cyswllt
- y rhif ffôn
- yr e-bost

neu

Chwiliwch yn eich papur lleol neu ar y we am hysbyseb Gymraeg am swydd ran amser.

b. sgil siarad

PARTNER 1

Rydych chi'n ffonio i ofyn am wybodaeth am y swydd yma. Rhaid:

- dweud pwy ydych chi – enw, oed, ysgol
- dweud pam rydych chi'n ffonio
- gofyn am fanylion am
  - yr oriau gwaith
  - y cyflog
  - y person cyswllt
  - y manylion cyswllt
- diolch am yr help.

PARTNER 2

Rydych chi'n gweithio yn y ganolfan waith. Rhaid:

- ateb y ffôn – enwi'r ganolfan waith, dweud pwy ydych chi, cynnig help
- ateb y cwestiynau
- gorffen y sgwrs.

4. **Mwy o swyddi rhan amser**
Rydych chi'n derbyn gwybodaeth am y swyddi rhan amser yma.

Gwaith rhan amser: Lee Crawford
Rydw i'n un deg chwech oed ac rydw i'n byw yn Wrecsam. Rydw i'n gweithio mewn archfarchnad. Rydw i'n llenwi'r silffoedd bob nos Iau, nos Wener a nos Sadwrn. Mae'r gwaith yn ddiflas ond rydw i'n cael hwyl gyda'r gweithwyr eraill. Rydw i'n ennill £20 y noson.

Gwaith rhan amser: James Price
Dw i'n un deg saith oed a dw i'n byw ym Mangor. Dw i'n helpu Dad gyda'i fusnses garddio bob dydd Sadwrn. Dw i'n helpu i dorri'r lawntiau ac i glirio gerddi. Dw i'n cael £30 y dydd. Mae gweithio tu allan yn wych ond dw i ddim yn gallu mynd allan gyda fy ffrindiau ar ddydd Sadwrn.

Gwaith rhan amser: Oliwia Gorski
Rydw i'n un deg chwech oed ac rydw i'n byw yn Llanelli. Bob nos Wener a dydd Sadwrn, rydw i'n gweithio mewn caffi. Rydw i'n gweini bwyd. Rydw i'n ennill £5.50 yr awr ac rydw i'n cadw'r tips – tua £20.00 y noson weithiau. Rydw i'n cael swper yn y caffi hefyd. Mae'r gwaith yn galed ond mae'n hwyl.

Geirfa

diflas	boring
ennill	to earn
torri'r lawntiau	to cut the lawns
clirio	to clear
gardd, gerddi	garden,-s
gweini	to serve
cadw	to keep
caled	hard

a. Rhaid rhoi gwybodaeth am y swyddi yma ar gronfa ddata'r ganolfan waith.

Llenwch y grid o'r we. atebion ar y we

Enw	Byw	Ble mae'n gweithio	Y gwaith	Pryd	Cyflog
Lee Crawford					
James Price					
Oliwia Gorski					

Y

Gwaith rhan amser: Robbie Davies
Rydw i'n un deg naw oed ac rydw i'n byw yn Aberystwyth. Rydw i'n gweithio'n rhan amser mewn garej yn y dref bob dydd Sadwrn. Rydw i'n ateb y ffôn, yn helpu o gwmpas y garej ac weithiau rydw i'n helpu i drwsio ceir. Rydw i'n mynd i'r coleg i ddysgu sut i fod yn fecanig, felly mae'r gwaith rhan amser yn help mawr i fi gyda'r cwrs. Hoffwn i brynu garej yn y dyfodol, felly mae'r swydd ran amser yn fy helpu i i ddysgu am y gwaith. Rydw i'n cael £6.50 yr awr.

Gwaith rhan amser: Siwan Edwards
Rydw i'n un deg saith oed ac rydw i'n byw yng Nghaerdydd. Rydw i'n gweithio mewn hen blas yn yr ardal bob penwythnos. Mae llawer o ymwelwyr yn dod i weld yr hen blas. Rydw i'n gweithio yn y siop anrhegion fel arfer ond weithiau rydw i'n sefyll yn un o'r ystafelloedd yn ateb cwestiynau. Dydw i ddim yn cael cyflog ond dim ots achos mae'r gwaith yn ddiddorol ac mae'r bobl eraill yn grêt. Dw i wedi gwneud llawer o ffrindiau.

Gwaith rhan amser: Ben Brown
Dw i'n un deg chwech oed a dw i'n byw ger Llandudno. Dw i'n mynd i'r ysgol uwchradd a dw i'n gwneud 10 TGAU. Yn ystod gwyliau'r haf, dw i'n gwneud gwaith rhan amser ar faes carafanau'r teulu. Weithiau, dw i'n gweithio yn y siop, weithiau, dw i'n torri'r lawntiau. Weithiau, rhaid i fi lanhau'r toiledau a chodi sbwriel. Dw i'n cael £150.00 yr wythnos fel arfer. Mae'r gwaith yn wych achos dw i'n cyfarfod â llawer o bobl – ac mae'r arian yn grêt!

Geirfa

trwsio	to mend, to repair
plas	mansion
ymwelwyr	visitors
maes carafanau	caravan site

a. Rhaid rhoi gwybodaeth am y swyddi yma ar gronfa ddata'r ganolfan waith. Y

Llenwch y grid o'r we. atebion ar y we

Enw	Byw	Ble mae'n gweithio	Y gwaith	Pryd	Cyflog
Lee Crawford					
James Price					
Oliwia Gorski					
Robbie Davies					
Siwan Edwards					
Ben Brown					

Barn am swyddi rhan amser

S Y

Mae'r bos yn gofyn i chi wneud taflen ddwyieithog i ddangos beth ydy barn pobl ifanc am weithio'n rhan amser.

1. Mae'r bobl ifanc yma wedi rhoi eu barn yn Saesneg – rhaid i chi ysgrifennu'r farn yn Gymraeg ar y daflen o'r we.

It's interesting.

Shane

It's awful.

Emily

It's very boring.

Ffion

The money is awful.

Hannah

The money is good.

Stuart

It's great.

Matt

Mae'n ddiddorol.

Mae'n ofnadwy.

Mae'r arian yn dda.

Mae'r arian yn ofnadwy.

Mae'n ddiflas iawn.

Mae'n wych.

Y

It's good experience.

Erin

The pay is very low.

Rhys

I enjoy earning money.

Jack

It's a good opportunity to meet people.

Sam

It's a good opportunity to learn new skills.

Tom

Geirfa

cyfle	opportunity
sgiliau newydd	new skills
profiad	experience
cyflog	pay

Rydw i'n mwynhau ennill arian.

Mae'r cyflog yn isel iawn.

Mae'n gyfle da i ddysgu sgiliau newydd.

Mae'n brofiad da.

Mae'n gyfle da i gwrdd â phobl. / Mae'n gyfle da i gyfarfod â phobl.

atebion ar y we

2. Rhaid i chi ysgrifennu barn y bobl ifanc ar dudalennau 22-23 – yn Gymraeg a Saesneg.

Lee

James

Oliwia

Robbie

Siwan

Ben

atebion ar y we

3. Beth ydy'ch barn chi am y swyddi rhan amser ar dudalennau 22-23?

a. Darllenwch y darnau eto a nodwch y pethau da a'r pethau drwg am y gwaith mewn grid.

Y gwaith	Pethau da	Pethau drwg

b. Gosodwch y swyddi yn eu trefn yn y diagram yma – y swydd orau ar y top, yna'r swyddi eraill yn eu trefn.

c. Rhaid cymharu syniadau.
Cofiwch ddweud pam rydych chi wedi gosod y swyddi yn y drefn yma.

Geirfa

yn eu trefn	in (their) order
gorau	best

Pwy sy'n gwneud beth?

Mae bos y ganolfan waith eisiau adroddiad ar waith rhan amser yn yr ardal.

Geirfa

adroddiad	report
holiadur	questionnaire

1. Rhaid i chi ofyn i bobl ifanc am eu swyddi rhan amser.

a. Rhaid i chi wneud holiadur er mwyn gweld:

- ydy pobl yn eich dosbarth chi'n gwneud gwaith rhan amser
- ble
- pa fath o waith
- yr oriau gwaith
- y cyflog
- barn am y gwaith.

Gwnewch yr holiadur.

b. Defnyddiwch yr holiadur yn y dosbarth. Gofynnwch gwestiynau i'ch partner chi.

help

Chi ...

Ydych chi'n gweithio'n rhan amser?	Do you work part-time?
Oes swydd ran amser gyda chi?	Have you got a part-time job?
Oes gennych chi swydd ran amser?	Have you got a part-time job?
Ble ydych chi'n gweithio?	Where do you work?
Pryd ydych chi'n gweithio?	When do you work?
Faint ydych chi'n ennill?	How much do you earn?
Beth ydy'ch barn chi am y gwaith?	What's your opinion of the work?
Beth ydych chi'n feddwl o'r gwaith?	What do you think of the work?

help

Ti ...

Wyt ti'n gweithio'n rhan amser?	Do you work part-time?
Oes swydd ran amser gyda ti?	Have you got a part-time job?
Oes gen ti swydd ran amser?	Have you got a part-time job?
Ble wyt ti'n gweithio?	Where do you work?
Pryd wyt ti'n gweithio?	When do you work?
Faint wyt ti'n ennill?	How much do you earn?
Beth ydy dy farn di am y gwaith?	What's your opinion of the work?
Beth wyt ti'n feddwl o'r gwaith?	What do you think of the work?

2. Mae'r bos yn gofyn i chi gasglu'r data er mwyn dangos ble mae'r bobl ifanc yn gweithio.

a. Rhaid casglu'r wybodaeth er mwyn gwneud graff.

Geirfa

casglu'r data	to collect the data
dangos	to show
canlyniadau	results
siart pie	pie chart
canran,-nau	percentage

help

Faint ...?	**How many ...?**
Faint sy'n gweithio yn / mewn / i ...?	How many work in / in a / for ...?
Mae ... yn gweithio mewn ...	... work in a ...
Dim ond (un) sy'n gweithio mewn sinema.	Only (one) works in a cinema.

b. Rhaid gwneud siart pie i ddangos y canrannau hefyd.

help

Pa ganran ...?	**What percentage ...?**
Pa ganran sy'n gweithio yn / mewn / i ...?	What percentage work in / in a / for ...?
% y cant	per cent
10% deg y cant	ten per cent
15% un deg pump y cant / pymtheg y cant	fifteen per cent
20% dau ddeg y cant / ugain y cant	twenty per cent
Mae deg y cant o'r dosbarth yn gweithio mewn ...	Ten per cent of the class work in a ...

3. Ysgrifennwch adroddiad yn sôn am y canlyniadau. Llenwch y bylchau.

Ysgol: ....

Dosbarth: ....

Nifer y disgyblion yn y dosbarth: ....

Gwaith rhan amser:

Rydw i wedi gwneud arolwg i weld ... / Rydyn ni wedi gwneud arolwg i weld ...
Defnyddiais i holiadur i ofyn cwestiynau am ... / Defnyddion ni holiadur i ofyn cwestiynau am ...

Dyma'r canlyniadau:

- Mae ... o'r disgyblion yn gwneud gwaith rhan amser, e.e. gweithio mewn ...
- Mae ... % yn gweithio mewn ...
- Mae rhai'n gweithio ... (pryd). Mae rhai'n gweithio ... (pryd).
- Mae rhai'n ennill ... (cyflog). Mae rhai'n ennill ... (cyflog).
- Mae rhai pobl ifanc yn mwynhau'r gwaith. Maen nhw'n dweud, "...", ond mae rhai pobl ifanc yn casáu'r gwaith. Maen nhw'n dweud, "...".

Mae'r graff yn dangos ... / Mae'r siart pie yn dangos ...

Byd Gwaith

Iechyd a diogelwch

Mae iechyd a diogelwch yn bwysig iawn ym myd gwaith!

1. Rydych chi'n Swyddog Iechyd a Diogelwch mewn ysgol. Mae angen arwyddion newydd yn yr ysgol ac rydych chi'n dewis yr arwyddion yma:

Geirfa

iechyd a diogelwch	health and safety
swyddog	officer
arwydd,-ion	sign,-s
Cymorth Cyntaf	First Aid

....

....

....

....

....

....

....

....

....

....

Pa eiriau sy'n mynd ar yr arwyddion yma?

a. Dim ysmygu
b. Dim ffonau symudol
c. Dim mynediad
ch. Dim bwyta
d. Dim sbwriel
dd. Golchwch eich dwylo
e. Peidiwch ag yfed y dŵr
f. Peidiwch â rhedeg
ff. Allanfa dân
g. Cymorth Cyntaf

atebion ar y we

2. Rhaid cael posteri dwyieithog o gwmpas yr ysgol. Mae un o'ch cydweithwyr chi wedi ysgrifennu'r ochr Saesneg. Rhaid i chi gyfieithu'r Saesneg i'r Gymraeg.

TÂN	FIRE
	If you hear the alarm … Go out of the school. Don't run. Don't use the lift. Walk to the field.

Geirfa

dwyieithog	bilingual
os ydych chi'n …	if you …
defnyddio	to use
cae	field

atebion ar y we

3. Mae Swyddog Iechyd a Diogelwch y Cyngor yn gofyn i chi lenwi'r ffurflen yma o'r we.

FFURFLEN IECHYD A DIOGELWCH YSGOLION

YSGOL: ....

Swyddog Iechyd a Diogelwch: ....

Pa arwyddion iechyd a diogelwch sy o gwmpas yr ysgol? ....

....

Beth ydy rheolau iechyd a diogelwch yr ysgol? ....

....

Llofnod: ....

Dyddiad: ....

a. Ewch o gwmpas yr ysgol i weld pa arwyddion iechyd a diogelwch sy yno.
b. Gwnewch restr o'r rheolau sy'n helpu i gadw pobl yn ddiogel yn yr ysgol.

help

Yn y labordai …	In the laboratories …
Yn yr ystafell fwyta …	In the dining room …
Cerddwch …	Walk …
Golchwch …	Wash …
Ewch …	Go …
Peidiwch â / ag …	Don't …
Os ydych chi'n cael damwain …	If you have an accident …
Oes oes tân …	If there's a fire …

c. Llenwch y ffurflen ar y we.

Iechyd a diogelwch yn y gweithle

Rydych chi'n gweithio mewn ffatri bwyd.
Rydych chi'n helpu'r Swyddog Iechyd a Diogelwch i baratoi taflen ar gyfer y gweithwyr.

a. Darllenwch y drafft yma.

Geirfa

het wen	white hat
brwnt = budr	dirty
barf	beard
clymu	to tie
wats,-ys	watch,-es
modrwy,-au	ring,-s
ar ddiwedd y sifft	at the end of the shift
damwain	accident
Cymorth Cyntaf	First Aid

IECHYD A DIOGELWCH

Mae'r gweithle'n beryglus, felly … BYDDWCH YN OFALUS!

A

- Gwisgwch y dillad cywir – oferôls gwyn, het wen, esgidiau gwyn.
- Dim dillad brwnt – dillad glân bob amser!
- Gwallt hir? Clymwch o!
- Barf? Gwisgwch 'snŵd' (balaclafa arbennig).

B

C

- Dim watsys na modrwyau – rhowch nhw yn y locer yn Ystafell y Staff.
- Golchwch eich dwylo'n iawn – darllenwch y poster wrth bob sinc.
- Cadwch y gweithle'n lân.

Hefyd …
- Peidiwch â rhedeg yn y gwaith. Cerddwch bob amser.
- Peidiwch â chario bocsys mawr, trwm.

Ch

Pwysig! Pwysig! Pwysig!
- Ydych chi'n gwybod ble mae'r bocs Cymorth Cyntaf? Os dydych chi ddim, gofynnwch i'r Swyddog Iechyd a Diogelwch.
- Os ydych chi'n gweld neu'n cael damwain, dywedwch wrth y Swyddog Iechyd a Diogelwch.

Am fwy o fanylion, cysylltwch â Ceri Price:
Rhif ffôn: 0678 987 5559 E-bost: ceri3@pryces.com

b. Rhaid dewis lluniau i fynd ar y daflen. Pa luniau sy'n mynd yn A, B, C ac Ch?

1

2

3

4

5

6

atebion ar y we

2. Mae aelod newydd o staff yn anfon yr e-bost yma.

Geirfa

gemwaith – jewellery

Oddi wrth: mrees@gwecym.com
At: swyddogiechydadiogelwch@pryces.com
Pwnc: Dechrau gwaith

Font | Font Size | B | I | U | T

Bore da.

Rydw i'n dechrau gweithio gyda'ch cwmni chi yfory. Mae tri chwestiwn gyda fi.

1. Oes rhaid gwisgo dillad arbennig?
2. Mae gwallt hir gyda fi. Ydy hyn yn broblem?
3. Ga i wisgo gemwaith i'r gwaith?

Diolch,
Matt Rees

Mae'r Swyddog Iechyd a Diogelwch yn gofyn i chi ateb yr e-bost.

Oddi wrth: swyddogiechydadiogelwch@pryces.com
At: mrees@gwecym.com
Pwnc: Atb: Dechrau gwaith

Font | Font Size | B | I | U | T

help

Cofiwch – rhaid:

• diolch am yr e-bost	Diolch am eich e-bost.	Thank you for your e-mail.
• ateb y cwestiynau	I ateb eich cwestiynau …	To answer your questions …
	yn gyntaf …	firstly …
	yn ail …	secondly …
	yn drydydd …	thirdly …
• cynnig mwy o help os oes angen	Cysylltwch â fi eto os ydych chi eisiau mwy o help.	Contact me again if you need more help.
	Mae croeso i chi gysylltu â fi eto os ydych chi eisiau mwy o help.	You're welcome to contact me again if you need more help.
	Dyma fy rhif ffôn:	Here is my phone number:
• cloi'r e-bost	Diolch yn fawr.	Thank you very much.
	Yn gywir	Yours faithfully / sincerely

sgiliau swyddfa

Problemau yn y gweithle

Rydych chi'n Swyddog Iechyd a Diogelwch yn y gweithle isod.

Mae'r rheolwr eisiau i chi ysgrifennu adroddiad ar iechyd a diogelwch yn y gweithle yma. Felly, rydych chi'n cerdded o gwmpas i weld beth ydy'r problemau. Rydych chi'n tynnu'r llun yma.

Geirfa

rheolwr	manager
adroddiad	report
felly	therefore
tynnu llun	to take a photo

1a. Edrychwch yn ofalus ar y llun.

help

Geirfa

planhigyn	plant
cadair	chair
cebl,-au	cable,-s
drôr, droriau	drawer,-s
bocs,-ys	box,-es

Geirfa

anaddas / yn anaddas	unsuitable
glân / yn lân	clean
brwnt / yn frwnt	dirty
budr / yn fudr	dirty
blêr / yn flêr	messy

Geirfa

peryglus / yn beryglus	dangerous
syrthio	to fall
baglu	to trip
brifo	to get hurt
cael dolur	to get hurt

b. Beth ydy'r peryglon yn y gweithle yma? Pam maen nhw'n beryglus? Llenwch ffurflen Iechyd a Diogelwch y cwmni – o'r we.

Iechyd a Diogelwch yn y Gweithle

Ystafell: .... Swyddfa: ....

Perygl 1: ....

Pam mae hyn yn beryglus: ....

Perygl 2: ....

Pam mae hyn yn beryglus: ....

c. Rydych chi a'r tîm rheoli'n cyfarfod i drafod y problemau. Fel grŵp, cymharwch beth rydych chi wedi ysgrifennu uchod.

ch. Rydych chi'n trafod sut i wella'r problemau yma. Gwnewch fap meddwl i ddangos y problemau.

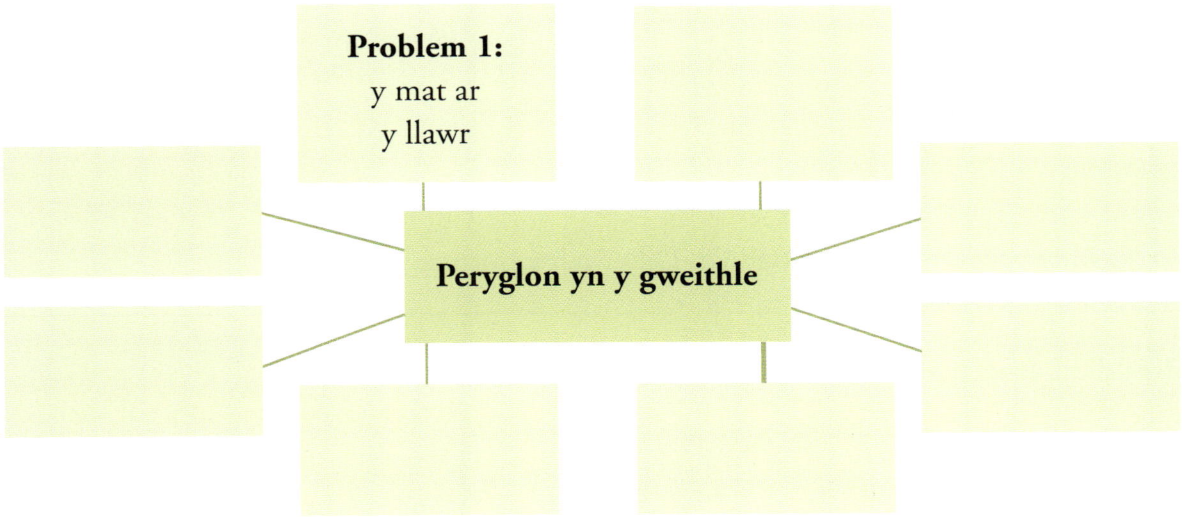

d. Nawr, trafodwch beth ddylai'r gweithwyr wneud / peidio â gwneud i wella pethau.

Rhaid i … + tr. meddal	
Rhaid i bawb **g**lirio …	Everyone must clear …
Rhaid i'r gweithwyr **g**au …	Workers must close …
Rhaid i'r staff **r**oi …	The staff must put …
Dylai … + tr. meddal	
Dylai pawb **g**lirio'u …	Everyone should clear their …
Dylai'r gweithwyr **g**au …	The workers should close …
Dylai'r staff **f**wyta … yn y …	The members of staff should eat … in the …

dd. Rhaid ysgrifennu adroddiad ar gyfer y bos. Rhaid i chi sôn am:

- y peryglon
- pam maen nhw'n beryglus
- beth mae'n rhaid i'r staff wneud.

Geirfa

ar draws	across
cyflwyniad	introduction

Cyn dechrau, paratowch beth rydych chi'n mynd i ddweud.
Cyfieithwch y patrymau yma i'r Gymraeg:

1.	1. I walked around the office.
2.	2. I saw some problems.
3.	3. **There was / were …**
4.	4. There was a mat on the floor.
5.	5. There were a lot of papers on the desk.
6.	6. There were cables across the floor.
7.	7. There was a plant on the printer.
8.	8. **… was …**
9.	9. The drawer was open.
10.	10. The floor was messy.

atebion ar y we

e. Nawr, ysgrifennwch yr adroddiad. Dilynwch y fformat yma:

Adroddiad ar iechyd a diogelwch yn y gweithle

gan: ....
Dyddiad: ....

Ar …. (Hydref 21), cerddais i o gwmpas y swyddfa i edrych ar iechyd a diogelwch yn y swyddfa. ← **Cyflwyniad**

Gwelais i lawer o broblemau. / Roedd llawer o broblemau: ← **Pwyntiau bwled**

- Roedd …
- Roedd …

I wella, ← **Sut i wella – targedau**

- Rhaid …
- Dylai'r staff …
- Dylai pawb …

f. Rhaid ysgrifennu adroddiad ar gyfer y bos.
Rhaid i chi sôn am:

- y peryglon
- beth mae'n rhaid i'r staff wneud.

Geirfa

tynnu lluniau	to take photographs
asesu	to assess

Cyn dechrau, paratowch beth rydych chi'n mynd i ddweud.
Cyfieithwch y patrymau yma i'r Gymraeg:

1.	1. Last Thursday, October 21, I went to the office.
2.	2. I walked through the office.
3.	3. I saw …
4.	4. I spoke to …
5.	5. I asked some questions.
6.	6. I took photographs.
7.	7. I wanted to see … to assess … to write a report to take photographs
8.	8. When I was walking in the office I saw …
9.	9. There was / were …
10.	10. There was a mat on the floor.
11.	11. There were a lot of papers on the desk.
12.	12. There was a plant on the printer.

atebion ar y we

ff. Ysgrifennwch yr adroddiad. Defnyddiwch rai o'r patrymau uchod.
Dilynwch y fformat isod.

Adroddiad ar iechyd a diogelwch yn y gweithle

gan: ....
Dyddiad: ....

Roedd llawer o broblemau:

I wella,

- Rhaid …
- Dylen ni …
- Dylai pawb …

← **Cyflwyniad**
Beth? Pryd? Pam?

← **Pwyntiau bwled**
Beth oedd y problemau

← **Sut i wella – targedau**
gosod targedau:
pwyntiau bwled

2. Mae un o'ch cydweithwyr chi'n paratoi poster i helpu staff i fod yn fwy diogel yn y gwaith. Yn anffodus, mae e wedi gwneud llawer o gamgymeriadau. Ysgrifennwch y cywiriadau'n glir yn y grid o'r we.

Iechyd a diogelwch yn y swyddfa yma

Mae'r gweithle'n **galli** bod yn beryglus.
Bob **blwydd**, mae miloedd o weithwyr yn cael damweiniau yn y gwaith.
Felly, rhaid i chi fod yn **gofalus** iawn.
dyma rai rheolau pwysig:

- Dim rhedeg! **Cerddedwch** bob amser.
- Os oes **dwr** ar y llawr, sychwch e neu bydd pobl yn llithro.
- Peidiwch â **bywta** wrth y cyfrifiadur. Bwytwch yn yr ystafell fwyta bob amser.
- Peidiwch â rhoi **ei** papurau chi ar y llawr.

Mae iechyd a diogelwch **ydy** bwysig iawn. Byddwch yn ofalus!
Cofiwch: cyfarfod arbennig – dydd Llun **ar** naw o'r gloch.

3a. Mae'r ffatri bara'n gofyn am eich help chi. Mae'r bos eisiau help i wneud poster iechyd a diogelwch. Meddyliwch am set o reolau, e.e.

atebion ar y we

Geirfa
ffatri bara — bread factory

Gwisgo … Golchi … Clymu … Cerdded … Cau … Defnyddio … Bod yn ofalus … Gweithio'n …	Gwisgwch
Dim: gwisgo gemwaith gwisgo tei gwisgo dillad brwnt / budr bwyta yfed rhedeg siarad ar ffôn symudol cario pethau trwm	Peidiwch â / ag

b. Gwnewch y poster.

atebion ar y we

Cyn y profiad gwaith

1. Darllenwch y llythyr yma.

Ysgol Gyfun Llanaber, Ffordd y Parc, Llanaber
Ffôn: 0876 334 660
E-bost: llanaber@llanaber.ac.uk

13 Mai

Annwyl ddisgybl

Profiad gwaith

Byddwch chi'n mynd ar brofiad gwaith yn ystod yr wythnos Gorffennaf 1-5.

Bydd y profiad gwaith yn bwysig iawn:

- Byddwch chi'n dysgu am fyd gwaith.
- Byddwch chi'n dysgu sgiliau newydd.
- Byddwch chi'n gweithio gydag eraill.

Rhaid i chi feddwl ble rydych chi eisiau mynd. Llenwch Ffurflen PG1 ac yna rhowch y ffurflen i'r Swyddog Gyrfaoedd erbyn diwedd yr wythnos os gwelwch yn dda.

Yn gywir

....

atebion ar y we

2. Chwiliwch am y geiriau yma yn y darn:

work experience	very important	form	new skills	working with others
You will ... / You will be ...	You will be going ...			
You will learn ...	You will work ...			

Geirfa

profiad gwaith	work experience
yn ystod	during
byd gwaith	the world of work
gweithio gydag eraill	working with others
Swyddog Gyrfaoedd	Careers Officer

3. Llenwch Ffurflen PG1 o'r we.

Geirfa

gweithgareddau	activities
aelod	member
pwyllgor	committee
llofnod	signature

Ffurflen PG1– PROFIAD GWAITH

Manylion personol:

Enw: ....

Cyfeiriad: ....

Cod post: ....

Rhif ffôn gartre: .... Rhif ffôn symudol: ....

E-bost: ....

Oed: .... Dyddiad geni: ....

Ysgol .... Blwyddyn / Dosbarth: ....

Pynciau TGAU: ....

Gweithgareddau yn yr ysgol (e.e. aelod o dîm chwaraeon, pwyllgor eco ac ati)

....

Sgiliau*: ....

Hobïau*: ....

Profiad gwaith*:

Ble hoffech chi fynd? 1. ....

Pam? ....

2. ....

Pam? ....

3. ....

Pam? ....

Llofnod: ....

Dyddiad: ....

* Atebwch mewn brawddegau llawn.

4. Chi ydy'r Swyddog Gyrfaoedd. Rydych chi'n mynd i gael sgwrs gyda disgybl ysgol am ei Ffurflen PG1.

Cyn dechrau, paratowch beth rydych chi'n mynd i ddweud.

a. Cyfieithwch y brawddegau yma.

1. What's your name?
2. What's your address?
3. What's your post code?
4. What's your phone number?
5. What's your e-mail address?
6. Which school do you go to?
7. What are you studying?
8. What do you like doing? / What are your hobbies?

atebion ar y we

b. Bydd rhaid i chi ofyn am sgiliau:

help

Pa sgiliau sy gyda chi?	What skills have you got?
Pa sgiliau sy gennych chi?	What skills have you got?
Beth ydych chi'n gallu wneud?	What can you do?
Beth ydych chi'n medru wneud?	What can you do?

gallu / medru		**can / be able to**	
Rydw i'n gallu	nofio.	I can	swim.
Rydw i'n medru	canu'r piano.		play the piano.
	chwarae'r drymiau.		play the drums.
	defnyddio cyfrifiadur.		use a computer.
	gweithio gydag eraill.		work with others.
	datrys problemau.		solve problems.
	gweithio ar fy mhen fy hun.		work by myself.

c. sgil siarad

PARTNER 1

Chi ydy'r Swyddog Gyrfaoedd. Rydych chi'n cael sgwrs gyda disgybl ysgol am ei Ffurflen PG1. Rhaid:

- agor y sgwrs
- mynd drwy'r ffurflen gyda'ch partner chi – mor bell â'r adran Hobïau
- gorffen y sgwrs.

PARTNER 2

Rydych chi'n cael sgwrs gyda'r Swyddog Gyrfaoedd am Ffurflen PG1. Rhaid:

- ateb y cwestiynau'n llawn.

ch. Nawr, rhaid siarad am brofiad gwaith:

help

Ble byddwch chi'n mynd?	**Where will you go / be going?**
Pam?	**Why?**
Bydda i'n mynd i …	I'll go / be going to …
Bydda i'n mynd i … achos rydw i eisiau …	I'll go / be going to … because I want to …
Ble hoffech chi fynd?	**Where would you like to go?**
Pam?	**Why?**
Hoffwn i fynd i …	I'd like to go to …
Hoffwn i fynd i … achos hoffwn i …	I'd like to go to … because I'd like to …

Pwy? Ble? Pryd?

Rydych chi'n Swyddog Gyrfaoedd. Rydych chi'n chwilio am brofiad gwaith ar gyfer 4 disgybl.

Dyma'r profiad gwaith sy ar gael:

Ble: Canolfan grefftau
Beth:
- peintio platiau a mygiau
- helpu i fframio lluniau
- gweithio yn y siop
- helpu artistiaid

Ble: Llyfrgell
Beth:
- darllen stori i blant bach
- gwneud posteri ar y cyfrifiadur
- helpu i drefnu wythnos Ewropeaidd
- helpu i roi llyfrau ar y silffoedd

Ble: Ysgol gynradd
Beth:
- helpu plant gyda mathemateg
- helpu gyda chwaraeon
- helpu plant i ddarllen
- helpu plant i beintio

Ble: Canolfan hamdden
Beth:
- helpu mewn sesiwn ffitrwydd
- helpu yn y pwll nofio
- gwneud posteri
- dysgu am offer ffitrwydd

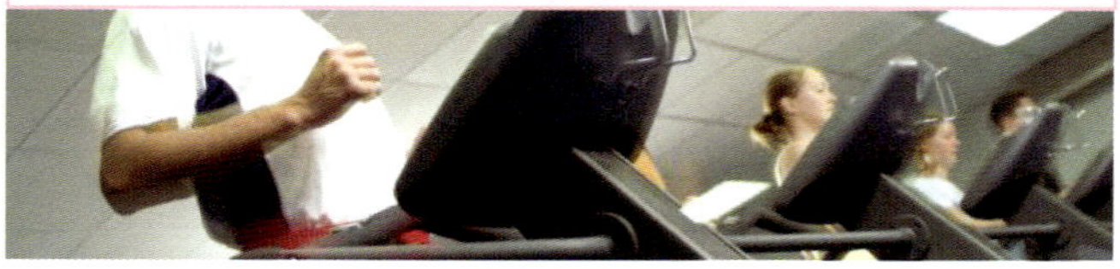

Ble: Parc gwledig
Beth:
- gwneud posteri
- casglu sbwriel
- gweithio yn y siop
- helpu i drwsio ffensys

Ble: Swyddfa papur newydd
Beth:
- helpu yn y swyddfa
- gweithio gyda'r ffotograffydd
- ysgrifennu hysbyseb
- ysgrifennu erthygl

Geirfa

ar gael	available
fframio	to frame
Ewropeaidd	European
ffitrwydd	fitness
offer	equipment
parc gwledig	country park
trwsio	to mend, repair
ffens,-ys	fence,-s
ffotograffydd	photographer
hysbyseb	advertisement
erthygl	article

Dyma'r disgyblion:

Ifan
Mae e eisiau bod yn athro Ffrangeg.

Sioned
Mae hi eisiau gwneud cwrs iechyd a harddwch yn y coleg.
Mae hi eisiau gweithio mewn canolfan iechyd a harddwch wedyn.

Emily
Mae hi eisiau gwneud cwrs celf yn y coleg, e.e. arlunio, peintio, ffotograffiaeth, arlunio ar y cyfrifiadur.

John
Mae e eisiau gweithio mewn parc thema.

Geirfa

iechyd a harddwch	health and beauty
celf	art
arlunio	to draw

1. Pwy sy'n mynd ble? Pam?
Trafodwch hyn.

help

Rhaid i … fynd i … achos …	… must go to … because …
… mae e / o eisiau dysgu sut i …	… he wants to learn how to …
… bydd hi'n dysgu sut i …	… she will learn how to ...
… bydd … yn brofiad da	… will be a good experience
… bydd … yn gyfle da i ddysgu am …	… will be a good opportunity to learn about …
Beth ydy'ch barn chi?	What's your opinion?
Rydw i'n cytuno.	I agree.
Dydw i ddim yn cytuno.	I disagree.

2. Ble maen nhw'n mynd?

Ifan	**Sioned**	**Emily**	**John**
Ble? ………………	Ble? ………………	Ble? ………………	Ble? ………………
Pam? ………………	Pam? ………………	Pam? ………………	Pam? ………………

Paratoi

1. Rhaid ysgrifennu llythyr i drefnu'r profiad gwaith.

a. Darllenwch y llythyr yma. S

Geirfa

addysg gorfforol PE
= ymarfer corff

5 Parc y Dre Llanaber LL13 4BT 17 Mai Y Rheolwr Y Ganolfan Hamdden Llanaber LL13 4PE	1
Annwyl Mrs Jenkins Shane Davies ydw i. Rydw i'n 16 oed ac rydw i'n mynd i Ysgol Uwchradd Llanaber. Bydda i'n mynd ar brofiad gwaith Gorffennaf 1-5. Ga i ddod i weithio yn y ganolfan hamdden os gwelwch yn dda?	2
Yn yr ysgol, rydw i'n astudio Cymraeg, Saesneg, Ffrangeg, mathemateg, gwyddoniaeth, cerdd, technoleg gwybodaeth a chyfathrebu ond fy hoff bwnc i ydy addysg gorfforol.	3
Rydw i'n dda mewn chwaraeon ac rydw i yn y tîm rygbi yn yr ysgol.	4
Rydw i'n mwynhau chwaraeon yn fawr iawn.	5
Diolch am ddarllen y llythyr yma.	6
Yn gywir Shane Davies	7

b. Chwiliwch am y geiriau yma yn y darn:

I go to Llanaber Secondary School.	I will be going on work experience …	July	I'm studying …
My favourite subject is …	I enjoy …	Thank you for reading this letter.	Yours sincerely

atebion ar y we

Geirfa

cyntaf — first

c. Edrychwch ar fformat y llythyr.

1	Sawl cyfeiriad?	Cyfeiriad pwy? 1. 2.
1	Beth sy o dan y cyfeiriad cyntaf?	
7	Sut mae'r llythyr yn gorffen?	

ch. Darllenwch y llythyr eto. Yn **2** mae Shane yn dweud ei enw ac yn gofyn am gael mynd i'r ganolfan hamdden ond beth sy yn **3**, **4**, **5** a **6**?

3	Gwybodaeth am ....
4	Gwybodaeth am ....
5	
6	

d. Chi ydy'r Swyddog Gyrfaoedd. Llenwch y Ffurflen Profiad Gwaith am Shane – o'r we:

Ffurflen Profiad Gwaith:

Enw llawn: ....

Oed: ....

Ysgol: ....

Pynciau: ....

Hobïau: ....

atebion ar y we

2. Dilynwch fformat llythyr Shane i ysgrifennu llythyr i'r gweithle lle rydych chi eisiau mynd ar brofiad gwaith. Dywedwch:

- pwy ydych chi
- pam rydych chi'n ysgrifennu
- i ba ysgol rydych chi'n mynd
- beth rydych chi'n astudio yn yr ysgol
- pa sgiliau sy gyda chi
- beth rydych chi'n hoffi wneud
- ble rydych chi'n gweithio'n rhan amser (os ydych chi'n gweithio)

Cofiwch gloi'r llythyr yn dda.

1. Rhaid ysgrifennu llythyr i drefnu'r profiad gwaith.
a. Darllenwch y llythyr yma am fynd ar brofiad gwaith. Y

Geirfa

yn y dyfodol	in the future
gobeithio	to hope
un diwrnod	one day
edrych ymlaen at	to look forward to
derbyn	to receive

5 Parc y Dre
Llanaber
LL13 4BT
17 Mai 1

Y Rheolwr
Y Ganolfan Hamdden
Llanaber
LL13 4PE

Annwyl Mrs Jenkins

Shane Davies ydw i. Rydw i'n 16 oed ac rydw i'n mynd i Ysgol Uwchradd Llanaber. Bydda i'n mynd ar brofiad gwaith Gorffennaf 1-5 ac rydw i'n ysgrifennu i ofyn ga i ddod i weithio yn y ganolfan hamdden os gwelwch yn dda? Rydw i eisiau mynd i goleg addysg gorfforol yn y dyfodol ac rydw i'n gobeithio cael gwaith mewn canolfan hamdden un diwrnod, felly, hoffwn i ddysgu mwy am y gwaith nawr. 2

Yn yr ysgol rydw i'n astudio Cymraeg, Saesneg, Ffrangeg, mathemateg, gwyddoniaeth, cerdd a thechnoleg ond fy hoff bwnc i ydy addysg gorfforol. 3

Rydw i yn y tîm rygbi yn yr ysgol ac mae tystysgrif nofio gyda fi. Rydw i'n gallu defnyddio'r cyfrifiadur yn dda ac rydw i'n gallu gweithio gydag eraill. 4

Rydw i'n mwynhau cerdded, loncian, carate a nofio. 5

Rydw i'n gweithio'n rhan amser bob dydd Sadwrn yn yr archfarchnad. Rydw i'n llenwi'r silffoedd ac yn gweithio wrth y til. Rydw i'n mwynhau gweithio yno. 6

Diolch am ddarllen y llythyr yma. Rydw i'n edrych ymlaen at dderbyn eich ateb. 7

Yn gywir
Shane Davies 8

b. Chwiliwch am y geiriau yma yn y darn:

I will be going on work experience …	I'm writing to ask …	I hope to …	in the future
My favourite subject is …	I look forward to …	Thank you for reading this letter.	Yours sincerely

atebion ar y we

c. Edrychwch ar fformat y llythyr. Beth sy'n arbennig am y fformat?
ch. Mae Shane wedi cynllunio'r llythyr yn ofalus. Beth sy ym mharagraffau 2-7?

2	
3	
4	
5	
6	
7	

atebion ar y we

2. Dilynwch fformat llythyr Shane i ysgrifennu llythyr i'r gweithle lle rydych chi eisiau mynd ar brofiad gwaith. Dywedwch:

- pwy ydych chi
- pam rydych chi'n ysgrifennu (cofiwch ddweud pam rydych chi eisiau mynd yno ar brofiad gwaith)
- i ba ysgol rydych chi'n mynd
- beth rydych chi'n astudio yn yr ysgol
- pa sgiliau sy gyda chi
- beth rydych chi'n hoffi wneud
- ble rydych chi'n gweithio'n rhan amser (os ydych chi'n gweithio)

Cofiwch gloi'r llythyr yn dda.

3. **Cywiro taflen** S Y
Mae'r ysgrifenyddes yn gofyn am eich help chi. Mae hi wedi paratoi taflen ar gyfer pobl sy'n mynd ar brofiad gwaith ond mae nifer o gamgymeriadau yn y darn.
Ysgrifennwch y cywiriadau yn y grid o'r we.

Profiad <u>gweithio</u>
Gorffennaf 1-5

<u>**Bydd**</u> chi'n mynd ar brofiad gwaith ar ddechrau mis Gorffennaf. Bydd hyn yn gyfle da i chi ddysgu <u>**sgilliau**</u> newydd ac i <u>**gweithio**</u> gyda phobl eraill.

Cofiwch …
Peidiwch â bod yn hwyr yn y <u>**bora**</u>.
Peidiwch â gadael y gwaith yn gynnar yn y prynhawn.
Rhaid gwisgo <u>**dilad**</u> addas.
<u>**Gwrando**</u> ar y rheolwr.
Rhaid bod yn gwrtais bob amser!

Os oes <u>**problems**</u>, cysylltwch <u>**a**</u> Mr Ben Jones: 0899 876 4449
Pob <u>**hywl**</u> a mwynhewch!

Geirfa

cyfle	opportunity
yn hwyr	late
gadael	to leave
yn gynnar	early
addas	suitable
yn gwrtais	polite

atebion ar y we

Profiad gwaith: tasg arbennig

Rydych chi ar brofiad gwaith gyda'r Cyngor.
Mae'r bos yn gofyn i chi a rhai o'ch cydweithwyr chi drefnu'r parti staff yma:

Parti thema:

- Pa thema?
- Pryd?
- Ble?
- Beth? e.e. Disgo? Band? Caraoce?
- Bwyd? Mae angen bwydlen i apelio at bawb.
- Pris?

1. Rhaid meddwl yn gyntaf:

Pa thema: e.e. cymeriadau cartŵn, selebs

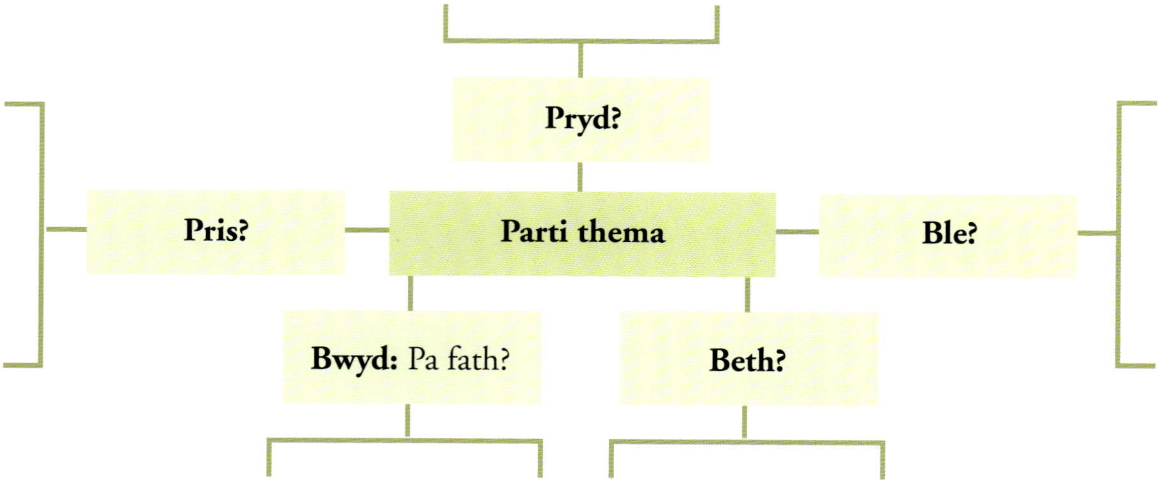

2. Rhaid trafod y parti. sgiliau swyddfa t.16

help

Beth am …?	What about …?
Beth am … achos …?	What about … because …?
… mae pawb yn hoffi …	… everyone likes …
… mae … yn boblogaidd iawn.	… is very popular.

Beth ydy'ch barn chi?	What's your opinion?
Rydw i'n cytuno.	I agree.
Dydw i ddim yn cytuno.	I don't agree.
Rydw i'n anghytuno.	I disagree.

3. Beth ydych chi'n penderfynu? Ysgrifennwch eich syniadau mewn grid. e.e

Pa thema?	
Pryd?	
Ble?	
Cerddoriaeth?	
Bwyd?	
Pris?	
Rhywbeth arall?	

4. Rhaid ysgrifennu nodyn at y bos yn dweud beth rydych chi'n mynd i wneud.

t.17

5. Gwnewch boster i hysbysebu'r parti. Cofiwch ddweud:

- beth
- ble
- pryd
- beth fydd yn digwydd
- pris.

Cyn dechrau, cyfieithwch y geiriau a'r patrymau yma:

Defnyddiwch rai o'r geiriau a'r brawddegau yma ar eich poster chi.

atebion ar y we

Ar brofiad gwaith: tasg arbennig Y

Rydych chi ar brofiad gwaith gyda'r papur newydd. Mae gohebydd yn gofyn i chi am help. Mae e wedi ysgrifennu cyfweliad gyda Ben Thomas, dyn o'r ardal, ond mae'r cwestiynau mewn un ffeil ar y cyfrifiadur a'r atebion mewn ffeil arall. Rhaid i chi roi'r cwestiynau cywir o flaen yr atebion.

1. Darllenwch y darn.

Gohebydd: Yn gyntaf, diolch i chi am siarad â fi, Ben.
Ben: Croeso.

Gohebydd: ....
Ben: Dw i'n ganwr proffesiynol.

Gohebydd: ....
Ateb: Ers 2010.

Gohebydd: ....
Ben: Mewn clybiau nos … mewn partïon … mewn gigs … a hefyd dw i'n canu mewn gwesty pum seren weithiau.

Gohebydd: ....
Ben: Ydw, mae'n grêt. Mae'r gwesty'n fawr. Mae e'n fodern hefyd. Mae e'n lân iawn ac mae e'n hyfryd. Mae'r staff yn grêt. Maen nhw'n garedig iawn ac maen nhw'n barod i helpu bob amser. Mae'r cwsmeriaid yn wych hefyd.

Gohebydd: Rydych chi wedi ennill cystadleuaeth fawr ar y teledu. Llongyfarchiadau.
Ben: Diolch.

Gohebydd: ....
Ben: Gwelais i hysbyseb yn y papur newydd. Llenwais i'r ffurflen ac ysgrifennais i lythyr i fynd gyda'r ffurflen. Anfonais i'r llythyr a'r ffurflen i Lundain ac yna, ar ôl 10 diwrnod, ces i ateb – ces i wahoddiad i fynd i Lundain i ganu ar y teledu ar Ionawr 17.

Gohebydd: ....
Ben: Roeddwn i'n hapus ond yn nerfus iawn.

Gohebydd: ....
Ben: Es i i Lundain ar y trên. Es i i'r stiwdios erbyn un ar ddeg o'r gloch y bore. Yna roedd rhaid i fi ymarfer. Am hanner awr wedi saith es i ar y llwyfan. Roeddwn i'n nerfus ond roedd e'n brofiad grêt. Roedd e'n anhygoel. Ar ddiwedd y noson, roedd pawb yn sefyll ar y llwyfan. Clywais i'r dyn yn dweud "A'r enillydd ydy … Ben Thomas!" Roeddwn i'n teimlo'n hapus dros ben!

Gohebydd: Wel, llongyfarchiadau mawr i chi ar ennill y gystadleuaeth – a phob lwc ar gyfer y dyfodol.
Ben: Diolch.

Dymaʼr cwestiynau – ond ble maen nhwʼn mynd?

- Sut roeddech chiʼn teimlo?
- Ers pryd ydych chiʼn canu?
- Ydych chiʼn mwynhau gweithio yn y gwesty pum seren?
- Ble ydych chiʼn canu fel arfer?
- Beth ddigwyddodd ar Ionawr 17?
- Beth ydyʼch gwaith chi?
- Sut digwyddodd hyn?

atebion ar y we

Geirfa

gohebydd	reporter
cyfweliad	interview
o flaen	in front of
canwr	singer
pum seren	five stars
llongyfarchiadau	congratulations
gwahoddiad	invitation
ymarfer	to rehearse
llwyfan	stage
enillydd	winner
ers pryd?	since when?
ers	since
digwydd	to happen

2. Maeʼr papur newydd yn trio helpu dysgwyr, felly maeʼn paratoi help i fynd gyda phob darn. Ysgrifennwch y geiriau Cymraeg yn ymyl y geiriau Saesneg yn y grid oʼr we.

HELP I DDYSGWYR			
Sut i siarad am weithle a staff / How to talk about a place of work and staff:			
Y gweithle:		Y staff:	
	It's big, large. It's modern. It's clean. It's lovely.		The staff are great. They're kind. They're always ready to help.
Sut i ddweud beth wnaethoch chi / How to say what you did:			
	I saw an advert. I filled in a form. I wrote a letter.		I went to London. I went to the studios. I had to rehearse.
Disgrifio teimladau yn y gorffennol / Describing feelings in the past:			

Maeʼr gohebydd yn gofyn i chi ddarllen drwyʼr cyfweliad eto er mwyn ffeindio enghreifftiau o sut roedd Ben yn teimlo. Ysgrifennwch yr enghreifftiau yn y grid.

Geirfa

enghraifft, enghreifftiau	example,-s

atebion ar y we

Ar ôl y profiad gwaith

1. Rhaid diolch am y profiad gwaith.

a. Darllenwch y llythyr yma.

5 Parc y Dre
Llanaber
LL13 4BT

7 Gorffennaf

Y Rheolwr
Y Ganolfan Hamdden
Llanaber
LL13 4PE

Annwyl Mrs Jenkins

Diolch am y profiad gwaith. Rydw i'n ysgrifennu i ddiolch am y profiad gwaith yn …	Thank you for the work experience. I'm writing to thank you for the work experience in …
Helpais i i … Es i i … gyda … Gwyliais i … Mwynheuais i'n fawr. Dysgais i sut i …	I helped to … I went to … with … I watched … I enjoyed (it) very much. I learnt how to …
Roedd e'n grêt. Roedd e'n ddiddorol iawn. Roedd pawb yn garedig iawn.	It was great. It was very interesting. Everyone was very kind.
Diolch eto.	Thank you again.
Yn gywir	Yours sincerely
Shane Davies	

b. Beth amdanoch chi?

Ar brofiad gwaith …	Ar brofiad gwaith, dysgais i sut i …
helpais i i … gwnes i … gwyliais i …	ateb y ffôn

c. Ysgrifennwch lythyr i ddiolch am y profiad gwaith.
Defnyddiwch rai o'r patrymau uchod.

1. Rhaid diolch am y profiad gwaith.

a. Darllenwch y llythyr yma.

5 Parc y Dre
Llanaber
LL13 4BT

7 Gorffennaf

Y Rheolwr
Y Ganolfan Hamdden
Llanaber
LL13 4PE

Annwyl Mrs Jenkins

Rydw i'n ysgrifennu i ddiolch am y profiad gwaith yn …	I'm writing to thank you for the work experience in …
Hoffwn i ddiolch am …	I would like to thank you for …
Ces i gyfle i …	I had an opportunity to …
Dysgais i lawer, er enghraifft …	I learnt a lot, e.g. …
Dysgais i sut i …	I learnt how to …
Mwynheuais i'n fawr.	I enjoyed (it) very much.
Roedd y staff yn garedig iawn.	The staff were very kind.
Roedd y gwaith yn ddiddorol.	The work was interesting.
Roedd y profiad yn werthfawr iawn.	The experience was very worthwhile.
Diolch am y croeso.	Thank you for the welcome.
Yn gywir	Yours sincerely

Shane Davies

b. Beth am eich profiad gwaith chi? Gwnewch restr:

Ces i gyfle i …	Dysgais i lawer, er enghraifft …
weithio ar y cyfrifiadur	sut i siarad ar y ffôn
gwylio'r staff	sut i wneud posteri

c. Ysgrifennwch lythyr i ddiolch am y profiad gwaith.
Defnyddiwch rai o'r patrymau uchod.

Cyfweliadau

Rydych chi'n Swyddog Gyrfaoedd ac rydych chi'n cyfweld pobl ifanc ar ôl profiad gwaith.

1. Darllenwch y sgyrsiau yma mewn parau.

Sgwrs 1:	**Swyddog Gyrfaoedd ac Emily**
SG:	Ble aethoch chi ar brofiad gwaith?
Emily:	Es i i swyddfa papur newydd.
SG:	Beth wnaethoch chi?
Emily:	Atebais i'r ffôn ac ysgrifennais i hysbyseb.
SG:	Fwynheuoch chi?
Emily:	Naddo. Roedd e'n ddiflas.

Sgwrs 2:	**Swyddog Gyrfaoedd a John**
SG:	Ble aethoch chi ar brofiad gwaith?
John:	Es i i'r parc gwledig.
SG:	Beth wnaethoch chi?
John:	Cerddais i o gwmpas y parc. Helpais i'r warden i drwsio ffensys.
SG:	Fwynheuoch chi?
John:	Do. Roedd e'n ddiddorol.

Sgwrs 3:	**Swyddog Gyrfaoedd ac Ifan**
SG:	Ble aethoch chi ar brofiad gwaith?
Ifan:	Es i i'r llyfrgell.
SG:	Beth wnaethoch chi?
Ifan:	Darllenais i stori i'r plant. Helpais i i roi llyfrau ar y silffoedd a gwnes i bosteri.
SG:	Fwynheuoch chi?
Ifan:	Do. Roedd e'n ddiddorol.

2. Rhaid i chi ofyn i fwy o bobl am eu profiad gwaith.

a. Paratowch beth rydych chi'n mynd i ddweud. Cyfieithwch y cwestiynau a'r atebion yma.

Where did you go on work experience?

I went to a …
I went to the …

What did you do?

I answered … I wrote …
I walked … I helped …
I read … I made …

Did you enjoy (yourself)?

Yes. It was great. No. It was boring.

atebion ar y we

b. Siaradwch gyda phobl yn eich dosbarth chi am brofiad gwaith.

1. Darllenwch y sgwrs yma.

Geirfa

offer – equipment

Swyddog Gyrfaoedd a Sioned

SG:	Ble aethoch chi ar brofiad gwaith?
Sioned:	Es i i'r ganolfan hamdden.
SG:	Beth wnaethoch chi?
Sioned:	Helpais i gyda sesiwn ffitrwydd.
SG:	Rhywbeth arall?
Sioned:	Dysgais i am offer ffitrwydd – sut i ofalu am yr offer, sut i lanhau'r offer. Hefyd, gwnes i bosteri ar y cyfrifiadur.
SG:	Pa bosteri?
Sioned:	Posteri am y gwersi nofio.
SG:	Fwynheuoch chi?
Sioned:	Do. Roedd e'n wych. Roedd y gwaith yn ddiddorol ac roedd y bobl yn garedig. Dysgais i sgiliau newydd hefyd.

2. Rhaid i chi ofyn i bobl yn y dosbarth am eu profiad gwaith nhw.

a. Paratowch beth rydych chi'n mynd i ddweud.
Meddyliwch am gwestiynau da.

Pryd ... ?

Ble ... ?

Beth ... ?

Oedd ... ?

Fwynheuoch ...?
Pam ?

b. Siaradwch gyda phobl yn eich dosbarth am brofiad gwaith.

Holiadur

1. Fel Swyddog Gyrfaoedd, rhaid i chi wneud holiadur am brofiad gwaith.
Rhaid i chi ffeindio allan:

- ble?
- pryd?
- gwneud?
- mwynhau?
- barn?

Beth ydy'ch barn chi am y profiad gwaith?

Beth ydych chi'n feddwl o'r profiad gwaith?

a. Pa iaith ydych chi'n mynd i'w defnyddio? Gwnewch restr o gwestiynau addas. 

b. Gwnewch yr holiadur. 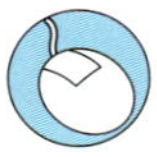

2. Defnyddiwch yr holiadur gyda 5 o bobl yn y dosbarth.
Wrth ateb y cwestiwn olaf, beth am ddefnyddio rhai o'r brawddegau isod? 

Roedd e'n wych.	It was great.	Roedd e'n ofnadwy.	It was awful.
Roedd e'n ddiddorol.	It was interesting.	Roedd e'n ddiflas.	It was boring.
Roedd e'n brofiad da iawn.	It was a very good experience.	Roedd e'n wastraff amser!	It was a waste of time!

Roedd e'n wych achos …	It was great because …
… dysgais i sgiliau newydd.	… I learnt new skills.
… dysgais i i weithio gydag eraill.	… I learnt to work with others.
… dysgais i am fyd gwaith.	… I learnt about the world of work.
Roedd e'n wastraff amser achos …	It was a waste of time because …
… ddysgais i ddim byd.	… I didn't learn anything.

Byd Gwaith

Gwneud cyflwyniad

Gwneud cyflwyniad am brofiad gwaith

Rhaid i chi wneud cyflwyniad am eich profiad gwaith. Rhaid i chi ddweud:

- ble?
- pryd?
- sut le oedd y gweithle?
- beth wnaethoch chi?
- beth oedd y rheolau iechyd a diogelwch?
- fwynheuoch chi?
- sut roeddech chi'n teimlo?
- eich barn chi am y profiad gwaith.

Rhaid cynllunio a pharatoi'n ofalus:

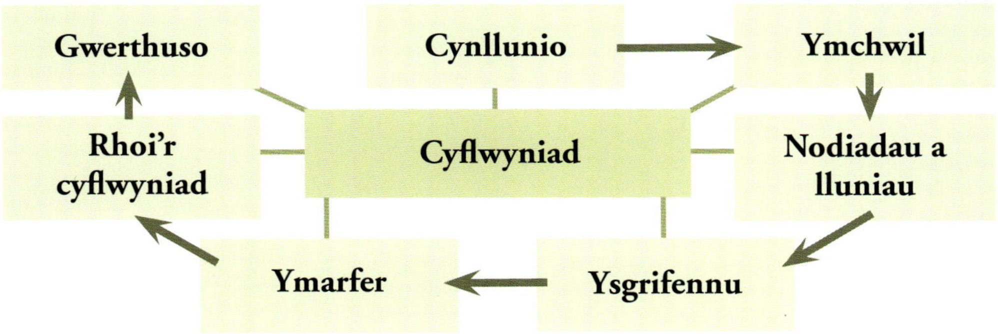

Defnyddiwch yr iaith yn yr uned yma, e.e.

help

Es i i … ar brofiad gwaith.	I went to … on work experience.
Roedd y gweithle'n …	The workplace was …
Dysgais i sut i …	I learnt how to …
I spoke to …	Siaradais i â …
Roedd llawer o reolau iechyd a diogelwch, e.e. ...	There were many health and safety rules, e.g. ...
Darllenais i'r rheolau iechyd a diogelwch …	I read the health and safety rules …
Roedd y profiad gwaith yn …	The work experience was …

Mae'r dechrau a'r diwedd yn bwysig!

help

Dechrau

Rydw i'n mynd i siarad am …	I'm going to talk about …
Rydw i eisiau siarad am …	I want to talk about …
Hoffwn i sôn am …	I'd like to talk about …

help

Gorffen

Dyna ddiwedd y cyflwyniad.	That's the end of the presentation.
Ydych chi eisiau gofyn cwestiynau?	Do you want to ask any questions?
Oes cwestiynau gyda chi? / Oes gennych chi gwestiynau?	Have you got any questions?

Cofiwch ofyn i'r grŵp ydyn nhw eisiau gofyn cwestiynau i chi!

sgiliau swyddfa

Byd Gwaith

Ymgeisio am swydd

Ffurflen gais

Yn aml iawn, mae pobl yn llenwi ffurflen er mwyn ymgeisio am swydd.

1. Llenwch y ffurflen yma o'r we.

Geirfa

ymgeisio am swydd	to try for a job
ffurflen gais	application form
canolwyr	referees
llofnod	signature

FFURFLEN GAIS

Swydd: ....

Yn: ....

Manylion personol:

Enw llawn: ....

Cyfeiriad: ....

Cod post: ....

Rhif ffôn: Cartref: .... Ffôn symudol: ....

E-bost: ....

Addysg:

Ysgol: ....

Pynciau: ....

Sgiliau*: ....

Profiad gwaith*: ....

Gwaith rhan amser*: ....

Hobïau / diddordebau*:

....

....

Enwau canolwyr: **1.** .... **2.** ....

Cyfeiriad: ....

....

....

Llofnod: ....

Dyddiad: ....

* **Atebwch mewn brawddegau llawn.**

2. **Sgwrs dwy funud**

Rydych chi'n mynd i siarad amdanoch chi'ch hun am ddwy funud.
Defnyddiwch eich ffurflen i'ch helpu chi.

a. Cyn dechrau, paratowch. Sut mae dweud y brawddegau yma yn Gymraeg?

1. My name is …
2. I'm …
3. I live at …
4. The post code is …
5. My phone number is …
6. My e-mail address is …
7. I'm 16 years old.
8. My date of birth is … Ces i fy ngeni ar …
9. I go to … School.
10. I'm studying …

atebion ar y we

b. Paratowch beth rydych chi'n mynd i'w ddweud am eich sgiliau chi:

help

Rydw i'n gallu	canu'r piano.	I can	play the piano.
Rydw i'n medru	chwarae'r drymiau.		play the drums.
	defnyddio cyfrifiadur.		use a computer.
	gweithio gydag eraill.		work with others.
	datrys problemau.		solve problems.
	gweithio ar fy mhen fy hun.		work on my own.

c. Ydych chi'n cofio sut i siarad am waith rhan amser? t.18-27

ch. Ydych chi'n cofio sut i siarad am brofiad gwaith? t.38-55

d. Ydych chi'n cofio sut i sôn am eich hobïau chi?
Dywedwch gymaint â phosib:

- ble
- pryd
- gyda phwy
- pam
- gwybodaeth arall.

dd. Siaradwch amdanoch chi'ch hun am 2 funud.

Geirfa

tocyn,-nau	ticket,-s
bwcio	to book
sedd,-i	seat,-s

CV

Rydych chi'n rheolwr theatr ac rydych chi wedi ysgrifennu'r hysbyseb yma.

1. Darllenwch yr hysbyseb.

THEATR Y FRO

Rydyn ni'n chwilio am staff ar gyfer y swyddfa docynnau.

Y gwaith

- ateb y ffôn
- bwcio seddi
- gwerthu tocynnau a rhaglenni

Pryd: Nos Fercher, nos Iau, nos Wener a nos Sadwrn, 6.00-9.00
Cyflog: £25.00 y noson

Anfonwch CV at: Dominic Williamson, Theatr y Fro, Pant-y-fro, Sir Ddinbych, LL13 2TH; dominic@theatryfro.com

a. Rydych chi'n derbyn y CV yma. Darllenwch y CV.

Enw:	Mathew Williams		
Cyfeiriad:	10 Stryd y Dŵr, Glanrhydd, EE1 5FT		
Rhif ffôn:	**Cartref**: 01887 434 681	**Symudol**:	0887 475 8883
E-bost:	matwills@gwecym.com		
Oed:	16	**Dyddiad geni**:	12.6.1996
Ysgol:	Ysgol Gyfun Glanrhydd, Ffordd y Cwm, Glanrhydd, EE1 9YT Rydw i'n astudio Cymraeg, Saesneg, mathemateg, gwyddoniaeth, hanes, TGCh, drama.		
Sgiliau:	Rydw i'n gallu defnyddio'r cyfrifiadur. Rydw i'n gallu gweithio gydag eraill. Mae tystysgrifau nofio gyda fi.		
Hobïau:	Rydw i'n mwynhau chwaraeon o bob math.		
Profiad gwaith:	Es i ar brofiad gwaith i Theatr y Llan a dysgais i lawer am weithio mewn theatr.		
Gwaith rhan amser:	Rydw i'n gweithio mewn siop papurau newydd a llyfrau bob bore Sadwrn.		
Canolwyr:	Mr Benjamin Jones Y Pennaeth Ysgol Gyfun Glanrhydd Glanrhydd EE1 9YT		Mrs Samantha Williams Theatr y Llan Ffordd y Cwm Glanrhydd EE1 7TT
Llofnod:	*M. Williams*	**Dyddiad**:	12 Mai 2012

Beth sy mewn CV? Edrychwch ar y wybodaeth uchod.

b. Rydych chi'n derbyn CV arall hefyd. Darllenwch y CV yma.

Geirfa

addas	suitable
astudiaethau	studies
gwerthuso	to evaluate

Enw: Emma James
Cyfeiriad: 5 High Street, Glanrhydd, EE1 6TR
Rhif ffôn: 890 467
E-bost: emmajames@gwecym.com
Oed: 16 **Dyddiad geni:** 10 April 1996
Ysgol: Glanrhydd High
Pynciau: Cymraeg, Saesneg, mathemateg, daearyddiaeth, French, gwyddoniaedd, ICT, drama, astudiaethau ffilm
Hobïau: Gwylio films ac actio
Sgiliau: Da am siarad gyda phobl; nofio
Profiad gwaith: Siop trin gwallt
Gwaith rhan amser: Sinema'r Fro
Canolwyr:

Benjamin Jones	Lisa Lewis
Y Pennaeth	Sinema'r Fro
Ysgol Gyfun Glanrhydd	Ffordd y Cwm
Glanrhydd	Glanrhydd
EE1 9YT	EE1 7TT

Llofnod: *Emma James* **Dyddiad:** 12.5.2012

c. Rhaid i chi werthuso'r ddau CV.

CV Mathew		CV Emma	
Pwyntiau da	**Pwyntiau gwan**	**Pwyntiau da**	**Pwyntiau gwan**

ch. Pam mae Emma a Mathew yn addas ar gyfer y swydd?

Mae Mathew yn addas ar gyfer y swydd achos ....

Mae Emma'n addas ar gyfer y swydd achos ....

2. Ysgrifennwch eich CV eich hun.

Hysbyseb … a llythyr cais
Rydych chi'n gweithio fel ysgrifennydd / ysgrifenyddes yn Radio'r Fro. Mae'r pennaeth yn anfon y nodyn yma atoch chi.

1. Darllenwch y nodyn.

> Bore da.
>
> Mae angen DJ rhan amser newydd, felly mae angen ysgrifennu hysbyseb.
>
> Mae angen person i weithio bob nos Wener o bedwar o'r gloch tan ddeg o'r gloch ar y rhaglen 'Ifanc'. Mae'r rhaglen yn mynd allan am naw o'r gloch.
>
> Rhaid i'r DJ gyflwyno'r rhaglen – dewis cerddoriaeth, dewis eitemau, siarad â phobl ifanc. Y cyflog fydd pedwar deg punt y noson.
>
> Rhaid i'r ymgeiswyr anfon llythyr cais erbyn Mai 30.

Geirfa

mae angen …	(we) need … / … is needed
manylion	details
cyflwyno	to present
dewis	to choose
eitem,-au	item,-s
ymgeisydd, ymgeiswyr	applicant,-s
llythyr cais	letter of application
cysylltu â	to contact
lawrlwytho	to download
pecyn ymgeisio	application pack
gwefan	website

a. Ysgrifennwch y manylion yn yr hysbyseb.

Radio'r Fro
Stiwdios Stryd y Dŵr, Glanrhydd

Rydyn ni'n chwilio am:

....

Y gwaith:
-
-
-
-

Oriau gwaith:
-

Cyflog:
-

Am fwy o wybodaeth:
Cysylltwch â'r Adran Staffio, Radio'r Fro, Stiwdios Stryd y Dŵr, Glanrhydd, LL13 5TU
Ffoniwch: 0889 867 2220 neu
Lawrlwythwch y pecyn ymgeisio o'n gwefan: www.radiorfro-glanrhydd.co.uk

Anfonwch lythyr cais aton ni erbyn ....

atebion ar y we

b. sgil siarad

PARTNER 1

Rydych chi wedi clywed bod Radio'r Fro yn chwilio am DJ ond dydych chi ddim wedi gweld hysbyseb. Rydych chi'n ffonio i ofyn am fanylion. Rhaid:

- dweud pwy ydych chi
- gofyn am fanylion am y swydd:
  - beth ydy'r gwaith
  - yr oriau gwaith
  - y cyflog
- gofyn sut mae ymgeisio
- diolch am yr help.

PARTNER 2

Rydych chi'n gweithio yn y dderbynfa yn Radio'r Fro. Rhaid:

- ateb y ffôn – enwi'r orsaf radio, dweud pwy ydych chi
- ateb y cwestiynau
- dweud wrth y person sut i gael pecyn ymgeisio
- gorffen y sgwrs.

Ymgeisio am swydd - geiriau pwysig:

ymgeisio (am)	to apply (for)
pecyn ymgeisio	application pack
cais	application
ffurflen gais	application form
llythyr cais	letter of application
CV	CV

c. Darllenwch y darn yma ar ddiwedd yr hysbyseb eto:

> Am fwy o wybodaeth:
> Cysylltwch â'r Adran Staffio, Radio'r Fro, Stiwdios Stryd y Dŵr, Glanrhydd, LL13 5TU
> Ffoniwch: 0889 867 2220 neu
> Lawrlwythwch y pecyn ymgeisio o'n gwefan: www.radiorfro-glanrhydd.co.uk
>
> Anfonwch lythyr cais aton ni erbyn ....

ch. Chwiliwch am y geiriau yma yn y darn:

For more information …	Staffing Department	Contact …	Phone …
application pack	Download …	Send …	by …

atebion ar y we

2. Mae dau berson yn anfon llythyr cais am y swydd. Mae'r bos yn gofyn i chi ddarllen y llythyrau yma.

Llythyr 1

Hendre
13 Parc y Dre
Glanrhydd

Mai 12

Y Rheolwr
Radio'r Fro
Stiwdios Stryd y Dŵr
Glanrhydd

Annwyl Syr

Gwelais i hysbyseb am swydd DJ rhan amser gyda Radio'r Fro ar eich gwefan a hoffwn i ymgeisio am y swydd.

Rydw i'n un deg saith oed ac rydw i'n mynd i Ysgol Gyfun Glanrhydd. Rydw i'n astudio cerddoriaeth, Cymraeg a TGCh ar gyfer Lefel A. Rydw i wedi pasio naw TGAU – Cymraeg, Saesneg, Ffrangeg, Eidaleg, gwyddoniaeth, mathemateg, technoleg bwyd, cerddoriaeth a TGCh.

Rydw i'n siarad Cymraeg a Saesneg ac rydw i'n gallu defnyddio'r cyfrifiadur. Rydw i'n gallu canu'r piano a chwarae'r drymiau.

Es i i weithio gyda radio'r ysbyty ar brofiad gwaith. Roedd e'n ardderchog – dysgais i lawer o sgiliau. Rydw i'n gallu gweithio gydag eraill yn dda – rydw i'n gweithio yng Nghanolfan Hamdden Bro Deg bob dydd Sadwrn.

Rydw i'n mwynhau chwaraeon, coginio a cherddoriaeth. Rydw i'n chwarae mewn band ac rydyn ni'n chwarae mewn gigs yn aml iawn ar nos Sadwrn.

Mae pennaeth yr ysgol a phennaeth yr adran gerddoriaeth yn hapus i ysgrifennu geirda amdana i:

Mr Benjamin Jones
Y Pennaeth
Ysgol Gyfun Glanrhydd
Ffordd y Cwm
Glanrhydd
EE1 9YT

Mrs Sali Westbrook
Pennaeth yr adran gerddoriaeth
Ysgol Gyfun Glanrhydd
Ffordd y Cwm
Glanrhydd
EE1 9YT

Rydw i'n gallu dod i gyfweliad unrhyw bryd ym mis Mehefin.

Diolch yn fawr am ddarllen y llythyr yma.

Yn gywir

Simon Wills

Geirfa

hoffwn i	I would like to
geirda	reference
amdana i	about me
cyfweliad	interview
unrhyw bryd	any time

Llythyr 2

14 Ffordd y Nant
Glanrhydd

Mai 14

Y Rheolwr
Radio'r Fro
Stiwdios Stryd y Dŵr
Glanrhydd

Annwyl Syr

Gwelais i hysbyseb am swydd DJ rhan amser gyda Radio'r Fro ar eich gwefan a hoffwn i ymgeisio amdani hi.

Roeddwn i'n mynd i Ysgol Glanrhydd ond nawr rydw i'n un deg naw oed ac rydw i'n gweithio mewn siop yn y dref. Rydw i'n mwynhau'r gwaith yn fawr ond hoffwn i wneud gwaith gwahanol. Dyna pam rydw i eisiau'r swydd yma.

Rydw i'n mwynhau pob math o gerddoriaeth – roc, indi, hip-hop, clasurol, cerddoriaeth Gymreig – pob math! Rydw i'n mwynhau cyfarfod â phobl hefyd – ac rydw i'n dda iawn am siarad!

Mae Mr J. Eastleigh yn hapus i ysgrifennu geirda amdana i. Dyma'r manylion:

Mr J Eastleigh
14 Ffordd y Nant
Glanrhydd

Rydw i'n gallu dod am gyfweliad unrhyw bryd ym mis Mehefin.

Diolch yn fawr am ddarllen y llythyr yma.

Yn gywir

Anna Eastleigh

Geirfa

amdani hi	for it
gwahanol	different
pob math	all kinds
cyfweliad	interview
unrhyw bryd	any time

a. Mae pennaeth yr orsaf radio eisiau gwybodaeth am y ddau. Llenwch y grid o'r we. S

	Llythyr 1	Llythyr 2
Enw		
Cyfeiriad		
Addysg		
Sgiliau		
Profiad o weithio		
Diddordebau		
Enwau canolwyr		

atebion ar y we

b. Pa lythyr ydy'r un gorau? Pam? Cymharwch beth maen nhw'n ddweud am …: Y

	Simon	Anna
addysg		
sgiliau		
gwaith		
diddordebau		
canolwyr		

atebion ar y we

help

Mae … yn dweud … ond mae … yn dweud …	… says … but … says …
Mae … yn sôn am … ond dydy … ddim yn sôn am …	… mentions … but … doesn't mention …
Mae … yn rhoi mwy o wybodaeth am …	… gives more information about …
Mae hyn yn dda iawn.	This is good.
Dydy hyn ddim yn dda.	This isn't good.
Mae llythyr … yn well na llythyr … achos …	…'s letter is better than …'s letter because …
… mae … yn dweud mwy am …	… says more about …
… dydy … ddim yn dweud digon am …	… doesn't say enough about …

c. Ydy Simon ac Anna'n addas ar gyfer y swydd. Pam? Ysgrifennwch eich syniadau yn y grid:

Geirfa

addas — suitable

Simon	Anna
Mae Simon yn addas achos …	Mae Anna yn addas achos …

ch. Pa un ydy'r un gorau ar gyfer y swydd? Pam?

help

… ydy'r un gorau ar gyfer y swydd achos …

d. Rhaid ysgrifennu memo at y rheolwr yn sôn am y person yma. Dywedwch pam rydych chi'n dewis y person yma.

MEMO

At: .... Oddi wrth: ....

Dyddiad: .... Pwnc: ....

Neges: ....

Gwahodd i gyfweliad

Mae pennaeth yr orsaf radio eisiau gwahodd Simon ac Anna i gyfweliad.

Geirfa

gwahodd	to invite
cyfweliad	interview
gallech chi …	you could …
dilyn	to follow

1. Rhaid i chi ysgrifennu llythyr yn eu gwahodd nhw. Gallech chi ddilyn y patrwm yma.

Annwyl …	• Cyfeiriad • Dyddiad • Cyfeiriad
Rydw i'n ysgrifennu i'ch gwahodd chi i …	Dywedwch: • pwy ydych chi a beth ydy'ch gwaith chi • pam rydych chi'n ysgrifennu
Bydd y cyfweliad …	Dywedwch: • pryd bydd y cyfweliad – dyddiad ac amser • ble bydd y cyfweliad
Os ydych chi eisiau mwy o wybodaeth, ffoniwch fi ar … neu e-bostiwch fi. Dyma'r cyfeiriad: …	Rhowch eich manylion cyswllt.
Yn gywir	• Gorffennwch y llythyr yn addas. • Ysgrifennwch eich llofnod. • Ysgrifennwch eich enw'n glir.

Mwy o iaith ddefnyddiol …

2. Beth ydy'r canlynol yn Gymraeg? Cysylltwch y Gymraeg a'r Saesneg.

Congratulations.	Os oes gennych chi unrhyw gwestiynau …
You are on the short list for the post of …	Hoffwn i'ch gwahodd chi i …
I would like to invite you to an interview.	Llongyfarchiadau.
The interview will be in …	Rydw i'n edrych ymlaen at eich gweld chi.
I look forward to seeing you.	Rydych chi ar y rhestr fer ar gyfer y swydd …
If you have any questions …	Bydd y cyfweliad yn …
You are welcome to contact me.	Mae croeso i chi gysylltu â fi …

atebion ar y we

Cyfweliad
Rydych chi ar y panel cyfweld.

Geirfa

dechrau	beginning
diwedd	end

S

1. Rydych chi wedi paratoi nifer o gwestiynau ond mae problem gyda'r cyfrifiadur ac mae'r cwestiynau wedi cymysgu.

Cysylltwch ddechrau a diwedd y cwestiynau:

Beth	ydych chi'n mynd?
Faint ydy'ch	mwynhau?
I ba ysgol	oed chi?
Pa sgiliau …	ar brofiad gwaith?
Ydych chi'n gweithio'n	rhan amser?
Ble aethoch chi	sy gyda chi / sy gennych chi?
Beth ydy'ch	hobïau chi?
Beth ydych chi'n	ydy'ch enw chi?

atebion ar y we

Ydych chi'n gallu meddwl am fwy o gwestiynau i'w gofyn?

Y

2. Mae'r rheolwr yn gofyn i chi a'ch cydweithwyr baratoi nifer o gwestiynau ar gyfer y cyfweliad, e.e.

Beth ydy'ch …? **I ba …?** **Ydych chi'n …?**
Beth ydych chi'n …? **Pa …?** **Ydych chi'n gallu …?**
Ydych chi wedi …? **Ble aethoch chi …?** **Beth wnaethoch chi …?**
Pam …? **Oes … gyda chi? / Oes gennych chi …?**

Ysgrifennwch restr o gwestiynau i ofyn am:
- manylion personol
- yr ysgol
- sgiliau
- profiad gwaith
- gwaith rhan amser
- pam maen nhw eisiau'r swydd.

Gallech chi ofyn iddyn nhw am eu barn am Radio'r Fro hefyd!

Geirfa

cynnal	to hold
penodi	to appoint

3. Ar ôl gorffen, rhaid cynnal y cyfweliad. Gofynnwch y cwestiynau i Simon ac Anna (dau ymgeisydd o'r dosbarth).

Pa sgiliau sy gyda chi?

Pa sgiliau sy gennych chi?

Ydych chi'n gallu ...?

Pam ydych chi eisiau'r swydd?

Ydych chi'n gwrando ar Radio'r Fro?

Beth ydy'ch barn chi am Radio'r Fro?

4. Yna, rhaid i'r panel drafod y ddau ymgeisydd a phenderfynu pwy maen nhw'n mynd i benodi.

help

Yn fy marn i …	In my opinion …
Mae … yn well na … achos …	… is better than … because …
Beth ydy'ch barn chi?	What's your opinion?
Rydw i'n cytuno ond …	I agree but …
Rydw i'n anghytuno achos …	I disagree because …
… mae gan … fwy o … na …	… has more … than …
… mae mwy o … gyda … na …	… has more … than …
… mae e / o / hi wedi gwneud …	… he / she has done …
… mae … wedi cael profiad o …	… has had experience of …

Rydw i eisiau cynnig y swydd i …	I want to offer the job to …
Hoffwn i gynnig y swydd i …	I would like to offer the job to …

Yr Ardal
Twristiaeth

Geirfa

gogledd	north
de	south
gorllewin	west
dwyrain	east
pentref,-i	village,-s
tref,-i	town,-s
dinas,-oedd	city, cities
cefn gwlad	countryside
mynydd,-oedd	mountain,-s
traeth,-au	beach,-es

Rydych chi'n gweithio mewn canolfan groeso ac rydych chi'n paratoi gwybodaeth am Gymru.

1. Edrychwch ar y map yma.

GOGLEDD … DE … GORLLEWIN … DWYRAIN … MAE CYMRU'N CŴL!

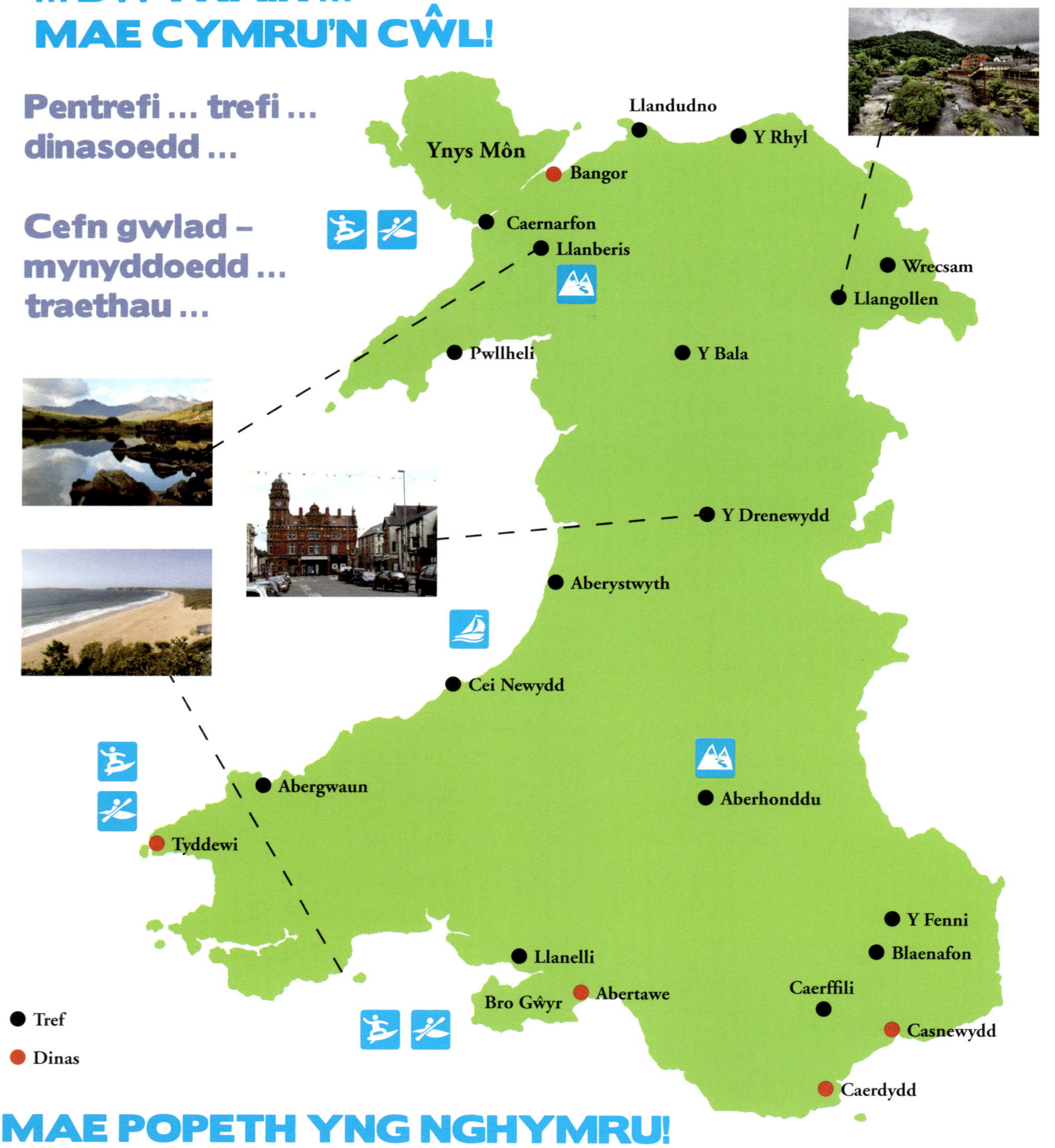

MAE POPETH YNG NGHYMRU!

a. Rydych chi'n derbyn gwybodaeth am rai o'r lleoedd ar y map. Rhaid i chi roi'r wybodaeth ar gronfa ddata'r ganolfan groeso. Darllenwch y wybodaeth a llenwch y grid o'r we.

Y Drenewydd: diddorol … da …
Mae'r Drenewydd yng Nghanolbarth Cymru. Mae'r dref tua 42 milltir o Aberystwyth. Mae canolfan siopa, pwll nofio, sinema ac amgueddfa yma.

Y Fenni: hwyl … hanesyddol …
Mae'r Fenni yn Nwyrain Cymru – tua 26 milltir o Gaerffili. Mae'r dref mewn ardal hardd iawn – yn agos i Fannau Brycheiniog – lle da i fwynhau chwaraeon. Mae canolfan siopa dda yn Y Fenni. Mae castell yn y dref ac mae hen bwll glo Blaenafon yn agos – mae'n bosib mynd i lawr y pwll i weld sut roedd glowyr yn gweithio amser maith yn ôl.

Abertawe: cŵl … cyffrous …
Mae Abertawe yn Ne Cymru. Mae'r ddinas tua 40 milltir o Gaerdydd. Mae canolfan siopa ardderchog yma, gyda llawer o siopau mawr, theatr, sinema a bowlio deg. Mae clybiau nos gwych yma.

Mae Bro Gŵyr yn agos ac mae traethau ardderchog yno – lle gwych i nofio, syrffio, canŵio a chwarae ar y traeth.

Llanberis: hardd … hyfryd …
Mae Llanberis yng Ngogledd Cymru. Mae'r pentref ger y llyn yng nghanol y mynyddoedd, tua 8 milltir o Gaernarfon. Mae'n bosib canŵio ar y llyn, cerdded yn y mynyddoedd a mynd ar y trên bach i fyny'r Wyddfa, mynydd mwya uchel Cymru. Mae hen gastell a mynydd trydan yma hefyd!

Geirfa

derbyn	to receive
Bro Gŵyr	the Gower Peninsula
mwya uchel	highest
trydan	electric
Bannau Brycheiniog	Brecon Beacons
pwll glo	coal mine
glowyr	coalminers
amser maith yn ôl	a long time ago

help

Yng Ngogledd Cymru	In North Wales
Yn Ne Cymru	In South Wales
Yng Ngorllewin Cymru	In West Wales
Yn Nwyrain Cymru	In East Wales
Yng Nghanolbarth Cymru	In Mid Wales

Enw'r lle	Pa fath o le? (pentref / tref / dinas)	Ble ar y map? (Gogledd / De / Gorllewin / Dwyrain / Canolbarth?)	Ble? (milltiroedd)	Beth sy yno?
Lle arall: tasg 2 (Peidiwch â llenwi'r darn yma eto.)				

atebion ar y we

b. Rydych chi'n derbyn yr e-bost yma:

Oddi wrth: wills@gwecym.org
At: canolfangroeso@gwecym.com
Pwnc: Gwyliau yng Nghymru

Font | Font Size | B | I | U | T

Helo. Rhydian Williams ydw i ac rydw i'n byw yn Llundain. Rydw i'n meddwl mynd i Gymru am wyliau eleni ond dydw i ddim yn siŵr ble i fynd. Mae pedwar cwestiwn gyda fi.

1. Ble yn union mae'r Drenewydd?
2. Pa mor bell ydy Abertawe o Gaerdydd?
3. Ydy Abertawe yn lle da ar gyfer pobl ifanc?
4. Beth sy i wneud yn Llanberis?

Diolch am eich help.
Rhydian

Atebwch yr e-bost.

Oddi wrth: canolfangroeso@gwecym.com
At: wills@gwecym.org
Pwnc: Atb: Gwyliau yng Nghymru

Font | Font Size | B | I | U | T

sgiliau swyddfa

help

Pa mor bell ydy …?	**How far is …?**
Pa mor bell ydy … o …?	How far is … from …?
Tua deg milltir.	About ten miles.
Mae … tua deg milltir o …	… is about ten miles from …
Beth sy i wneud yn …?	**What is there to do in …?**
Rydych chi'n gallu …	You can …
Rydych chi'n gallu cerdded yn y mynyddoedd.	You can walk in the mountains.
Mae'n bosib …	**It's possible to … / You can …**
Mae'n bosib cerdded yn y mynyddoedd.	It's possible to … / You can walk in the mountains.
Gallwch chi … (+ treiglad meddal)	**You can …**
Gallwch chi gerdded yn y mynyddoedd.	You can walk in the mountains.
Gallwch chi ganŵio ar y llyn.	You can canoe on the lake.

2. Mae'r rheolwr yn gofyn i chi chwilio am wybodaeth am un o'r lleoedd eraill ar y map.

a. Chwiliwch am wybodaeth:
- Ble yn union mae'r lle?
- Beth sy yno?
- Beth sy i wneud yno?

Chwiliwch am lun hefyd.

b. Rhaid rhoi'r wybodaeth ar fas data'r ganolfan. Gorffennwch y grid.

c. Mae'r rheolwr yn gofyn i chi ysgrifennu darn ar gyfer cylchgrawn gwyliau. Ysgrifennwch ddisgrifiad o'r lle a soniwch am y llun, e.e.

help

Mae'r llun yn dangos …	The picture shows …
Yn y llun, rydych chi'n gallu gweld …	In the picture, you can see …

ch. sgil siarad

PARTNER 1

Rydych chi'n gweithio yn y ganolfan groeso ac mae rhywun yn ffonio i ofyn am y lle. Rhaid:
- ateb y ffôn – enwi'r ganolfan, dweud pwy ydych chi, cynnig help
- ateb y cwestiynau
- gorffen y sgwrs.

PARTNER 2

Rydych chi'n ffonio'r ganolfan groeso i ofyn am le yng Nghymru.
Rhaid i chi ddweud:
- "Dw i eisiau mynd i Gymru ar fy ngwyliau. Ydych chi'n gwybod am le da?"

Rhaid gofyn:
- ble mae'r lle
- beth sy yno
- beth sy i wneud yno

Yna, rhaid:
- diolch.

3. Mae'r rheolwr yn rhoi gwybodaeth i chi am 4 person. Maen nhw eisiau dod i Gymru ar wyliau ond dydyn nhw ddim yn siŵr ble i fynd.

Geirfa

casáu	to hate
lleoedd diddorol	interesting places
swnllyd	noisy

Shane Thomas:
Byw: Birmingham
Oed: 18
Mwynhau: mynd allan i ddawnsio; mynd i gigs; cerdded; canŵio
Casáu: gwneud dim byd

Mrs Annabel Williams:
Byw: Llanberis
Oed: 65
Mwynhau: cerdded; rhedeg; mynd allan i fwyta; mynd i leoedd diddorol
Casáu: trefi a dinasoedd

Paul Jones:
Byw: Bangor
Oed: 8
Mwynhau: chwaraeon, mynd i'r traeth
Casáu: siopa

Ann Mercier:
Byw: Ffrainc
Oed: 23
Mwynhau: mynd i leoedd diddorol
Casáu: gwyliau swnllyd

a. Rhaid i chi a'ch cydweithwyr drafod y bobl a dewis lle da.

help

Mae … yn hoffi …, felly beth am …?	… likes …, therefore, what about …?
Mae … yn hoffi …, felly basai hi'n hoffi mynd i … achos …	… likes …, therefore she would like to go to … because …
Syniad da.	Good idea.
Dw i'n cytuno.	I agree.
Na, dw i ddim yn meddwl.	No, I don't think so.
Dydy … ddim yn hoffi …, felly dydy hi ddim eisiau mynd i …	… doesn't like …, therefore she doesn't want to go to …
Pam?	**Why?**
Basai hi'n hoffi mynd i … achos …	She would like to go to … because …
… mae'n bosib … yno.	… it's possible to … there.
… mae llawer o … yno.	… there are many … there.
… does dim llawer o … yno.	… there aren't many … there.
… mae'n gyffrous.	… it's exciting.
… mae'n hardd.	… it's beautiful.

b. Beth ydych chi'n penderfynu? Llenwch y bylchau yn y nodyn yma at y rheolwr.

Rydyn ni wedi trafod y bobl yma ac rydyn ni wedi penderfynu …
Basai .... yn hoffi mynd i .... achos ....
Basai .... yn hoffi mynd i .... achos ....
Basai .... yn hoffi mynd i .... achos ....
Basai .... yn hoffi mynd i .... achos ....

4. Mae un o'ch cydweithwyr chi'n paratoi taflen am wyliau yng Nghymru ond mae e wedi gwneud nifer o gamgymeriadau. Mae rheolwr y ganolfan groeso yn gofyn i chi gywiro'r daflen. Ysgrifennwch y cywiriadau'n glir yn y grid o'r we.

CYMRU – LLE DA I GAEL GWILIAU

Ydych chi eisiau mynd i le cyffrous**.** Wel, beth am **Cymru**?

- Gallwch chi **mynd** i'r mynyddoedd yn y Gogledd.
- Gallwch chi fwynhau'r traethau yn **yr** Gorllewin.
- Gallwch chi weld y cestyll yn y **wald** hardd.
- Gallwch chi **fywta** bwyd lleol blasus iawn.

Mae Cymru'n **gwych**!

DOD AR WYLIAU I **CYMRU**!

Geirfa

penderfynu	to decide
anhygoel	amazing, awesome
dringo	to climb
ymlacio	to relax

atebion ar y we

5. Mae'r rheolwr yn gofyn i chi gyfieithu'r poster yma i'r Gymraeg.

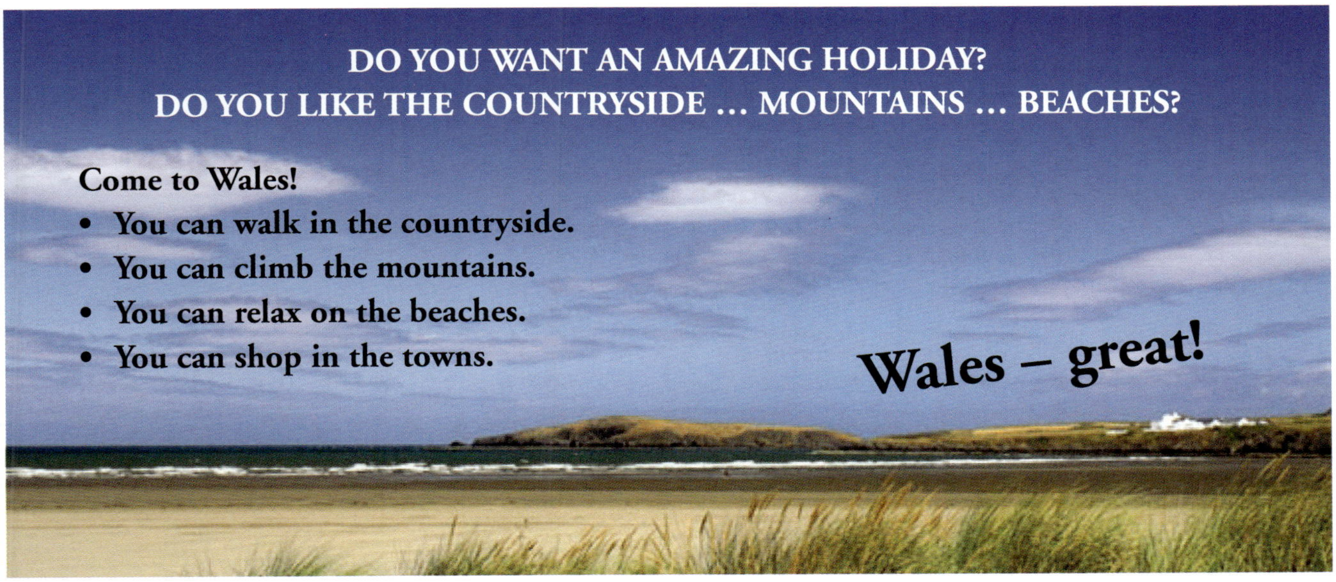

atebion ar y we

Geirfa

os	if
safle	site
amgueddfa	museum
ymlaciol	relaxing
llety	accommodation
cynnal	to hold
cyfarfod,-ydd	meeting,-s
gwersylla	camping
dewis	selection, choice

Lle arbennig

Rydych chi'n gweithio i gwmni **Gwyliau Gwych yn Aber**.

1. Dyma daflen ddrafft y cwmni. Darllenwch y drafft.

GWYLIAU GWYCH YN ABER

DEWCH I ABERYSTWYTH

Lle gwych ar gyfer gwyliau!

A

Prom diddorol

B

Hen, hen gastell

Traeth hyfryd – môr glân

C

Trên bach

Theatr wych

Mae Aberystwyth, yng Ngorllewin Cymru, yn lle gwych ar gyfer gwyliau i'r teulu! Mae rhywbeth i bawb yma.

Os ydych chi'n hoffi chwaraeon, gallwch chi chwarae golff ar y cwrs golff hyfryd tu allan i'r dre … neu chwarae tennis yn y ganolfan tennis fodern yn y dre … neu nofio yn y pwll nofio neu yn y môr … neu sglefrfyrddio yn y parc sglefrfyrddio cyffrous … neu beth am fwynhau peli paent a laser tag mewn canolfan tu allan i'r dre …?

Os ydych chi'n hoffi hanes, gallwch chi fynd i'r castell … neu i'r hen safle Celtaidd neu'r amgueddfa. Maen nhw'n ddiddorol iawn.

Os ydych chi'n hoffi ymlacio, gallwch chi fynd i weld ffilm neu ddrama … neu orwedd ar y traeth … neu gerdded ar y prom … neu fynd allan i gael bwyd mewn tŷ bwyta. Ymlaciol iawn!

Hefyd … mae llawer o westai bach a mawr yn yr ardal – gwych ar gyfer gwyliau neu ar gyfer cynnal cyfarfodydd busnes. Os ydych chi eisiau gwersylla mewn pabell neu garafán, mae digon o ddewis yn yr ardal.

Mae rhywbeth i bawb yma! Aberystwyth: Mae'n wych! Mae'n hyfryd! Mae'n cŵl!

Am fwy o wybodaeth, cysylltwch â:
Lorraine Thompson, Gwyliau Gwych yn Aber, 31 Lôn y Brenin, Aberystwyth, Ceredigion
Ffôn: 0777 542 9023 **e-bost**: lorrainethompson@swyddfagwyliaugwych.com

a. Rhaid i chi ddewis lluniau ar gyfer y daflen. Pa luniau? S

1	2	3	4	5

A? **Llun:** …

B? **Llun:** …

C? **Llun:** …

atebion ar y we

b. Rydych chi eisiau hysbysebu mewn papur yn Ne Cymru. Llenwch y grid o'r we. S

Grid hysbysebu	
Enw'r cwmni	
Cyfeiriad	
Rhif ffôn	
Enw cyswllt	
Cyfeiriad e-bost	

atebion ar y we

c. Rydych chi'n derbyn yr e-bost yma.

Oddi wrth: wsmith@rhyngwe.com
At: lorrainethompson@swyddfagwyliaugwych.com
Pwnc: Gwyliau yn Aberystwyth

Font | Font Size | B | I | U | T

Bore da. Rydw i'n meddwl mynd i Aberystwyth ar fy ngwyliau eleni.
Hoffwn i ofyn 3 chwestiwn os gwelwch yn dda.

1. Beth sy yn Aberystwyth?
2. Ydy hi'n bosib nofio yn y môr?
3. Pa fath o lety sy yn Aberystwyth?

Diolch.
William Smith

Geirfa

cyswllt	contact
hoffwn i …	I would like …

Atebwch yr e-bost.

Oddi wrth: lorrainethompson@swyddfagwyliaugwych.com
At: wsmith@rhyngwe.com
Pwnc: Atb: Gwyliau yn Aberystwyth

Font | Font Size | B | I | U | T

sgiliau swyddfa

Y

ch. Mae Lorraine Thompson o Gwyliau Gwych yn Aber yn gofyn i chi ddelio â'r e-bost yma.

Oddi wrth: peterharris@swimweardirect.co.uk
At: lorrainethompson@swyddfagwyliaugwych.com
Pwnc: Cwrs busnes blynyddol

Font | Font Size | B I U T

Bore da.

Fy enw i ydy Peter Harris ac rydw i'n gweithio i gwmni o'r enw Swimwear Direct – rydyn ni'n gwneud dillad nofio i blant ac oedolion.

Rydw i'n trefnu cwrs ar gyfer staff sy'n gweithio yn ffatrïoedd y cwmni yng Nghymru a Lloegr. Bydd y cwrs yn para am benwythnos yn ystod mis Gorffennaf – o tua deg o'r gloch ar y dydd Gwener tan nos Sul. Dydyn ni ddim wedi trefnu dyddiad eto.

Rhaid i ni gael gwesty mawr achos bydd tua 100 o bobl yn dod ar y cwrs. Rydyn ni'n chwilio am le da – ar lan y môr os yn bosib – achos rydyn ni eisiau rhoi cyfle i'r gweithwyr ymlacio ar ôl bod yn gweithio drwy'r dydd. Rydyn ni'n gobeithio trafod busnes yn ystod y dydd – tan tua hanner awr wedi tri ac yna, rhoi cyfle i'r gweithwyr ymlacio.

Mae Aberystwyth yn un opsiwn. Ydy Aberystwyth yn lle da ar gyfer ein cwrs? Allwch chi anfon taflenni ata i am y dref os gwelwch yn dda? Dyma fy nghyfeiriad: Swimwear Direct, 5 Ffordd y Dŵr, Parc Busnes y Felin, Y Cwm, SP13 6YT.

Diolch.
Peter Harris

Geirfa

delio â	to deal with
sy'n gweithio	who work
ffatrïoedd	factories
diwedd	end
para	to last
trefnu	to arrange
cyfle	opportunity
opsiwn	option
oddi wrthych	from you
cyswllt	contact
angen, anghenion	need,-s

Rhaid ysgrifennu manylion am y cwmni uchod ar y gronfa ddata.

Enw'r cwmni	
Cyfeiriad	
Enw cyswllt	
Cyfeiriad e-bost	
Rheswm dros gysylltu	

atebion ar y we

Ysgrifennwch lythyr at Peter Harris yn ateb y cwestiynau.
- Yn gyntaf, meddyliwch beth ydy anghenion y cwmni.
- Yna, meddyliwch pam mae Aberystwyth yn lle da ar gyfer y cwrs yma. Defnyddiwch wybodaeth o'r daflen ar dudalen 74.

sgiliau swyddfa

help

Rydw i'n amgáu taflenni am …	I enclose leaflets about …
Maen nhw'n dangos …	They show …
Gobeithio bydd y rhain o help.	I hope that these will be of assistance.

Geirfa

dwyieithog	bilingual
ymwelydd, ymwelwyr	visitor,-s
sylw,-adau	comment,-s

Disgrifio ardal
Rydych chi'n gweithio yn y ganolfan groeso.

1. Rydych chi'n paratoi ffurflenni dwyieithog i ofyn i ymwelwyr am eu barn am ardal yng Nghymru.

Mae un o'ch cydweithwyr chi wedi paratoi'r ochr Saesneg, ond rhaid i chi gyfieithu'r darn i'r Gymraeg.

FFURFLEN WERTHUSO		**EVALUATION FORM**	
Ardal / Area:			
		What is your opinion of the area?	
	✓ neu ✗	Please tick:	✓ or ✗
		beautiful lovely interesting uninteresting / boring clean dirty quiet noisy lively exciting incredible / awesome magnificent modern old traditional historical disappointing awful other – what?	

atebion ar y we

iaith bwysig

2. Mae rhai ymwelwyr wedi gadael sylwadau ar ddarnau o bapur yn y ganolfan. Rhaid i chi gyfieithu'r sylwadau i'r Gymraeg ar gyfer gwefan y ganolfan groeso.

The area is lovely.
The beaches are clean and great for families.

The area is incredible.
The town is very interesting.

3. Mae rhai pobl wedi ysgrifennu sylwadau yn y Llyfr Sylwadau.

a. Darllenwch y sylwadau.

Ardal	Sylwadau	Llofnod	Dyddiad
Abermawr	Mae Abermawr yn fywiog ac yn gyffrous ac mae llawer o bethau diddorol i'w gwneud yma. Roeddwn i wrth fy modd yn syrffio ar y tonnau mawr, beicio ar hyd y llwybrau ardderchog, ymweld â lleoedd hanesyddol, ymlacio ar y traeth glân. Roedd y castell yn anhygoel. Mae'n hardd! Mae'n hyfryd! Mae'n wych! Mae'n ffantastig!	Mr Parry (Llundain)	Awst 3
Llanfair	Mae'r ardal yn dawel iawn – rhy dawel i fi! Dw i'n hoffi mynd allan i glybio yn y nos a does dim llawer o glybiau yn yr ardal yma. Mae canol y dref yn siomedig iawn. Does dim digon o siopau mawr yno.	Josh Williams (Caerdydd)	Awst 3
Abermawr	Mae'r ardal yn ddiddorol iawn. Mae'r castell a'r amgueddfa'n wych. Roeddwn i'n hoffi siopa yn y siopau bach traddodiadol ac mae digon o dai bwyta da yng nghanol y dref. Byddwn ni'n dod i'r ardal eto!	P. Thompson (Caernarfon)	Awst 3

b. Mae'r rheolwr yn anfon y nodyn yma atoch chi.

Dw i eisiau rhestr o'r geiriau mae pobl yn defnyddio i ddisgrifio'r ardal os gwelwch yn dda. Ydy ymwelwyr yn dweud pethau da neu bethau drwg am yr ardal?

Diolch.
Sam

Ysgrifennwch nodyn at y pennaeth – ysgrifennwch y rhestr ac atebwch y cwestiwn.

help

yn + treiglad meddal	Mae'n **f**ywiog. Mae'n **g**yffrous.	It's lively. It's exciting.
enw + ansoddair (gair disgrifio)	llwybrau ardderchog tonnau mawr	excellent paths large waves

iaith bwysig

c. Mae'r rheolwr yn gofyn i chi greu **Tudalen Sylwadau** ar gyfer eich ardal chi.
Ar ôl creu'r dudalen, gofynnwch i bawb ysgrifennu eu sylwadau ar y dudalen.

Ardal	Sylwadau	Llofnod	Dyddiad

ch. Rhaid trafod y gwahanol ddisgrifiadau.
Ydy pawb yn cytuno gyda'r disgrifiadau?

d. Mae'r rheolwr yn gofyn i chi ysgrifennu darn byr yn disgrifio'r ardal ar gyfer gwefan y ganolfan groeso.
Rhaid dweud:

- ble mae'r ardal
- beth sy yno
- beth mae pobl yn gallu wneud yno.

Hefyd, rhaid disgrifio'r ardal.
Defnyddiwch y geiriau ar dudalen 77.
Beth am ddefnyddio'r rhain hefyd?

Geirfa

llawer o (+ tr. meddal)	a lot of
digon o (+ tr. meddal)	enough
dim gormod o (+ tr. meddal)	not too many

Cofiwch – rydych chi'n gweithio yn y ganolfan groeso. Rydych chi eisiau i bobl ddod i'r ardal. Rhaid dweud pethau da am yr ardal.

Hyrwyddo ardal

Mae rheolwr y ganolfan groeso yn gofyn i chi wneud poster neu daflen yn hyrwyddo'r ardal. Rhaid i chi geisio perswadio ymwelwyr i ddod i'r ardal.

I hyrwyddo ardal – rhaid:
- dweud pethau da am yr ardal
- disgrifio'r ardal
- perswadio pobl i ddod yno.

Geirfa

hyrwyddo	to promote
ymwelwyr	visitors
gorchmynion	commands

1. Yn gyntaf, rydych chi'n edrych ar y daflen yma sy'n hyrwyddo ardal arbennig yng Nghymru.

Edrychwch ar y:
- cwestiynau
- disgrifiadau
- gorchmynion.

a. Beth ydy'r cwestiynau?
-
-
-

b. Pa eiriau sy'n disgrifio? Ydyn nhw'n eiriau da ar gyfer hyrwyddo ardal? Pam?

c. Beth ydy'r gorchmynion?

atebion ar y we

Ydych chi eisiau

GWYLIAU GWAHANOL?

Hoffech chi aros mewn tipi ...
neu beth am aros mewn yurt mewn ardal hyfryd?

Ble: Sir Benfro
Beth: Cefn gwlad bendigedig
Lleoedd hanesyddol diddorol
Trefi a phentrefi arbennig
Traethau glân, bendigedig
Llwybrau cerdded anhygoel

Am wyliau cyffrous ...
neu
wyliau tawel ...

Dewch i le arbennig iawn ...
Dewch i'r lle gorau yn y byd ...

Sir Benfro

2. Dechreuwch ar eich taflen chi.

a. Meddyliwch am gwestiynau da. Gwnewch restr.

Beth am ...?

Ydych chi ...?

Hoffech chi (+ treiglad meddal) ...?

b. Meddyliwch am ddisgrifiadau da:

Mae'n ...

Mae'r ardal yn ...

Mae'r dref / pentref yn ...

adeiladau **diddorol**

siopau **hyfryd**

gerddi **lliwgar, hardd**

c. Meddyliwch am orchmynion. Gwnewch restr.

Dewch i ...

3. Gwnewch y daflen. Defnyddiwch y cyfrifiadur i wneud y gwaith yma.

4. Edrychwch ar daflenni eich gilydd.
Ydyn nhw'n mynd i berswadio ymwelwyr i ddod i'r ardal? Pam?

5. Rydych chi wedi derbyn y poster yma. Rhaid i chi gyfieithu'r poster i'r Gymraeg:

Do you want a fantastic holiday?
What about a long weekend at the seaside?

Come to Abermawr!

lively towns   modern shops   historical buildings
beautiful countryside   wonderful beaches   awesome mountains

It's exciting! It's fun! It's great! It's lively!

Hurry up and book now!

Geirfa

brysiwch	hurry up
bwciwch	book

atebion ar y we

Trefnu trip o gwmpas yr ardal

Rydych chi'n gweithio i gwmni bysiau yn yr ardal ac mae'r rheolwr wedi gofyn i chi a'ch cydweithwyr drefnu'r trip yma:

Geirfa

lleoedd	places
ymlacio	to relax
dewis	selection
mwy o wybodaeth	more information
pa rai?	which ones?

Bysiau MMS (Mynd Mewn Steil)

Trip diwrnod ...

Dewch i fwynhau ...

- **trip o gwmpas lleoedd diddorol yr ardal**
- **picnic mewn lle hyfryd ar y ffordd (rydyn ni'n trefnu'r bwyd!)**
- **bwyd blasus mewn tŷ bwyta da ar y ffordd adre.**

Dewch i ymlacio gyda ni yn ein bysiau hyfryd!
Rydyn ni'n gwerthu papurau newydd a chylchgronau ar y bws.

Cysylltwch â Bysiau MMS am fwy o wybodaeth:
bysiaumms@teithio.net

1. Rhaid meddwl yn gyntaf:

Ble:
Gwnewch restr o'r lleoedd posib – atyniadau diddorol.

Pris:
Faint fydd y trip yn costio?

Trip o gwmpas yr ardal

Picnic:
Gwnewch restr o'r bwyd posib.

Papurau newydd a chylchgronau:
Pa rai?

Aros mewn tŷ bwyta ar y ffordd adre:
Gwnewch restr o'r lleoedd posib – mae angen dewis da o fwyd!

2. Rhaid trafod.

sgiliau swyddfa

help

Mae … yn ddiddorol.	… is interesting.
Mae … yn well na …	… is better than ...
Mae … yn fwy diddorol na …	… is more interesting than …
Mae … yn fwy rhad na …	… is cheaper than …
Beth am fynd i …?	What about going to …?
Beth wyt ti'n feddwl?	What do you think?
Syniad da.	Good idea.
Wyt ti'n cytuno? / Ydych chi'n cytuno?	Do you agree?
Ydw. / Nac ydw.	Yes. / No.
Rydw i'n cytuno achos …	I agree because …
Dydw i ddim yn cytuno achos …	I don't agree because …
… dydy … ddim yn dda iawn.	… isn't very good.
… dydy … ddim mor ddiddorol â …	… isn't as interesting as …
… dydy … ddim cystal â …	… isn't as good as …

3. Ysgrifennwch am y trip yn y grid:

Ble	
Picnic	
Tŷ bwyta	
Papurau a chylchgronau	

4. Rhaid ysgrifennu nodyn at y rheolwr yn sôn am y trip.

t.17

Cofiwch sôn am:

a. ble bydd y trip yn mynd
b. y picnic
c. ble byddwch chi'n stopio am fwyd
ch. pa gylchgronau
d. y pris.

Trefnu trip o gwmpas yr ardal

Rydych chi'n gweithio i gwmni bysiau yn yr ardal ac mae'r rheolwr yn rhoi'r nodyn yma oddi wrth y clwb ffotograffiaeth i chi. Mae'n gofyn i chi a'ch cydweithwyr drefnu'r trip.

1. Darllenwch y nodyn.

> Annwyl Syr / Madam
>
> Dw i'n aelod o'r clwb ffotograffiaeth a dw i'n ysgrifennu i ofyn i chi drefnu trip o gwmpas yr ardal ar gyfer aelodau'r clwb os gwelwch yn dda. Hoffen ni fynd ar 23 Ebrill.
>
> Ydych chi'n gallu trefnu'r pethau yma os gwelwch yn dda?
> - Lleoedd da: hoffen ni ymweld â lleoedd diddorol er mwyn tynnu ffotograffau.
> - Picnic i ni fwyta ar y ffordd.
> - Aros mewn tŷ bwyta ar y ffordd adre: bydd angen dewis o fwyd.
> - Pris rhesymol.
>
> Diolch
>
> Sam Davies

Geirfa

aelod,-au	member,-s
hoffen ni	we would like
ymweld â	to visit
tynnu ffotograffau	to take photographs
rhesymol	reasonable
gostyngiad	reduction

2. Rhaid meddwl:

Trip o gwmpas yr ardal

Ble: Gwnewch restr o'r lleoedd hardd / diddorol yn yr ardal. Beth sy i weld / wneud yno?

Pris: Faint fydd hyn yn costio? Oes gostyngiad i blant / pensiynwyr?

Picnic: Gwnewch restr: Pa fwyd? Ble?

Aros mewn tŷ bwyta ar y ffordd adre: Ble? Gwnewch restr o'r lleoedd posib. Cofiwch: mae angen dewis da o fwyd!

3. Rhaid trafod syniadau.

sgiliau swyddfa

Mynegi barn (Expressing an opinion)

help

Rydw i'n meddwl bod … yn syniad da achos …	I think that … is a good idea because …
Yn fy marn i, mae … yn syniad da achos …	In my opinion, … is a good idea because …
… mae … yn ddiddorol iawn.	… is very interesting.
… mae … yn fwy (diddorol) na …	… is more (interesting) than …
Dydw i ddim yn meddwl bod … yn syniad da achos …	I don't think that … is a good idea because …
… dydy … ddim yn ddiddorol iawn.	… isn't very interesting.
… dydy … ddim mor (ddiddorol) â …	… isn't as (interesting) as …
Rydw i'n cytuno'n llwyr achos …	I agree completely because …
… basai'r / byddai'r cwsmeriaid yn mwynhau …	… the customers would enjoy …
Dydw i ddim yn cytuno o gwbl achos …	I don't agree at all because …
… fasai'r / fyddai'r cwsmeriaid ddim yn mwynhau …	… the customers wouldn't enjoy …
Oes gwell syniad gyda chi / ti?	Have you got a better idea?
Oes gennych chi / gennyt ti well syniad?	Have you got a better idea?
Oes. / Nac oes.	Yes. / No.
Beth arall wyt ti'n awgrymu?	What else do you suggest?

Cofiwch gyfeirio at y nodyn.

help

Mae'r clwb eisiau …	The club wants …
Edrychwch ar y nodyn. Rhaid cael …	Look at the note. (They) must have …
Mae'r nodyn yn dweud …	The note says …
Mae'r nodyn yn sôn am …	The note mentions …
Yn ôl y nodyn, …	According to the note, …

4. Rhaid ysgrifennu nodyn at y rheolwr yn sôn am y trip.

Cofiwch sôn am:

a. ble bydd y trip yn mynd
b. y picnic
c. ble byddwch chi'n aros am fwyd
ch. y pris.

5. Mae un o'r staff yn paratoi taflen i hysbysebu taith o gwmpas yr ardal, ond mae'n gwneud llawer o gamgymeriadau. Ysgrifennwch y cywiriadau'n glir yn y grid o'r we.

Bysiau MMS (Mynd Mewn Steil)

Trip o gwmpas y ardal: dydd Sadwrn, 23 ebrill

Ydych ti'n eisiau mynd ar drip cyffrous?
Beth am ddod i weld rhai o atyniadau gorau'r ardal gyda ni?

Gadael o'r gorsaf am 9.30am
Yn y bora: taith o gwmpas hen blasty yn yr ardal
Amser cinio: picnic yn y llyn
Yn y prynhawn: ymlaen i canol y dref
Swper yn tŷ bwyta da ar y ffordd adref.
Cyraedd 'nôl: tua 10.00pm

Pris: Oedolion: £15.00 (yn cynnwys bwyd)
Plant: £8.00 Plant o dan ddwy oed: Am dim

Cysylltwch â'r cwmni am fwy o wybodaeth: bysiaumms@teithio.net

atebion ar y we

6. Mae un o'r staff yn derbyn taliad oddi wrth un o'r cwsmeriaid. Mae'n anfon y tocynnau drwy'r post ac yn ysgrifennu nodyn i ddiolch. Cyfieithwch y nodyn i'r Gymraeg.

Bysiau MMS (Mynd Mewn Steil)
12-15 Stryd y Parc, Llanaber
Ffôn: 0998 673 498 **e-bost: bysiaumms@teithio.net**

Dear Sir
Thank you for the payment of £23.00. Here are the tickets. If you want more information about the trip, please contact me: bysiaumms@teithio.net or phone 0998 673 498.

Lesley Smith

atebion ar y we

Geirfa

taliad	payment
ticket,-s	tocyn,-nau

Bwcio

Rydych chi'n trefnu i fynd i weld hen blasty ar y trip ac rydych chi'n ysgrifennu e-bost i fwcio tocynnau.

Geirfa

bwcio	to book
hen blasty	old mansion
cyrraedd	to arrive
gadael	to leave

1. Darllenwch drwy'r e-bost.

Oddi wrth: bysiaumms@teithio.net
At: plasynllan@henebion.cym
Pwnc: Trip Bysiau Mynd Mewn Steil

Font | Font Size

Annwyl Reolwr

Lesley Smith ydw i ac rydw i'n gweithio i gwmni Bysiau Mynd Mewn Steil. Rydw i'n trefnu trip o gwmpas lleoedd diddorol yn yr ardal. Y dyddiad fydd 23 Ebrill.

Hoffwn i fwcio 47 tocyn i fynd i mewn i'r hen blasty a'r gerddi. Bydd pedwar deg oedolyn a saith plentyn. Mae sawl cwestiwn gyda fi:
Faint ydy pris tocyn?
Oes gostyngiad i blant?
Pryd mae'r plasty'n agor? Byddwn ni'n cyrraedd tua deg o'r gloch ac yn gadael tua deuddeg o'r gloch os yn bosib.
Hefyd, ydy'r staff yn siarad Cymraeg?

Yn gywir

Lesley Smith

a. Chwiliwch am y geiriau Cymraeg am:

I work for …	I'm arranging …	The date will be …	ticket
I would like to book …	There will be …	adult	several questions
reduction	We will be	to arrive	to leave

b. Mae'r staff yn yr hen blasty'n gofyn i chi lenwi ffurflen bwcio. Llenwch y ffurflen o'r we.

atebion ar y we

Enw'r cwmni: ……………………………………………
Enw cyswllt: ……………………………………………
Dyddiad y trip: ……………………………………………
Amser cyrraedd: ……………………………………………
Amser gadael: ……………………………………………
Sawl tocyn oedolyn: ……………………………………………
Sawl tocyn plentyn: ……………………………………………

atebion ar y we

2. Ysgrifennwch lythyr yn bwcio un o'r lleoedd ar eich trip chi.

3. Rydych chi'n chwilio am dŷ bwyta er mwyn cael bwyd yno ar y ffordd adre. Rydych chi'n gweld yr hysbyseb yma.

a. Darllenwch yr hysbyseb.

Geirfa

lolfa	lounge
cogydd	chef
bwydlen	menu

Tŷ Bwyta Zonya

Tŷ bwyta newydd sbon gyda:
- 2 lolfa fawr – gwych ar gyfer cael coffi gyda ffrindiau
- 2 ystafell fwyta – 1 ar gyfer 50 o bobl, 1 ar gyfer 250 o bobl
- gardd hyfryd – lle da i gael barbeciw yn yr haf

Mae croeso mawr i dripiau a phartïon.
Bydd ein cogydd yn hapus iawn i drafod bwydlen gyda chi.

Am fwy o fanylion, cysylltwch â:
Zonya Smith, Y Rheolwr,
Tŷ Bwyta Zonya,
Ffordd y Dyffryn, Llanaber,
LL34 9PP
Ffôn: 0998 764 876
E-bost: zonya.zonya@gwelinc.co.uk

b. Ysgrifennwch nodyn at y rheolwr am y tŷ bwyta yma:

Tŷ Bwyta Zonya

Mae'r tŷ bwyta yma yn …
Mae'n edrych yn lle da achos …
Dw i'n mynd i fwcio'r lle. Dw i'n mynd i gysylltu â …

(Eich enw chi)

c. Ysgrifennwch lythyr at Zonya Smith i fwcio un o'r ystafelloedd bwyta a gofynnwch gwestiynau am y fwydlen. Edrychwch eto ar yr e-bost ar dudalen 87 i gael syniadau am sut i ysgrifennu'r llythyr.

Cofiwch – bydd 47 o bobl ar y trip. Mae rhai ohonyn nhw'n llysieuwyr.

Rhaid:
- dweud pwy ydych chi
- dweud pam rydych chi'n ysgrifennu
- dweud beth ydy'r manylion
- gofyn cwestiynau
- gorffen y llythyr yn iawn.

Geirfa

llysieuwyr	vegetarians

sgiliau swyddfa

Yr Ardal

Byw yn yr ardal

Beth sy yn yr ardal?

Geirfa

campfa	gym
pa le?	which place?
eich tro chi nawr	your turn now

Yr un gwahanol (**Odd one out**)

1. Edrychwch ar y geiriau yn y bocs yma.

pwll nofio
canolfan tennis
amgueddfa
campfa

a. Mae un lle yn 'wahanol' i'r lleoedd eraill. Pa un? Pam mae'n wahanol? Dyma un ateb – ond mae mwy nag un ateb yn bosib!

pwll nofio
canolfan tennis
amgueddfa ✓
campfa

Rydych chi'n cadw'n heini mewn pwll nofio, canolfan tennis a champfa ond dydych chi ddim yn cadw'n heini mewn amgueddfa.

b. Eich tro chi nawr! Pa le sy'n 'wahanol'? Pam? ?

cwrs golff
canolfan hamdden
sinema
ysbyty

gwesty
caffi
banc
tŷ bwyta

sinema
canolfan hamdden
parc
trac rhedeg

castell
banc
amgueddfa
hen blasty

ysgol
coleg
llyfrgell
archfarchnad

c. Cymharwch eich atebion.

ch. Meddyliwch am enghreifftiau newydd a rhowch nhw i'ch partner chi.

d. Rhaid i bawb feddwl am 'yr un gwahanol' a rhaid cymharu atebion.

2. Beth sy yn eich ardal chi? Gwnewch restr.
Meddyliwch am adeiladau a lleoedd sy'n bwysig i bobl yr ardal – nid atyniadau twristaidd yn unig.

Geirfa

cymharu	to compare
adeilad,-au	building,-s
sy'n bwysig	that are important
atyniadau	attractions
twristaidd	tourist
yn unig	only

Beth sy yn yr ardal? … Beth sy ddim yn yr ardal?

Rydych chi'n gweithio i'r Cyngor.

Geirfa

pecyn ymgeisio	application pack
ymgeisio am	to apply for
cais	application

1. Mae swydd dda yn mynd yn y Cyngor. Rydych chi'n paratoi gwybodaeth am yr ardal ar gyfer y pecyn ymgeisio – bydd pobl o bell yn ymgeisio am y swydd a byddan nhw'n darllen y wybodaeth yn y pecyn ymgeisio cyn gwneud cais.

Ysgrifennwch y darn. Rhaid:

- dweud ble mae'r ardal t.69
- disgrifio'r ardal t.77
- dweud beth sy yno: soniwch am bethau fel ysgolion, colegau, banciau, gorsaf ac ati – nid atyniadau twristaidd yn unig.

help

Mae sinema fodern yng nghanol y dre.	There's a modern cinema in the town centre.
Mae llawer o siopau bach yma, er enghraifft …	There are a lot of little shops here, for example …
Mae dwy ganolfan hamdden ardderchog yn yr ardal.	There are two excellent leisure centres in the area.
Mae cwrs golff newydd sbon tu allan i'r dre.	There's a brand new golf course outside the town.
Mae llawer o bethau i bobl ifanc yma, er enghraifft …	There are lots of things for young people here, for example …

2. Bydd pobl yn eich ffonio chi i ofyn am yr ardal. Pa fath o gwestiynau maen nhw'n mynd i ofyn?

Geirfa

yn agos i	near
ger	near
yn ymyl	by the side of
wrth ochr	by the side of
ar bwys	by the side of
ar gyrion	on the outskirts of
yng nghanol	in the middle of

a. Gwnewch restr.

Beth …?

Oes …?

Ydy …?

Ydy hi'n bosib …?

Ble …?

Sawl …? Faint o …?

Pa fath o …?

b. Gofynnwch y cwestiynau yma i'ch cydweithwyr chi.

3. Efallai bydd rhaid i chi sôn am beth sy DDIM yn yr ardal, e.e.

help

Does dim theatr yn yr ardal.	There isn't a theatre in the area.
Does dim coleg yma.	There isn't a college here.
Does dim siopau mawr yn yr ardal, er enghraifft …	There aren't any large stores in the area, for example …
Does dim llawer yma ar gyfer pobl ifanc.	There isn't much here for young people.
Yn anffodus, does dim …	Unfortunately, there isn't a … / aren't any …

Gyda'ch cydweithwyr, trafodwch beth sy DDIM yn yr ardal. Gwnewch restr.

4. Mae dau berson yn meddwl ymgeisio am y swydd ond yn gyntaf maen nhw'n ffonio i ofyn am yr ardal. Maen nhw eisiau gwybod:

- ble yn union mae'r ardal
- beth sy yno
- beth sy i wneud yno
- pa fath o ardal ydy hi.

Dyma'r ddau berson:

Sam Wilkinson
Teulu: mab 16 oed; merch 14 oed
Diddordebau: beicio, cerdded, golff, hanes, ffotograffiaeth
Arall: aelod o'r eglwys, aelod o'r Rotari, dysgu Cymraeg

Beth Pryce
Teulu: mab 3 oed
Diddordebau: cadw'n heini, nofio, syrffio, darllen, ffilmiau, cymdeithasu, teithio, canu
Arall: aelod o gôr merched; siarad Cymraeg yn rhugl

a. sgil siarad

PARTNER 1

Rydych chi'n ffonio'r Cyngor i ofyn am wybodaeth am yr ardal.

PARTNER 2

Rydych chi'n gweithio i'r Cyngor. Rhaid i chi roi gwybodaeth am yr ardal. Hefyd, gofynnwch am fanylion personol y person sy'n ffonio.

5. Ydy'r ddau berson yma'n mynd i fwynhau byw yn eich ardal chi, tybed? Pam? Meddyliwch am:

- beth maen nhw'n hoffi wneud
- eu teuluoedd nhw
- beth sy yn eich ardal chi ar gyfer y bobl yma.

Barn am yr ardal

Mae Swyddog Datblygu'r Cyngor eisiau gwybod beth ydy barn pobl am eich ardal chi.

Geirfa

Swyddog Datblygu — Development Officer

1. Rhaid i chi a'ch cydweithwyr drafod hyn.

a. Ar ddarn o bapur, ysgrifennwch beth rydych chi'n feddwl o'ch ardal chi.

help

Mae'n …	**It's …**
Mae'n hyfryd.	It's lovely.
Mae'n ddiflas.	It's boring.
Mae'n lle gwych ar gyfer pobl ifanc.	It's a great place for young people.
Mae'n rhy …	**It's too …**
Mae'n rhy dawel / swnllyd.	It's too quiet / noisy.

help

Yn fy marn i …	**In my opinion …**
Yn fy marn i, mae … yn wych achos …	In my opinion, … is great because …
Yn fy marn i, mae … yn ddiflas iawn achos does dim …	In my opinion, … is very boring because there isn't a … / aren't any …
Rydw i'n meddwl bod … yn …	**I think that … is …**
Rydw i'n meddwl bod y dref yn wych achos …	I think that the town is great because …
Rydw i'n meddwl bod yr ardal yn ofnadwy achos …	I think that the area is awful because …
credu …	**to believe …**
Rydw i'n credu bod y dref yn wych achos mae llawer o bethau i wneud yma.	I believe that the town is great because there are lots of things to do here.
Rydw i'n credu bod y dref yn ddiflas iawn achos does dim llawer o bethau i wneud yma.	I believe that the town is very boring because there isn't a lot to do here.

b. Plygwch y papur a rhowch e ar ganol y bwrdd.

c. Rhaid i un person godi'r papur a darllen y farn.

ch. Ydy pawb yn cytuno?

help

Rydw i'n cytuno achos …	I agree because …
Dydw i ddim yn cytuno achos …	I don't agree because …
Rydw i'n anghytuno achos …	I disagree because …

d. Cymharwch farn eich grŵp chi gyda barn grwpiau eraill.

dd. Ysgrifennwch nodyn at Swyddog Datblygu'r Cyngor yn dweud beth ydy barn y grŵp.

Sut i wella'r ardal

Mae Swyddog Datblygu'r Cyngor yn gofyn i chi a'ch cydweithwyr drafod sut i wella'r ardal.

Geirfa

gwella	to improve

1. Edrychwch eto ar y pethau negyddol mae pobl wedi dweud. t.92

a. Gwnewch fap meddwl ac ysgrifennwch y pethau negyddol – y problemau – yn y map meddwl.

Problemau'r ardal

- **Problem 1:** e.e. dim byd i bobl ifanc
- **Problem 2:**
- **Problem 3:**
- **Problem 4:**
- **Problem 5:**
- **Problem 6:**

b. Sut mae gwella'r problemau yma? Ysgrifennwch eich syniadau ar y map meddwl.

help

Mae angen …	**(We) need … / There is a need for …**
Mae angen mwy o bethau i bobl ifanc, e.e.	We need more things for young people, e.g.
Mae angen sinema newydd.	We need a new cinema.
Mae angen cae chwarae newydd.	We need a new playing field.
Mae angen mwy o fysiau i'r dref.	We need more buses to town.
Mae angen glanhau'r parc.	The park needs to be cleaned.
Mae angen glanhau'r graffiti.	The graffiti needs to be cleaned.

help

Rhaid …	**Must …**
Rhaid i ni gael sinema newydd. Rhaid cael sinema newydd.	We must have a new cinema.
Rhaid i ni gael pwll nofio newydd. Rhaid cael pwll nofio newydd.	We must have a new swimming pool.

c. Trafodwch eich syniadau mewn grŵp.

ch. Ysgrifennwch nodyn at y Swyddog Datblygu. Soniwch am y problemau a sut mae gwella'r problemau yma.

Lle arbennig yn yr ardal

Rydych chi'n gweithio yn y ganolfan hamdden yma ac rydych chi'n paratoi taflen am y ganolfan.

1. Darllenwch y drafft yma.

Hafan Heini

35 Lôn y Môr, Llanaber, TH13 0PQ
Ar agor: Llun-Gwener: 7.30am-10.00pm;
Sadwrn a Sul: 8.00am-10.00pm

Ydych chi eisiau ...?

cael hwyl **chwarae mewn tîm** **gwneud ffrindiau newydd**
bod yn fwy iach **cael mwy o egni** **teimlo llai o stres** **pwyso llai**

Wel, Hafan Heini ydy'r lle i chi!

Tu mewn:

Dwy ystafell ffitrwydd gydag offer cadw'n heini ardderchog

A

Dwy gampfa ar gyfer pêl-fasged, tai-chi, carate, cicfocsio, dosbarthiadau cadw'n heini a gymnasteg

Ystafelloedd newid modern, cawodydd preifat

B

Ystafell fawr – gwych ar gyfer partïon pen-blwydd, cyfarfodydd busnes, dosbarthiadau nos

Tŷ bwyta
I gadw'n heini, rhaid bwyta'n iach ac ymarfer! Felly, rydyn ni'n paratoi dewis gwych o fwyd iach. Dim sglodion! Dim pizzas!
Digon o fwyd blasus fel ffrwythau, llysiau a bwyd iach arall.

Tu allan:

- Maes chwarae mawr ar gyfer gemau pêl-droed a rygbi
- Trac rhedeg
- Maes chwarae pob tywydd
- 2 gwrt tennis

C

Mae ymchwil yn dangos bod llawer o bobl yn pwyso gormod y dyddiau yma a dydyn nhw ddim yn heini iawn. Mae cynlluniau arbennig gyda ni er mwyn helpu pobl i golli pwysau.

Am fwy o fanylion:
01886 777 121
www.hafanheini.com e-bost: post@hafanheini.com

Geirfa

heini	fit
yn fwy iach	healthier
egni	energy
llai	less
pwyso	to weigh
campfa	gym
cawod,-ydd	shower,-s
cyfarfod,-ydd	meeting,-s
ymarfer	to exercise
ymchwil	research
gormod	too much
cynllun,-iau	scheme,-s

a. Rhaid i chi ddewis lluniau ar gyfer y daflen.

1

2

3

4

5

A?
Llun: …

B?
Llun: …

C?
Llun: …

atebion ar y we

b. Rydych chi eisiau anfon hysbyseb i'r papur bro.
Llenwch grid hysbysebu'r papur:

Grid hysbysebu	
Enw'r ganolfan hamdden	
Cyfeiriad	
Rhif ffôn	
e-bost	
Gwefan	

atebion ar y we

c. Rydych chi'n derbyn yr e-bost yma.

Oddi wrth: ifanllwyd@gwestyllewcoch.com
At: post@hafanheini.com
Pwnc: Cwestiynau am Hafan Heini

Font | Font Size | B I U T

Bore da.
Rydw i wedi cael eich cyfeiriad gan ffrind. Hoffwn i ofyn 3 chwestiwn am y ganolfan hamdden newydd.

1. Oes ystafelloedd cadw'n heini yn y ganolfan?
2. Ydy hi'n bosib dod i'r ganolfan hamdden i chwarae pêl-droed?
3. Pa fath o fwyd sy yn y tŷ bwyta?

Diolch.
Ifan Llwyd

Atebwch yr e-bost.

sgiliau swyddfa

2. Mae'r rheolwr yn gofyn i chi wneud poster am gadw'n heini a byw'n iach. Gwnewch y poster.

3. Rydych chi'n gweithio yn Hafan Heini ac mae'r rheolwr yn anfon y nodyn yma atoch chi.

Cynlluniau cadw'n heini

Mae ymchwil diweddar yn dangos bod:

- llawer o bobl Cymru'n pwyso gormod
- llawer o bobl Cymru ddim yn ddigon heini.

Rydw i'n teimlo bod rhaid i ni, fel canolfan cadw'n heini, berswadio pobl i gadw'n heini.

Felly, rhaid i ni drefnu cynlluniau arbennig i'w helpu nhw.

Rydw i eisiau i chi drafod:

- cynlluniau cadw'n heini newydd yn y ganolfan
- pryd bydd y cynlluniau yma'n rhedeg – bob dydd / bob nos, unwaith yr wythnos, dwywaith yr wythnos, digwyddiadau diwrnod ac ati
- hysbysebu'r digwyddiadau
- unrhyw syniadau eraill.

Diolch

Jo Smith

Geirfa

ymchwil	research
diweddar	recent
pwyso	to weigh
cynllun,-iau	scheme,-s
unwaith	once
dwywaith	twice
digwyddiad,-au	event,-s

a. Rhaid meddwl yn gyntaf.

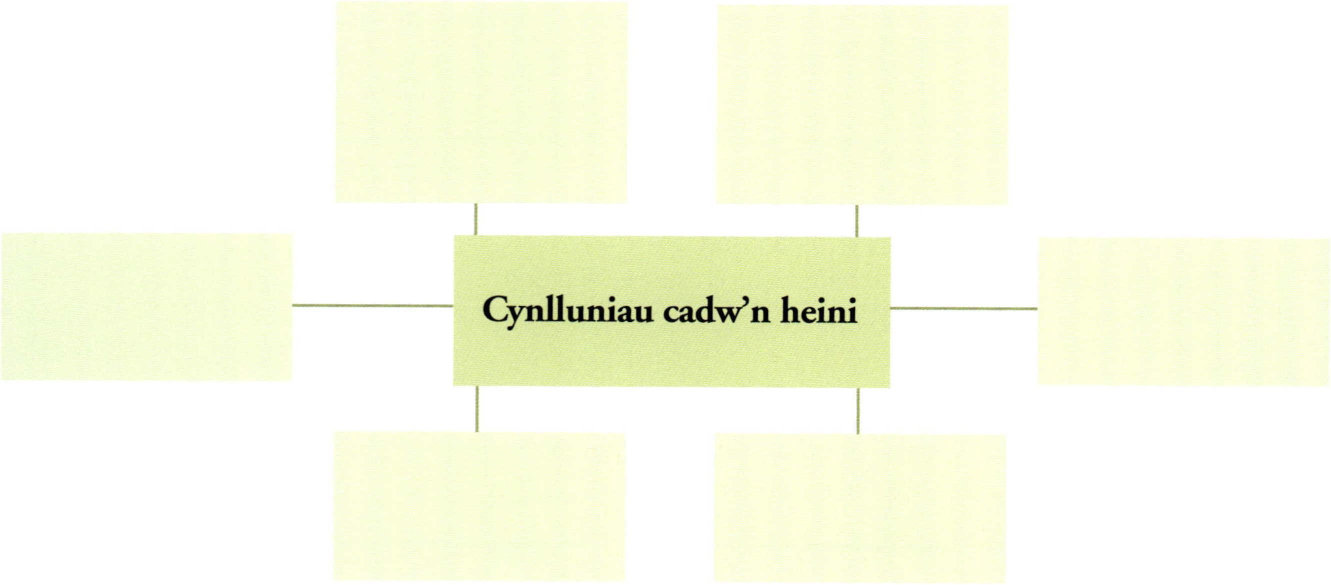

b. Rhaid i chi drafod y syniadau gyda'ch cydweithwyr chi. Cofiwch gyfeirio at y nodyn yn eich trafodaeth. t.85

c. Nawr, ysgrifennwch nodyn at y rheolwr yn sôn am y cynllun newydd.

ch. Mae'r papur lleol yn gofyn i chi ysgrifennu erthygl ar fyw'n iach yn yr ardal. Bydd rhaid i chi wneud ychydig o ymchwil ar gyfer y gwaith yma er mwyn sôn am:

- beth ydy byw'n iach (nid mynd i'r gampfa'n unig!)
- ble mae pobl yn gallu bwyta'n iach yn eich ardal chi
- pam mae cadw'n heini'n bwysig
- sut mae pobl yn gallu cadw'n heini yn eich ardal chi.

Cynlluniwch:

- beth rydych chi'n mynd i ddweud
- sut rydych chi'n mynd i ddweud hyn.

Dyma rai geiriau pwysig:

sgiliau swyddfa

Geirfa

braster	fat
olew	oil
gormod o	too much
mwy o	more
llai o	less

Geirfa

llawn bywyd	full of life
llawn egni	full of energy
mynd yn sâl	to become ill
iechyd	health
calon	heart
pwysau	weight
pwyso	to weigh
pwyso gormod	to weigh too much

help

Mae byw'n iach yn bwysig achos …	Living healthily is important because …
Os ydych chi'n byw'n iach, rydych chi'n …	If you live healthily, you …
Os dydych chi ddim yn byw'n iach,	If you don't live healthily,
rydych chi'n …	you …
dydych chi ddim yn …	you don't …
Rhaid bwyta'n iach achos …	You must eat healthily because …
Mae … yn dda i chi achos ….	… is good for you because …
Mae … yn ddrwg i chi achos …	… is bad for you because …
Rhaid i chi fwyta …	You must eat …
Rhaid i chi beidio bwyta …	You mustn't eat …

Dylech chi fwyta …	You should eat …
Ddylech chi ddim bwyta …	You shouldn't eat …
Dylai pobl fwyta …	People should eat …
Ddylai pobl ddim bwyta …	People shouldn't eat …

Ysgrifennwch yr erthygl.

Cwyn

Mae rhywun yn anfon y llythyr yma atoch chi am Hafan Heini.

Geirfa

cwyn	complaint
addysg gorfforol = ymarfer corff	physical education
ar ran	on behalf of
cwyno	to complain
anghwrtais	rude
ymddiheuro	to apologise

1. Darllenwch y llythyr.

Ysgol y Llan
Llanaber
TH13 5SJ

20 Mawrth

Hafan Heini
35 Lôn y Môr
Llanaber
TH13 0PQ

Annwyl Syr / Madam

John Smith ydw i ac rydw i'n dysgu addysg gorfforol yn Ysgol y Llan, Llanaber.

Rydw i'n ysgrifennu ar ran disgyblion yr ysgol i gwyno am yr ystafelloedd newid yn y ganolfan hamdden.

Daeth 30 o ddisgyblion a 2 athro i'r ganolfan ar 18 Mawrth. Cawson ni amser da ar eich trac rhedeg ond roedd yr ystafelloedd newid yn frwnt iawn. Roedd mwd ar y llawr yn ystafell newid y bechgyn ac roedd llawer o ddŵr a thywelion gwlyb ar y llawr yn ystafell newid y merched. Es i at y derbynnydd i gwyno ond roedd hi'n anghwrtais iawn.

Dydy hyn ddim yn ddigon da! Rydyn ni'n siomedig iawn. Hoffen ni ddod i'r ganolfan eto, ond dydyn ni ddim yn mynd i dalu i ddefnyddio ystafelloedd newid brwnt! Hoffwn i gael llythyr yn ymddiheuro am y problemau yma. Hefyd, rhaid i chi wneud yn siŵr bod yr ystafelloedd newid yn lân bob amser neu byddwch chi'n colli cwsmeriaid.

Rydw i'n edrych ymlaen at glywed oddi wrthych chi.

Yn gywir

John Smith

a. Chwiliwch am y geiriau Cymraeg am:

I'm writing	on behalf of	to complain
the changing rooms were dirty	she was very rude	We are very disappointed.
This isn't good enough!	We would like to …	you will lose customers

b. Rhaid i chi lenwi ffurflen cwynion o'r we.

atebion ar y we

Dyddiad y gwyn: ....

Enw'r ysgol: ....

Cyfeiriad: ....

Enw'r person cyswllt: ....

Swydd y person cyswllt: ....

Y problemau: ....

c. Ysgrifennwch nodyn at reolwr Hafan Heini yn sôn am y gwyn yma.

help

Rydyn ni wedi cael cwyn oddi wrth …	We've had a complaint from …
Rydyn ni wedi cael cwyn am …	We've had a complaint about …
Dyma'r problemau:	These are the problems:
Daeth …	… came
Roedd …	… was / were …
Mae … yn anhapus iawn.	… is very unhappy.
Mae … yn siomedig iawn.	… is very disappointed.
Mae … eisiau …	… wants …

Geirfa

gwella	to improve
denu	to attract

ch. Beth ddylai'r ganolfan wneud nawr …?

- i wella'r ystafelloedd newid
- i wella'r staff
- i ddenu John Smith yn ôl.

Rhaid i chi a'r tîm drafod hyn a rhaid i chi osod targedau ar gyfer y ganolfan hamdden.

help

Dylen nhw … (+ tr. meddal)	**They should …** (+ soft mutation)
Dylen nhw **l**anhau'n fwy aml.	They should clean more often.
Rhaid iddyn nhw … (+ tr. meddal)	**They must …** (+ soft mutation)
Rhaid iddyn nhw **g**yflogi mwy o staff glanhau.	They should employ more cleaning staff.

2. Roedd cinio arbennig i staff Hafan Heini mewn gwesty yn yr ardal nos Sadwrn diwethaf. Cawsoch chi broblemau yno. Ysgrifennwch lythyr i'r gwesty'n cwyno.

Cyn dechrau, trafodwch mewn grŵp beth oedd y problemau, e.e.

Geirfa

glanhau	to clean
gwirio	to check
cyflogi mwy o staff	to employ more staff
hyfforddi'r staff	to train the staff
ymddiheuro	to apologise
rhoi ad-daliad	to give a refund
rhoi mynediad am ddim i …	to give free entry to …

Roedd yr ystafell yn oer. Roedd …

Roedd y bwyd yn ofnadwy. Roedd …

Yn eich llythyr, rhaid i chi ddweud:

- pwy ydych chi
- pam rydych chi'n ysgrifennu
- beth oedd y problemau
- beth rydych chi eisiau.

sgiliau swyddfa

1. Rydych chi'n gweithio i'r Cyngor ac rydych chi'n gwneud arolwg i weld pa mor wyrdd ydy'r ardal.

Rhaid i chi lenwi'r holiadur o'r we.

S

PA MOR WYRDD YDY'R ARDAL?

1. Oes llawer o sbwriel yn yr ardal? (✓) Oes ☐ Nac oes ☐

Beth? ....

Ble? ....

2. Oes graffiti yn yr ardal? (✓) Oes ☐ Nac oes ☐ Ble? ....

gwm cnoi Oes ☐ Nac oes ☐ Ble? ....

3. Teithio

3a. Oes gwasanaeth bysiau da yn yr ardal? (✓) Oes ☐ Nac oes ☐

3b. Oes gwasanaeth trenau da yn yr ardal? (✓) Oes ☐ Nac oes ☐

3c. Oes llawer o draffig yn yr ardal? (✓) Oes ☐ Nac oes ☐

3ch. Oes llwybrau beicio yn yr ardal? (✓) Oes ☐ Nac oes ☐

4. Ailgylchu

Ydy hi'n bosib ailgylchu yn yr ardal? (✓) Ydy ☐ Nac ydy ☐

Beth? ....

Ble? ....

5a. Oes llawer o barciau a gerddi cyhoeddus yn yr ardal? (✓) Oes ☐ Nac oes ☐

5b. Beth ydy'ch barn chi am y parciau a'r gerddi cyhoeddus?

....

....

Unrhyw sylwadau? (e.e. unrhyw broblemau?)

....

....

....

Geirfa

arolwg	survey
pa mor wyrdd?	how green?
sbwriel	litter
gwm cnoi	chewing gum
ailgylchu	to recycle
gwasanaeth	service
llwybrau beicio	cycle trails
gerddi cyhoeddus	public gardens
unrhyw sylwadau	any comments

PA MOR WYRDD YDY'R ARDAL?

1. Glân / brwnt/budr?

1a. Ydy'r ardal yn lân iawn? (✓) Ydy ☐ Nac ydy ☐

1b. Pam rydych chi'n dweud hynny? ....

1c. Oes graffiti yn yr ardal? (✓) Oes ☐ Nac oes ☐
gwm cnoi Oes ☐ Nac oes ☐
llawer o sbwriel Oes ☐ Nac oes ☐
baw cŵn Oes ☐ Nac oes ☐

1ch. Os ydych chi wedi ticio 'Oes', eglurwch ble. ....

2. Teithio

2a. Oes gwasanaeth bysiau da yn yr ardal? (✓) Oes ☐ Nac oes ☐
Rhowch resymau dros eich ateb, e.e. dangoswch i ble mae'r bysiau'n mynd, pa mor aml, y gost ac ati. ....

2b. Oes gwasanaeth trenau da yn yr ardal? (✓) Oes ☐ Nac oes ☐
Rhowch resymau dros eich ateb, e.e. dangoswch i ble mae'r trenau'n mynd, pa mor aml, y gost ac ati. ....

2c. Oes llawer o draffig yn yr ardal? (✓) Oes ☐ Nac oes ☐
Rhowch resymau dros eich ateb, e.e. disgrifiwch faint o draffig sy ar y ffordd rhwng 8.30 a 9.30 y bore. ....

2ch. Oes llwybrau beicio da yn yr ardal? (✓) Oes ☐ Nac oes ☐
Rhowch resymau dros eich ateb. ....

3. Ailgylchu

3a. Sut mae pobl yn ailgylchu yn yr ardal? ....

....

4. Parciau a gerddi cyhoeddus

4a. Beth ydy'ch barn chi am y parciau a'r gerddi cyhoeddus yn yr ardal?

....

....

Unrhyw sylwadau:

....

....

....

Geirfa

pa mor wyrdd?	how green?
pa mor lân?	how clean?
pa mor aml?	how often?
egluro	to explain
ailgylchu	to recycle
baw cŵn	dog mess
unrhyw sylwadau	any comments

2. Rydych chi'n cyfarfod gyda'ch cydweithwyr i drafod yr holiaduron. Ewch drwy'r holiadur fesul cwestiwn. Ydych chi'n cytuno gyda'r sylwadau ar yr holiaduron?

Geirfa

fesul cwestiwn	question by question

help

Cwestiwn 1 …	Question 1 …
Rydw i'n meddwl bod …	I think that …
Rydw i'n credu bod …	I believe that …
Yn fy marn i, mae …	In my opinion, there is / are …
Rydw i'n cytuno.	I agree.
Dydw i ddim yn cytuno achos …	I don't agree because …
Dydw i ddim yn cytuno o gwbl achos …	I don't agree at all because …

Geirfa

baw cŵn	dog mess
lle,-oedd	place,-s
gwella	to improve
does dim digon …	there aren't enough …
yn ddigon aml	often enough
biniau ailgylchu	recycling bins

3. Mae llawer o bobl wedi llenwi'r holiaduron. Dyma rai o'r sylwadau eraill:

Unrhyw sylwadau:
Mae llawer o sbwriel a baw cŵn mewn rhai lleoedd yn yr ardal. Rhaid gwneud rhywbeth am hyn! **Elizabeth Sullivan**

Unrhyw sylwadau:
Dydy'r gwasanaeth bws ddim yn dda iawn. Mae'r bysiau'n ddrud iawn! **Janet Lewis**

Unrhyw sylwadau:
Mae angen mwy o flodau yn y gerddi cyhoeddus! **Marie Mercier**

Unrhyw sylwadau:
Rydw i'n hoffi beicio ond does dim digon o lwybrau beicio yn yr ardal. **Jamie Evans**

Unrhyw sylwadau:
Dydy'r lori ailgylchu ddim yn dod yn ddigon aml. Mae angen gwneud rhywbeth am hyn. **Ben Williams**

Unrhyw sylwadau:
Does dim digon o finiau ailgylchu yn yr ardal. Rhaid gwneud rhywbeth am hyn! **Ken Richards**

Unrhyw sylwadau:
Does dim digon o bethau i blant bach yn y parc. Rhaid gwneud rhywbeth am hyn! **Erin Williams**

a. Rhaid meddwl sut i ddatrys y problemau yma.
Ysgrifennwch eich syniadau ar fap meddwl.

Geirfa

datrys problemau	to solve problems

Y parc a'r gerddi:
Rhaid prynu si-so a siglenni i'r plant.
Rhaid rhoi mwy o flodau yn y gerddi.
Rhaid cael garddwr newydd.

Baw cŵn:

Problemau'r ardal

Teithio yn yr ardal:

Ailgylchu:

help

Mae angen …	**(We) need … / … is needed**
Mae angen mwy o finiau ailgylchu.	More recycling bins are needed.
Mae angen cael mwy o finiau ailgylchu.	(We) need to have more recycling bins.
Rhaid cael mwy o finiau ailgylchu.	(We) must have more recycling bins.
Rhaid i ni gael mwy o finiau ailgylchu.	We must have more recycling bins.
Beth am fwy o finiau ailgylchu?	What about more recycling bins?
Beth am gael mwy o finiau ailgylchu?	What about having more recycling bins?

sgiliau swyddfa t.93

b. Trafodwch eich syniadau.

c. Ysgrifennwch lythyr at un o'r bobl ar dudalen 102.
Rhaid:

- diolch am y sylwadau
- ymddiheuro am y broblem
- dweud eich bod chi wedi trafod y broblem gyda'ch cydweithwyr
- dweud beth rydych chi'n mynd i wneud i ddatrys y broblem.

Ymddiheuro

Mae'n ddrwg gen i am y broblem yma.

Mae'n flin gyda fi am y broblem yma.

Geirfa

ymddiheuro	to apologise

Gwyrdd iawn! S

Rydych chi'n gweithio i'r Cyngor. Mae'r rheolwr yn rhoi'r daflen yma i chi.

1. Darllenwch y daflen.

Ydych chi'n hoffi llysiau?
Ydych chi'n hoffi ffrwythau?

Os ydych chi, rhaid i chi fynd i Todmorden, yn Swydd Efrog.

Pam?

Yn Todmorden, maen nhw'n tyfu llysiau a ffrwythau ...

yn y strydoedd ... **yn y parciau ...** **tu allan i'r tai ...**
tu allan i'r siopau ... **tu allan i'r coleg ...** **yn yr ysgolion ...**
ar y platfform yn yr orsaf ...

Maen nhw'n tyfu llysiau a ffrwythau ym mhob man!

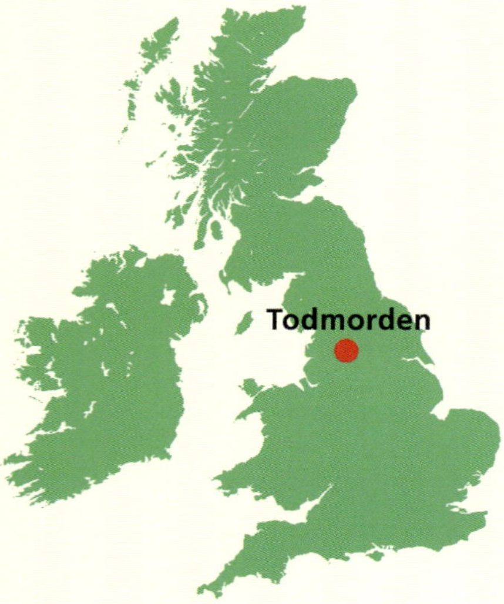

Mae hyn yn wyrdd iawn!
Llysiau a ffrwythau lleol =
dim petrol a diesel i gludo'r bwyd o bell!

Hefyd, mae'r bwyd
yn ffres iawn, iawn.

Geirfa

Swydd Efrog	Yorkshire
tyfu	to grow
tŷ, tai	house,-s
ym mhob man	everywhere
hyn	this
lleol	local
cludo	to transport
o bell	from far

a. Mae'r rheolwr yn gofyn i chi chwilio am fwy o wybodaeth am y cynllun.

Cyn dechrau, llenwch golofn 1 yn y grid.

Geirfa

cynllun	scheme
colofn	column
rhannu	to share

Beth rydw i'n GWYBOD	Beth rydw i EISIAU GWYBOD	Beth rydw i wedi DYSGU

b. Yna, meddyliwch beth rydych chi eisiau gwybod. Ysgrifennwch y cwestiynau yng ngholofn 2.

c. Teipiwch **Todmorden** i mewn i beiriant chwilio'r we. Chwiliwch am atebion i'r cwestiynau. Llenwch golofn 3.

ch. Beth am rannu gwybodaeth?

2. Mae'r tîm yn trafod ydy hi'n bosib tyfu llysiau a ffrwythau yn eich ardal chi – o gwmpas y dref, o gwmpas yr ysgol ac ati.

a. Rhaid meddwl yn gyntaf. Gwnewch fap meddwl i ddangos beth gallech chi dyfu a ble.

b. Trafodwch eich syniadau.

help

Beth am dyfu … yn …	What about growing … in …
ger / wrth / wrth ochr /	near / by /
yn ymyl / ar bwys …	by the side of …
tu allan i …	outside …
yng nghanol …	in the middle of …
gyferbyn â …	opposite …
Syniad da!	Good idea!
Na, dw i ddim yn meddwl, achos …	No, I don't think so, because …

3. Mae'r rheolwr eisiau perswadio ysgolion i dyfu llysiau a ffrwythau. Mae'n gofyn i chi drefnu cystadleuaeth arbennig i ysgolion yr ardal.

a. Mewn grŵp, rhaid trafod:

- beth ydy'r categorïau, e.e.
  y tatws mwyaf
  y moron gorau
  y cennin mwyaf blasus
  y lleoedd mwyaf diddorol i dyfu'r llysiau
- y wobr
- y dyddiad cau.

Geirfa

o gwmpas	around
mwyaf	biggest
gorau	best
mwyaf blasus	most tasty
mwyaf diddorol	most interesting
y wobr	the prize

b. Gwnewch boster am y gystadleuaeth.

Gwyrdd iawn! Y

Rydych chi'n gweithio i'r Cyngor. Mae'r rheolwr yn dangos yr erthygl yma i chi.

1. Darllenwch yr erthygl.

Llysiau ger y llyfrgell

Meddyliwch! Llysiau ger y llyfrgell … moron mewn mynwent … cennin ger y coleg … panas ger y pwll nofio … pys ger swyddfa'r post … sgewyll wrth y sinema … bresych ger y banc! Beth sy'n digwydd, tybed?

Gwyrdd iawn

Mae Todmorden, tref yn Swydd Efrog, yn wyrdd iawn.

Pam?

Wel, mae pobl Todmorden yn tyfu ffrwythau, llysiau a pherlysiau ym mhob man – yn y parc, mewn potiau ar y platfform yn yr orsaf, tu allan i orsaf yr heddlu, tu allan i gartrefi hen bobl! Maen nhw'n tyfu cennin tu allan i'r coleg … perlysiau ar y platfform yn yr orsaf … a choed ffrwythau yn y dref!

Mae hyn yn 'wyrdd' iawn. Mae hyn yn grêt! Ond bonws arall – mae'r bobl yn cael llysiau, ffrwythau a pherlysiau ffres – am ddim! Ydyn, maen nhw'n gallu helpu eu hunain i'r bwyd!

Mae'r cynllun yn bwysig hefyd, achos mae'r bobl yn bwyta bwyd lleol – does dim rhaid defnyddio petrol neu ddiesel i gludo'r bwyd yma o bell.

Plant a phobl ifanc

Mae'r ysgolion yn yr ardal yn tyfu bwyd hefyd. Mae gerddi mewn rhai ysgolion ac os does dim gardd, mae'r disgyblion a'r athrawon yn defnyddio gwelyau llysiau arbennig i dyfu'r llysiau – fel teiars neu hyd yn oed cwch!

Mae'r plant a'r bobl ifanc yn dysgu llawer am dyfu llysiau a ffrwythau. Maen nhw'n cael gwersi ar sut i goginio'r llysiau a'r ffrwythau ffres hefyd. Maen nhw'n dysgu sgiliau pwysig ar gyfer bywyd.

Gwyrdd! Gwych!

Geirfa

mynwent	cemetery
cennin	leeks
panas	parsnips
sgewyll	sprouts
bresych	cabbage
Swydd Efrog	Yorkshire
tyfu	to grow
perlysiau	herbs
ym mhob man	everywhere
helpu eu hunain	to help themselves
cynllun	scheme
cludo	to transport
o bell	from afar
gardd, gerddi	garden,-s
cwch	boat

Mae'r rheolwr eisiau trafod y cynllun yn y cyfarfod tîm nesaf. Felly,

- rhaid i chi wneud nodiadau am y cynllun
- rhaid i chi chwilio am fwy o fanylion.

Geirfa
colofn — column

a. Llenwch golofn 1 yn y grid:

Beth rydw i'n GWYBOD	**Beth rydw i EISIAU GWYBOD**	**Beth rydw i wedi DYSGU**

b. Beth arall ydych chi eisiau gwybod? Ysgrifennwch y cwestiynau yng ngholofn 2.

c. Teipiwch **Todmorden** i mewn i beiriant chwilio'r we a chwiliwch am atebion i'r cwestiynau. Llenwch golofn 3.

2. Mae'r tîm yn cyfarfod. Siaradwch am y cynllun.

- Beth yn union ydy'r cynllun?
- Beth ydy barn pawb am y cynllun?

sgiliau swyddfa

3. Mae'r tîm yn penderfynu gwahodd rhywun o Todmorden i ddod i siarad am y cynllun mewn cyfarfod arbennig.
Ysgrifennwch lythyr yn gwahodd y person. Rhaid i chi ddweud:

help

• pwy ydych chi	… ydw i.	I'm …
• eich swydd chi	Rydw i'n …	I'm …
• pam rydych chi'n ysgrifennu	Rydw i'n ysgrifennu i'ch gwahodd chi i …	I'm writing to invite you to …
	Hoffwn i'ch gwahodd chi i …	I would like to invite you to …
• dyddiad ac amser y cyfarfod	Bydd y cyfarfod ar …	The meeting will be on …
	Bydd e'n / o'n dechrau am …	It will start at …
	ac yn gorffen am …	and finish at …
• ble bydd y cyfarfod arbennig	Bydd y cyfarfod yn …	The meeting will be in …
• pam rydych chi'n gwahodd y person yma	Rydw i'n eich gwahodd chi achos …	I'm inviting you because …
• gobeithio bydd y person yn gallu dod	Gobeithio byddwch chi'n gallu dod.	I hope you will be able to come.

Cofiwch osod y llythyr yn iawn.

sgiliau swyddfa

4. Gwnewch daflen ar gyfer pobl eraill fydd yn dod i'r cyfarfod. Rhaid i chi roi gwybodaeth am y cynllun yma.

Parc gwyrdd

Rydych chi'n gweithio i'r Cyngor ac rydych chi'n helpu gyda chynllun i agor parc newydd yn yr ardal. Rydych chi wedi paratoi'r daflen ddrafft yma.

1. Darllenwch drwy'r daflen.

PARC Y FRO – PARC ECO CYNTAF YR ARDAL

Heol y Llan, Llanfair, FG12 3WX Ffôn: 0334 567 1876

Bydd parc newydd yn agor yn Llanfair ar 1 Mai – parc gwahanol iawn – parc eco!

Y llyn
Lle da i wylio anifeiliaid bach ac adar diddorol; hefyd, bydd hi'n bosib mynd mewn canŵ, caiac neu gwch arbennig.

A

B

Llwybrau beicio
Bydd milltiroedd o lwybrau beicio drwy'r parc – rhai'n hawdd, rhai'n fwy anodd a rhai'n anodd iawn!

C

Yr ardd
Bydd cyfle i blant helpu yn yr ardd – digon o lysiau a ffrwythau ffres, blasus!

Ch

Y fferm
Lle da i weld a dysgu am anifeiliaid!

Siop
Bydd y siop yn gwerthu pethau gwyrdd, e.e. tortshis a radios rydych chi'n weindio i fyny, dillad a bwyd organig, papur wedi ei ailgylchu.

Tŷ bwyta
Bydd y tŷ bwyta'n paratoi gwahanol fathau o fwyd blasus, iach, gan ddefnyddio bwyd lleol. Bydd y parc yn cynhyrchu ynni gwynt, ynni dŵr ac ynni haul a bydd y tŷ bwyta'n defnyddio'r ynni yma.

Prisiau: Oedolion: £5.00; Plant: £2.00; Teuluoedd: £10.00 Prisiau arbennig i bartïon.

Y maes parcio
Bydd bysiau Parcio a Reidio'n rhedeg o faes parcio Parc Eco i'r dref bob dydd er mwyn cadw traffig allan o ganol y dref.
Bydd y bws yn gadael bob hanner awr.
Pris: Oedolion – £1; Plant – yn rhad ac am ddim.

Cofiwch: Bydd y parc yn agor ar 1 Mai.
Edrychwch ar wefan y parc er mwyn cael y manylion am yr agoriad: parcecoparcyfro@parciaucyhoeddus.gwe

Geirfa

hawdd	easy
anodd	difficult
cyfle	opportunity
tortsh,-is	torch,-es
gan ddefnyddio	(by) using
wedi ei ailgylchu	recycled
cynhyrchu	to produce
ynni	energy
agoriad	opening

a. Rhaid i chi ddewis lluniau i fynd ar y daflen.

1

2

3

4

5

A? **Llun:** …

B? **Llun:** …

C? **Llun:** …

Ch? **Llun:** …

atebion ar y we

b. Rydych chi'n anfon manylion am y parc i'r papur lleol. Llenwch grid hysbysebu'r papur o'r we.

Grid hysbysebu	
Enw'r parc	
Cyfeiriad	
Rhif ffôn	
Gwefan	
Dyddiad yr agoriad	

atebion ar y we

c. Rydych chi'n derbyn yr e-bost yma.

Oddi wrth: swyddfa@ysgolmair.ac.uk
At: parcecoparcyfro@parciaucyhoeddus.gwe
Pwnc: Diwrnod agored Parc y Fro

Font | Font Size

Bore da. Rydw i'n dysgu yn Ysgol Mair a hoffwn i ddod â grŵp o blant i'r diwrnod agored.
Mae tri chwestiwn gyda fi am y parc.

Yn gyntaf, pryd mae'r parc yn agor?
Yn ail, beth sy i wneud yn y parc?
Yn drydydd, oes lle i gael bwyd yno?

Diolch.

Sam Smith

sgiliau swyddfa

ch. Gwnewch boster i ddangos pam dylai pobl ddod i'r parc.

d. Mae'r papur bro lleol eisiau i chi ysgrifennu erthygl yn dangos sut mae'r parc yma'n wyrdd. Trafodwch hyn mewn grŵp i ddechrau a gwnewch nodiadau, e.e.

> Sut mae'r parc yn wyrdd:
> Y llyn: Mae llawer o adar ac anifeiliaid bach yno – mae'r parc yn gofalu am fyd natur.
> Mae'n bosib mynd mewn canŵ, caiac neu gwch arbennig – dydyn nhw ddim yn defnyddio petrol na diesel – mae hyn yn dda i'r amgylchedd.

2. Yr Agoriad

Mae'r daflen yn dweud: **Bydd y parc yn agor ar 1 Mai. Edrychwch ar wefan y parc er mwyn cael y manylion am yr agoriad.**

a. Rhaid i chi a'r tîm benderfynu beth fydd yn digwydd ar ddiwrnod yr agoriad. Rhaid trefnu rhywbeth ar gyfer pob oed.

Geirfa

cystadlu	(to) compete
gwerthu	(to) sell
prynu	(to) buy
dangos	(to) show
ennill	(to) win
peintio	(to) paint
dringo	(to) climb

Geirfa

cystadleuaeth	competition
cystadlaethau	competitions
sioe, sioeau	show,-s
stondin, stondinau	stand,-s, stall,-s
castell neidio	bouncy castle
wal ddringo	climbing wall
parasiwt	parachute
trampolîn	trampoline
tywod	sand
ffair	fair

Rhaid meddwl am syniadau'n gyntaf.

Agoriad y Parc Eco

b. Trafodwch eich syniadau.

help

Rydw i'n meddwl bod … yn syniad da.	I think that … is a good idea.
Hoffwn i gael …	I would like to have …
Beth am gael …?	How about having …?
Beth am drefnu …?	How about arranging …?
ar gyfer …	**for …**
ar gyfer plant	for children
ar gyfer pobl ifanc	for young people
ar gyfer oedolion	for adults

sgiliau swyddfa t.83 t.85 t.92 t.102

c. Beth rydych chi'n penderfynu? Ysgrifennwch eich syniadau mewn grid:

Syniad 1	
Syniad 2	
Syniad 3	
Syniad 4	
Syniad 5	
Syniad 6	

ch. Ysgrifennwch erthygl ar gyfer y papur bro neu'r papur lleol am yr agoriad. Cofiwch ddweud:

- beth
- ble
- pryd
- beth yn union fydd yn digwydd.

Triwch berswadio pobl i ddod.

d. Sut ydych chi'n mynd i hysbysebu'r agoriad?
Dyma rai geiriau defnyddiol.

Beth ydych chi'n mynd i wneud?

Geirfa

poster,-i	poster,-s
hysbyseb,-ion	advert,-s
cyfweliad,-au	interview,-s
taflen,-ni	leaflet,-s
slot radio	radio slot

dd. Ysgrifennwch ddarn yn hysbysebu'r gweithgareddau.
Rhaid dweud:

- beth ydy'r digwyddiad
- ble
- pryd
- beth fydd yn digwydd.

Triwch berswadio pobl i ddod!

sgiliau swyddfa

Geirfa

manylion	details
penderfynu	to decide
gorau	best

3. Stondinau bwyd

Rhaid cael bwyd yn yr agoriad.
Mae'r rheolwr yn rhoi'r manylion yma i chi am 5 cwmni bwyd.
Mae'n gofyn i chi a'r tîm benderfynu ar y ddau gwmni gorau ar gyfer yr agoriad.

a. Darllenwch y manylion.

Bwyd Blasus

Bwyd organig Cymreig:

- byrgyrs cig oen
- salad
- cacennau
- bara brith

ac ati

Rydyn ni'n gwmni gwyrdd – rydyn ni'n defnyddio platiau a mygiau papur a *serviettes* tenau – o bapur wedi ei ailgylchu.

Bwyd rhost

Cinio rhost:

- porc
- cig oen
- cig eidion
- cyw iâr
- llysiau

Dewis da o bwdinau.

Rydyn ni'n dod â byrddau, cadeiriau, platiau ac ati.

Siwper-sglods

Bwyd poeth blasus:

- pysgod a sglodion
- sosej a sglodion
- pasti a sglodion

Mae'n sglodion MAWR ni'n enwog!

Hefyd:

- dewis da o gacennau, bisgedi
- diodydd

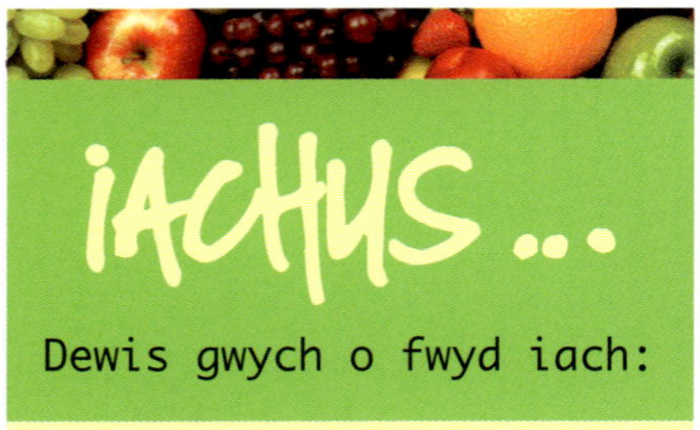

iACHUS ...

Dewis gwych o fwyd iach:

Brechdanau brown ffres – salad, tomato, ciwcymbr, caws organig ac ati – gyda digon o hadau!
Dim cig na physgod

Dewis da o ffrwythau

Digon o ddŵr pur a diodydd ffrwythau ffres

stondinau stan

Bwyd ffres blasus: brechdanau, byrgyrs, cŵn poeth, sglodion, saladau, cyrris, kebabs

Rydyn ni'n gwerthu'r bwyd mewn bocsys a mygiau plastig ac mae'n bosib ailgylchu'r plastig yma.

Rydyn ni'n siarad Cymraeg a Saesneg.

Geirfa

ac ati	etc.
tenau	thin
wedi ei ailgylchu	recycled
dewis	choice
dod â	to bring
bwrdd, byrddau	table,-s
enwog	famous
diod,-ydd	drink,-s
iachus	healthy
hadau	seeds
na	nor

b. Rhowch farc allan o ddeg ar gyfer pob cwmni. Pam rydych chi'n rhoi'r marc yna?

Enw'r cwmni	/10	Pam?

c. Nawr, trafodwch pa gwmni ydy'r cwmni gorau ar gyfer yr agoriad, pa gwmni ydy'r ail orau ac ati. Gosodwch y cwmni gorau ar dop y diagram, yna'r cwmni ail orau, ac ati.

1.
2.
3.
4.
5.

Geirfa

gorau	best
ail orau	second best

?

ch. Rhaid cymharu syniadau. Cofiwch ddweud pam rydych chi wedi gosod y cwmnïau yn y drefn yma.

help

Mae … yn cynnig (pwdinau). Dydy … ddim.	… offers (puddings). … doesn't.
Mae … yn well na … achos …	… is better than … because …
Mae … yn fwy … na …	… is more … than …
Mae … yn llai … na …	… is less … than …
Mae mwy o ddewis gyda … na …	… has more choice than …
Mae gan … fwy o ddewis na …	… has more choice than …

sgiliau swyddfa t.83 t.85 t.92 t.102

d. Mae'r tîm yn gofyn i ddau gwmni am fwy o fanylion – **Stondinau Stan** a **Bwyd Blasus**. Mae Stan Smith yn anfon llythyr. Darllenwch y llythyr.

stondinau stan

81 Ffordd Ioan, Parc Diwydiannol Llanfair, FG12 5AB
Ffôn: 0765 334 225 www.stondinaustan.co.uk

3 Mawrth

Parc y Fro
Heol y Llan
Llanfair
FG12 3WX

Annwyl Syr

Diolch am eich e-bost yn gofyn am Stondinau Stan.

Cwmni bwyd ydy Stondinau Stan ac rydyn ni'n mynd â stondinau bwyd i wyliau, eisteddfodau, gigs a sioeau. Rydyn ni'n paratoi pob math o fwyd – brechdanau, byrgyrs, cŵn poeth, sglodion, saladau, cyrris, kebabs. Rydyn ni'n paratoi'r bwyd yn ffres felly mae'r bwyd yn boeth ac yn flasus bob amser! Rydyn ni'n gwerthu'r bwyd mewn bocsys a mygiau plastig fel arfer ac mae'n bosib ailgylchu'r plastig yma.

Rydyn ni wedi bod ar gyrsiau bwyd a hylendid ac mae tystysgrifau gyda ni. Os ydych chi eisiau gwybod mwy, mae Mrs Catrin Davies, Coleg y Llan, a Samuel Williams, trefnydd gŵyl fwyd Llanaber, yn barod i ysgrifennu geirda amdanon ni.

Mae pob aelod o staff yn siarad Cymraeg a Saesneg yn rhugl ac mae'r arwyddion ar y stondin yn ddwyieithog.

Rydw i'n edrych ymlaen at glywed oddi wrthych chi.

Stan Smith

Stan Smith
(Rheolwr)

dd. Pam mae **Stondinau Stan** yn gwmni da ar gyfer yr agoriad? Gwnewch nodiadau:

Stondinau Stan: pwyntiau da

-
-
-
-

Geirfa

stondin,-au	stand,-s
mynd â	to take
gŵyl, gwyliau	festival,-s
pob math	all kinds
bob amser	every time
cwrs, cyrsiau	course,-s
hylendid	hygiene
tystysgrif	certificate
geirda	reference
amdanon ni	about us

e. Mae Richard Jones, o gwmni **Bwyd Blasus**, yn anfon llythyr. Darllenwch y llythyr.

Bwyd Blasus

Parc Busnes y Fro, Llanaber, SA16 9RT
0677 564 8876 www.bwydblasus.co.uk

3 Mawrth

Parc y Fro
Heol y Llan
Llanfair
FG12 3WX

Annwyl Syr

Diolch am eich e-bost yn gofyn am Bwyd Blasus. Dyma wybodaeth am y cwmni.

Rydyn ni'n paratoi bwyd organig Cymreig fel arfer – byrgyrs cig oen gyda salad, cacennau Cymreig, bara brith ac ati. Rydyn ni'n defnyddio bwyd lleol, felly does dim angen defnyddio llawer o betrol a diesel i gludo'r bwyd aton ni. Rydyn ni'n defnyddio papur wedi ei ailgylchu pan fyddwn ni'n gwerthu'r bwyd – platiau a mygiau papur a *serviettes* tenau – popeth wedi ei wneud o bapur wedi ei ailgylchu. Fel arfer, rydyn ni'n dod â llawer o finiau arbennig ac, ar ddiwedd y dydd, mae'n staff ni'n cerdded o gwmpas er mwyn gwneud yn siŵr bod dim platiau, mygiau na *serviettes* o gwmpas!

Gobeithio bydd hi'n bosib i ni ddod i'r agoriad. Os hoffech chi gael mwy o wybodaeth, mae croeso i chi anfon e-bost ata i, neu ffonio. Dyma fy manylion cyswllt:
e-bost: richardjones@bwydblasus.co.uk rhif ffôn: 0788 916543

Rydw i'n edrych ymlaen at glywed oddi wrthych chi.

Richard Jones

Richard Jones
(Rheolwr)

Geirfa

cludo	to transport
wedi ei ailgylchu	recycled
dod â	to bring

f. Pam mae **Bwyd Blasus** yn gwmni da ar gyfer yr agoriad? Gwnewch nodiadau:

Bwyd Blasus: pwyntiau da

-
-
-

ff. Nawr, penderfynwch pa stondin fydd yn dod i'r agoriad. Pam?

g. Ysgrifennwch nodyn at eich rheolwr chi yn dweud pa gwmni fydd yn dod i'r agoriad a pham.

4. **Agor y parc**

Rhaid cael rhywun i agor y parc eco.

a. Mewn grŵp penderfynwch pwy sy'n mynd i agor y parc eco.

t.83 t.85 t.92 t.102

sgiliau swyddfa

b. Nawr, ysgrifennwch lythyr yn gwahodd y person yna i ddod i agor y parc eco. Rhaid:

- dweud pwy ydych chi
- dweud pam rydych chi'n ysgrifennu
- sôn am y parc
- egluro beth sy'n mynd i ddigwydd – ble / pryd / faint o'r gloch
- gorffen y llythyr yn dda.

help

Beth / pryd	Bydd … yn … ar … Byddwn ni'n dechrau am … ac yn gorffen am …	The … will (be) … on … We will start at … and finish at …
Gwahodd	Hoffwn i'ch gwahodd chi i agor y … Rydyn ni wedi'ch dewis chi achos …	I would like to invite you to open the … We've chosen you because …
Gorffen y llythyr	Gobeithio byddwch chi'n gallu dod. Mae pawb yn edrych ymlaen at eich gweld chi.	I hope that you will be able to come. Everyone is looking forward to seeing you.
	Rydw i'n edrych ymlaen at gyfarfod / gwrdd â chi.	I'm looking forward to meeting you.

c. Bydd rhaid cyflwyno'r person enwog yn ystod yr agoriad. Paratowch ddarn i gyflwyno'r person yma.

sgiliau swyddfa

help

Dyma …	This is …
Mae'n bleser gen i gyflwyno …	It's a pleasure for me to present …
Mae e'n / o'n / hi'n …	He / She … (present tense)
Roedd e'n / o'n / hi'n …	He / She used to …

Cymraeg yn yr ardal

Geirfa

arwydd,-ion	sign,-s
dwyieithog	bilingual

Faint o Gymraeg sy yn yr ardal?

Arwyddion – pa iaith?

1. Rydych chi'n gweithio i'r Cyngor a rhaid i chi ddewis arwyddion newydd ar gyfer yr ardal. Beth ydy'r arwyddion yma?

1. 	2. 	3. 
4. 	5. 	6. 
7. 	8. 	9. 

atebion ar y we

parc | maes parcio | toiledau | Dim cŵn

castell | caffi | theatr | ailgylchu | Dim beicio

2. Rhaid i chi gyfieithu rhestr o eiriau ac ymadroddion er mwyn gwneud arwyddion dwyieithog.

	Welcome
	Town centre
	To the park
	To the castle
	To the museum
	Gents
	Ladies
	Open every day
	Closed on Sunday
	Market here on Saturday morning
	No parking
	No litter
	No dogs
	To the shopping centre
	Recycling
	Papers
	Clothes and shoes
	Glass

atebion ar y we

Gwneud arolwg – faint o Gymraeg sy yn yr ardal

1. Rhaid gwneud arolwg i weld:
- faint o arwyddion dwyieithog sy yn yr ardal
- faint o Gymraeg sy'n cael ei defnyddio yn yr ardal.

Rhaid:
mynd i le arbennig yn yr ardal, e.e.
canol y dre, canolfan siopa ar gyrion y dre,
parc busnes

↘

Edrych o gwmpas i weld:
Oes arwyddion dwyieithog – Beth? Ble?
Ydy pobl yn gwisgo bathodynnau?

+

Gwrando:
Ydy pobl yn siarad Cymraeg?
Ble? Beth?

↙

Tynnu ffotograffau (gyda chaniatâd)
Ffilmio (gyda chaniatâd)
Gwneud rhestr e.e.

↖

Mynd yn ôl i'r ysgol
– trafod

↑

Crynhoi a
mynegi barn

Geirfa

arolwg	survey
sy'n cael ei ddefnyddio	that is used
ar gyrion	on the outskirts of
bathodyn,-nau	badge,-s
gyda chaniatâd	with permission
crynhoi	to summarize
mynegi barn	to express an opinion

Y lle	Oes Cymraeg? ✓ ✗	Beth?
Maes parcio	✓	Rhaid parcio rhwng y llinellau gwyn.
Swyddfa'r Post	✓	Neges Gymraeg: "Rhif tri os gwelwch yn dda."

2. I ffwrdd â chi!

Ydy'r staff yn siarad Cymraeg yn y banc?

Oes arwyddion dwyieithog yn y ganolfan siopa?

Beth am yr archfarchnad – oes posteri dwyieithog yno?

Faint o bobl sy'n siarad Cymraeg yn y siop Gymraeg?

Ydy'r staff yn gwisgo bathodynnau Cymraeg yn y garej?

3. Yna, rhaid mynd yn ôl i'r ysgol.

Geirfa

I ffwrdd â chi!	Off you go!
dwyieithog	bilingual

4. Rhaid trafod, e.e.

help

Da ...		
Gweld	Mae posteri dwyieithog yn … taflenni arwyddion … er enghraifft … Mae'r staff yn gwisgo bathodynnau arbennig yn … Gwelais i lawer o Gymraeg yn …, er enghraifft …	There are bilingual posters in … leaflets signs … for example … Staff wear special badges in … I saw a lot of Welsh in …, for example …
Clywed	Mae neges ddwyieithog yn Swyddfa'r Post – "Number three please. Rhif tri os gwelwch yn dda". Mae staff yn siarad Cymraeg yn … Clywais i bobl yn siarad Cymraeg yn … Roedd y staff yn siarad Cymraeg yn …	There's a bilingual message in the Post Office – "Number three please. Rhif tri os gwelwch yn dda". Staff speak Welsh in … I heard people speaking Welsh in … The staff were speaking Welsh in …

Drwg ...		
Gweld	Does dim posteri dwyieithog yn … taflenni arwyddion Welais i ddim Cymraeg yn …	There are no bilingual posters in … leaflets signs I didn't see any Welsh in …
Clywed	Does neb yn siarad Cymraeg yn … Chlywais i ddim llawer o Gymraeg yn … Chlywais i ddim Cymraeg yn … Chlywais i neb yn siarad Cymraeg yn … Doedd neb yn siarad Cymraeg yn …	No-one speaks Welsh in … I didn't hear a lot of Welsh in … I didn't hear any Welsh in … I didn't hear anyone speaking Welsh in … No-one spoke Welsh in …

Mewn grŵp, trafodwch beth weloch chi a beth glywoch chi. Llenwch grid fel yr un yma:

Y lle	Faint o Gymraeg

5. Crynhoi a mynegi barn

Geirfa

crynhoi	to summarize
mynegi barn	to express opinion(s)

a. Rhaid crynhoi.

help

Da ...

Mae llawer o Gymraeg yn …	There's a lot of Welsh in …
Mae ychydig o Gymraeg yn …	There's a little Welsh in …
Mae rhai pobl yn defnyddio Cymraeg yn …	Some people use Welsh in …
Mae pobl yn defnyddio Cymraeg a Saesneg yn gyfartal.	People use Welsh and English equally.
Mae mwy o arwyddion Cymraeg yn … nag yn …	There are more Welsh signs in … than in …
Mae hyn yn dda.	This is good.
Mae hyn yn dda iawn.	This is very good.
Mae hyn yn wych achos …	This is great because …

Drwg ...

Does dim llawer o Gymraeg yn …	There isn't much Welsh in …
Does dim digon o Gymraeg yn …	There isn't enough Welsh in …
Does dim Cymraeg yn …	There isn't any Welsh in …
Does dim Cymraeg o gwbl yn …	There's no Welsh at all in …
Mae mwy o Saesneg na Chymraeg yn …	There's more English than Welsh in …
Mae hyn yn siomedig.	This is disappointing.
Mae hyn yn siomedig iawn.	This is very disappointing.
Mae hyn yn ofnadwy achos …	This is awful because …
Mae hyn yn warthus achos …	This is disgraceful because …

b. Rhaid mynegi barn.

Mae llawer o Gymraeg yn yr archfarchnad, er enghraifft … Mae hyn yn ardderchog.

Does dim llawer o Gymraeg yn … – dim posteri Cymraeg, dim arwyddion Cymraeg, ond mae un aelod o staff yn siarad Cymraeg. Mae hyn yn siomedig.

6. **Sut mae gwella pethau?**
Mewn grŵp, rhaid trafod sut mae gwella pethau.

a. Rhaid meddwl yn gyntaf.
Ysgrifennwch y problemau ar fap meddwl.

Problem 1: Dim arwyddion Cymraeg yn y siopau

Problem 2:

Problem 3:

Problem 4:

Problem 5:

Problem 6: Does neb yn siarad Cymraeg yn yr archfarchnad.

Sut i wella pethau

b. Sut mae gwella pethau? Ysgrifennwch eich syniadau yn y map meddwl.

help

Rhaid cael mwy o …, er enghraifft …	(We) must have more …, for example …
Beth am roi … wrth y …?	What about putting … by the …?
Mae **angen** mwy o staff Cymraeg yn y siopau.	(We) **need** more Welsh staff in the shops.
Mae **eisiau** mwy o staff Cymraeg yn y banciau.	(We) **need** more Welsh staff in the banks.
Mae **angen** rhoi gwersi Cymraeg i'r staff.	The staff **need** to be given Welsh lessons.
Rhaid rhoi gwersi Cymraeg i staff.	The staff must be given Welsh lessons.
Hoffwn i weld mwy o …	I'd like to see more …

t.93 t.103 sgiliau swyddfa

c. Cymharwch eich syniadau.

7. Ysgrifennu llythyr

a. Ysgrifennwch lythyr at un o'r gweithleoedd yn eich arolwg, e.e.

- gweithle lle doedd dim llawer o Gymraeg

neu

- gweithle lle roedd llawer o Gymraeg.

Es i i … ar …
Roeddwn i'n gwneud arolwg i weld …

Gweithle lle doedd dim llawer o Gymraeg

Rhaid sôn am:

- yr arolwg – ble aethoch chi, pryd, pam
- beth weloch chi t.120
- beth glywoch chi. t.120

Rhaid:

- crynhoi t.121
- mynegi barn t.121
- dweud sut mae gwella pethau. t.122

Es i … i ar …
Roeddwn i'n gwneud arolwg i weld …

Gweithle lle roedd llawer o Gymraeg

Rhaid sôn am:

- yr arolwg – ble aethoch chi, pryd, pam
- beth weloch chi t.120
- beth glywoch chi. t.120

Rhaid:

- crynhoi t.121
- mynegi barn t.121
- llongyfarch y gweithle.

Llongyfarchiadau i chi. Mae'r (siop) yn defnyddio llawer iawn o Gymraeg!

Hoffwn i longyfarch pawb yn y (siop) am siarad a defnyddio Cymraeg. Da iawn!

Ardderchog! Llongyfarchiadau mawr i chi!

Geirfa

llongyfarch	to congratulate
llongyfarchiadau	congratulations

8. Ysgrifennu adroddiad

Rydych chi'n mynd i ysgrifennu adroddiad ar y cyfrifiadur.
Rhaid dweud:

help

• ble aethoch chi	Es i i … Es i i'r …	I went to … I went to the …
• pryd aethoch chi	Ydych chi'n cofio sut i ddweud y dyddiad a'r amser yn Gymraeg? iaith bwysig	
• pam aethoch chi yno	Es i yno achos … Roeddwn i eisiau gweld … Roeddwn i'n gwneud arolwg i weld …	I went there because … I wanted to see … I was doing a survey to see …
• beth wnaethoch chi	Cerddais i o gwmpas y … Edrychais i ar y … Gwrandawais i ar y … Gofynnais i gwestiynau i'r staff.	I walked around the … I looked at the … I listened to the … I asked the staff questions.
• beth weloch chi	Gwelais i … Roedd llawer o … er enghraifft … Doedd dim llawer o …	I saw … There were many … for example … There weren't many … t.120
• beth glywoch chi	Clywais i … Roedd rhai pobl yn siarad Cymraeg yn … er enghraifft … Chlywais i ddim Cymraeg yn …	I heard … Some people were speaking Welsh in … for example … I didn't hear any Welsh in … t.120

Hefyd, rhaid:

help

• crynhoi	t.121
• mynegi barn	t.121
• dweud sut i wella pethau	t.122

Geirfa

dilyn — to follow

Beth am ddilyn y fformat yma?

....	Teitl Eich enw chi Dyddiad
Es i i … ble? pryd? pam?	Cyflwyniad
Cerddais i o gwmpas … Siaradais i â … Gofynnais i gwestiynau i … Gwrandawais i ar … Edrychais i ar … Darllenais i …	Beth wnaethoch chi
Gwelais i … Clywais i … • • •	Pwyntiau bwled Beth weloch chi / glywoch chi
Roedd … / Doedd dim … Roedd llawer o … / Doedd dim llawer o …	Crynhoi'r sefyllfa
Mae hyn yn …	Mynegi barn
I wella hyn, rhaid …	Gosod targedau
Mae defnyddio Cymraeg ym myd gwaith yn bwysig iawn heddiw a rhaid i siopau a gweithleoedd ddefnyddio cymaint o Gymraeg â phosib.	Cloi'r adroddiad – mae angen brawddeg dda i orffen.

Ysgrifennwch yr adroddiad.

Cynlluniau Iaith
Rydych chi'n gweithio i'r Cyngor. CLI

Geirfa

cynllun,-iau	scheme,-s
rhan	part
dwyieithog	bilingual
cyhoeddus	public
arwydd ffordd	road sign
cyn	before

1. Mae'r rheolwr yn gofyn i chi ddarllen drwy'r Cynllun Iaith yma.

Arwyddion
Bydd pob arwydd mewn lle cyhoeddus, e.e. llyfrgell, ysgol, canolfan hamdden, neuadd y dre, yn ddwyieithog.
Bydd pob arwydd ffordd yn ddwyieithog.

Bydd y Gymraeg ar y chwith a bydd y Saesneg ar y dde.
Os dydy hyn ddim yn bosib, bydd y Gymraeg yn dod cyn y Saesneg.

Bydd yr enwau ar strydoedd newydd yn ddwyieithog.

a. Chwiliwch am y geiriau yma yn y darn:

will be	public place	library	town hall	bilingual
road sign	on the left	on the right	if this is not possible	new streets

atebion ar y we

b. Mae rheolwr y pwll nofio'n anfon e-bost atoch chi.

Oddi wrth: mwallace@plasmawr.llanfair.gov.uk
At: swyddogiaith@cyngorsir.llanfair.gov.uk
Pwnc: Arwyddion

Font | Font Size | B I U T

Bore da.
Mae'r arwyddion o gwmpas y pwll nofio'n hen iawn ac rydyn ni eisiau prynu rhai newydd. Ar hyn o bryd, mae rhai o'r arwyddion yn Gymraeg ac mae rhai'n Saesneg. Beth ydy'r polisi os gwelwch yn dda?
Diolch.
Martin Wallace

Atebwch yr e-bost.

Geirfa

rhai	some
ar hyn o bryd	at present

Oddi wrth: swyddogiaith@cyngorsir.llanfair.gov.uk
At: mwallace@plasmawr.llanfair.gov.uk
Pwnc: Atb: Arwyddion

Font | Font Size | B I U T

sgiliau swyddfa

2. Mae'ch rheolwr chi'n gofyn i chi chwilio am gynlluniau iaith Cynghorau eraill.

a. Chwiliwch am wybodaeth i weld beth ydy polisi Cyngor arall ar:

arwyddion	
ysgrifennu llythyrau	
anfon biliau	
galwadau ffôn	
ffurflenni	
hysbysebu swyddi	
gwersi Cymraeg	

Geirfa

galwad,-au — call,-s
swydd,-i — job,-s
egluro — to explain

b. Llenwch y grid.

3. Ysgrifennwch ddarn i egluro'r Cynllun Iaith.

Cynllun Iaith .... (enw'r Cyngor)

Bydd pob arwydd yn …

Os ydy pobl yn ysgrifennu llythyr Cymraeg i'r Cyngor …

Bydd y Cyngor yn anfon biliau …

Os ydy pobl yn ffonio'r Cyngor yn Gymraeg …

Bydd pob ffurflen yn …

Bydd y Cyngor yn hysbysebu swyddi …

Bydd y Cyngor yn cynnig gwersi …
Fydd y Cyngor ddim yn cynnig gwersi …

Geirfa

gorsaf radio	radio station
mam a'i phram	mother and toddler

Gweithgareddau Cymraeg yn yr ardal
Rydych chi'n gweithio mewn gorsaf radio.
Rydych chi'n derbyn nifer o hysbysebion.

1. Darllenwch yr hysbysebion.

Mam a'i Phram
Neuadd Llanfair
Bob bore Llun
9.30-12.00

Clwb ffilmiau
Neuadd y Dre
Bob nos Fawrth
6.30-9.30

Dosbarthiadau cadw'n heini – yn Gymraeg!
Yn y Ganolfan Hamdden
Bob nos Lun a nos Iau
8.00-9.00

Marchnad bwyd Cymreig ar y sgwâr
Dydd Sadwrn
10.00-5.00

Dosbarthiadau Cymraeg yn yr Ysgol Uwchradd
Bob nos Lun, nos Fawrth, nos Fercher, 7.00-9.00
Croeso cynnes i bawb!

Clwb Cymraeg yn Neuadd y Pentre
Bob nos Wener
7.00-8.30

a. Mae un o'ch cydweithwyr chi wedi paratoi sgript ond mae hi wedi gwneud llawer o gamgymeriadau iaith. Cywirwch y sgript. Os ydych chi eisiau help, edrychwch ar yr hysbysebion eto.

Beth sy'n digwydd yn yr ardal yr wythnos yma:

1. Mae sesiwn Mam a'i Phram yn **Newydd** Llanfair bob bore Llun, o hanner awr wedi **nawr** tan ganol dydd.
2. Mae dosbarthiadau **Gymraeg** yn yr Ysgol Uwchradd bob nos Lun, nos Fawrth a nos **Ferched**, o saith o'r gloch tan naw o'r gloch.
3. Bydd Marchnad bwyd **Cymraeg** ar y sgwâr, ddydd Sadwrn yma, o **deg** o'r gloch tan **pump** o'r gloch.
4. Mae'r Clwb **filmiau** yn Neuadd y Dre bob nos **Mawrth**, o hanner awr wedi chwech tan hanner awr wedi naw.
5. Mae'r Clwb Cymraeg yn cyfarfod yn Neuadd y Pentre bob nos Wener, o saith **or** gloch tan hanner awr wedi wyth.

atebion ar y we

b. Mae un darn ar goll. Ysgrifennwch y darn yma.

atebion ar y we

Geirfa

ar goll	missing

2. Rydych chi'n cael sgript arall – yn Saesneg. Cyfieithwch y sgript i'r Gymraeg.

Mudiad Ysgolion Meithrin will be holding a concert in the Town Hall on Friday evening.

The Young Farmers Club will be holding a dance and barbecue in the Town Hall on Saturday night. Tickets will cost eight pounds.

The Urdd will be holding an exciting gig on Saturday night – in the school.

There will be a Sadwrn Siarad for Welsh learners at the college on Saturday. The lessons will begin at nine o'clock in the morning and will end at four o'clock in the afternoon.

For more information, phone the radio station: 01998 551 551

help

Bydd … yn cynnal …	… will hold / be holding …
Bydd …	… will …
Bydd …	There will be a …

atebion ar y we

Geirfa

cynnal	to hold
cyngerdd	concert
Clwb Ffermwyr Ifanc	Young Farmers Club
barbeciw	barbecue
dysgwyr	learners
yr orsaf radio	the radio station

3. Rydych chi eisiau gwneud eitem ar y radio ar un o'r canlynol.

- Mudiad Ysgolion Meithrin
- Clwb Ffermwyr Ifanc
- Yr Urdd

a. Chwiliwch am wybodaeth.
b. Rhannwch y wybodaeth.
c. Paratowch yr eitem.
ch. Recordiwch yr eitem.

4. **Eich ardal chi** S

a. Edrychwch ar y digwyddiadau yma eto.
Gwnewch restr o beth fydd yn digwydd yn yr ardal yma.

b. Beth am eich ardal chi?
Oes llawer o ddigwyddiadau Cymraeg yn eich ardal chi?
Trafodwch hyn a gwnewch restr.

Geirfa

digwyddiad,-au	event,-s

Mentrau Iaith

4. Mae staff y Fenter Iaith wedi anfon yr erthygl yma atoch chi achos maen nhw eisiau i chi sôn am Fentrau Iaith Cymru ar y radio. (Y)

a. Darllenwch yr erthygl.

GWEITHIO DROS Y GYMRAEG

Helpu busnesau … rhoi gwybodaeth ... trefnu gweithgareddau Cymraeg i blant, pobl ifanc ac oedolion – dyna rai o'r pethau mae Mentrau Iaith Cymru yn eu gwneud er mwyn hyrwyddo'r iaith Gymraeg.

Ydyn, mae'r Mentrau Iaith yn gweithio'n galed dros yr iaith Gymraeg. Maen nhw'n gweithio'n galed i helpu pobl i ddefnyddio Cymraeg yn eu bywyd bob dydd.

Sut? I ddechrau, maen nhw'n trefnu llawer o weithgareddau Cymraeg fel bod pobl yn mwynhau yn Gymraeg. Maen nhw'n trefnu clybiau chwaraeon, sesiynau yoga, zumba, boreau coffi, cyrsiau syrffio, teithiau bws, diwrnodau Hwyl i'r Teulu – pob math o bethau a dweud y gwir.

Plant a phobl ifanc

Mae gweithgareddau ar gyfer plant a phobl ifanc hefyd, fel gweithdai crefft, animeiddio a drama, cystadlaethau, chwaraeon, gigs ac ati.

Busnesau

Mae'r Mentrau Iaith yn gweithio gyda busnesau hefyd. Maen nhw'n helpu busnesau i gynnig gwasanaeth dwyieithog. Maen nhw'n cyfieithu darnau byr fel bod y busnesau'n gallu dangos arwyddion, posteri a thaflenni dwyieithog.

Teuluoedd

Mae help ar gyfer teuluoedd achos mae'r Mentrau Iaith yn rhoi cyngor i rieni newydd ar sut i fagu plant yn ddwyieithog. Maen nhw'n rhoi cyngor ar addysg Gymraeg hefyd.

Pwy arall?

Pwy arall sy'n cael help gan y Mentrau Iaith? Wel, pobl sy'n dysgu Cymraeg! Mae dysgu a defnyddio'r Gymraeg mor bwysig heddiw! Os ydych chi'n siarad Cymraeg a Saesneg, bydd gwell cyfle gyda chi i gael rhai swyddi yng Nghymru achos byddwch chi'n gallu siarad â chwsmeriaid, ysgrifennu llythyrau ac ateb y ffôn yn Gymraeg ac yn Saesneg.

Mae'r Mentrau Iaith yn trefnu pob math o weithgareddau ar gyfer dysgwyr. Mae hyn yn eu helpu nhw i ddod yn rhugl ac mae'n gyfle i gyfarfod â phobl eraill sy'n siarad Cymraeg.

Mae Menter Iaith mewn sawl rhan o Gymru – mae'n siŵr bod un yn eich ardal chi. Beth am fynd ar y we i chwilio am fwy o wybodaeth?

mentrau IAITH Cymru

Geirfa

cyngor	advice
hyrwyddo	to promote
fel bod	so that
gweithdy, gweithdai	workshop,-s
cynnig	to offer
gwasanaeth	service
magu	to bring up
addysg	education
mor bwysig	so important
gwell cyfle	better opportunity
rhugl	fluent

b. Rydych chi'n mynd i baratoi sgript am Fentrau Iaith Cymru ar gyfer y rhaglen radio. Yn gyntaf, gwnewch nodiadau:

Mae Mentrau Iaith yn helpu:

plant a phobl ifanc -

oedolion -

busnesau -

teuluoedd -

dysgwyr -

c. Rydych chi'n penderfynu sôn am ddigwyddiadau'r Fenter Iaith yn eich ardal chi hefyd. Chwiliwch am wybodaeth ar y we.

Ysgrifennwch y manylion ar y posteri:

MENTER IAITH .... (enw)
Beth:
Ble:
Pryd:
Gwybodaeth arall:

MENTER IAITH .... (enw)
Beth:
Ble:
Pryd:
Gwybodaeth arall:

ch. Paratowch sgript radio am Fentrau Iaith Cymru a soniwch am eich Menter Iaith leol.

Noswaith dda, a chroeso i raglen arall o …

Heno, rydyn ni'n mynd i siarad am Fentrau Iaith Cymru, ond yn gyntaf, dyma gân i chi …

(*Chwarae'r trac:* …)

Iawn – beth ydy Mentrau Iaith Cymru? Wel …

Oeddech chi'n gwybod bod Menter Iaith yn yr ardal yma? Oes – Menter Iaith … ac mae'r Fenter Iaith yma'n brysur iawn. Dyma rai o'r digwyddiadau yn ystod yr wythnosau nesaf:

Bydd …

Geirfa

digwyddiad,-au — event,-s

Dysgu Cymraeg yn yr ardal

Rydych chi wedi trefnu Sadwrn Siarad ar gyfer pobl sy'n dysgu Cymraeg yn yr ardal.

1. Rydych chi wedi derbyn y llythyr a'r e-bost yma am y digwyddiad.

a. Darllenwch y llythyr a'r e-bost.

Trem y Môr
Ffordd y Traeth
Llanfair

12 Mai

Annwyl Drefnydd

Rydw i'n ysgrifennu i ddiolch yn fawr i chi am drefnu'r Sadwrn Siarad yn yr ysgol ar 6 Mai. Roedd y diwrnod yn dda iawn. Roedd y tiwtor, Enid Williams, yn ardderchog. Roedd hi'n dda am roi help i ni. Dysgais i lawer.

Rydw i'n dysgu Cymraeg achos rydw i wedi priodi â merch o Gymru. Rydw i'n dysgu gartref gyda fy ngwraig ac rydw i'n defnyddio CDs a llyfrau. Rydw i'n gwylio rhaglenni Cymraeg ar y teledu hefyd. Roedd y Sadwrn Siarad yn grêt achos ces i gyfle i siarad Cymraeg â phobl yn fy ngrŵp – ond doedd dim digon o amser i siarad â phobl o grwpiau eraill amser cinio, yn anffodus. Efallai, y tro nesaf, basai'n well cael awr a hanner – dim awr.

Diolch eto!

Jake Williams

Geirfa

trefnydd	organizer
wedi priodi â	married to
cyfle	opportunity
y tro nesaf	next time
basai'n well	it would be better

Oddi wrth: teulujones@hendre.gwecym.uk
At: sadwrn.siarad@llanfair.ac.uk
Pwnc: Sadwrn Siarad

Font | Font Size | B I U T

Ceri Jones ydw i a dw i'n mynd i Ysgol y Llan. Dw i ym Mlwyddyn 11 a dw i'n astudio Cymraeg Ail Iaith ar gyfer TGAU. Ces i amser gwych yn y Sadwrn Siarad. Roedd y tiwtor, Ben Smith, yn ddoniol iawn!

Es i i'r Sadwrn Siarad gyda Mam achos mae hi'n dysgu Cymraeg hefyd. Mae hi'n cael gwersi Cymraeg yn y gwaith ac maen nhw'n ei helpu hi i siarad Cymraeg â'r cwsmeriaid. Mae tiwtor yn dod i'r gwaith i roi gwersi Cymraeg i'r staff.

Es i i'r Sadwrn Siarad i wella fy Nghymraeg achos hoffwn i wneud Lefel A Cymraeg Ail Iaith ar ôl gorffen TGAU. Bydd hyn yn help i gael swydd yn y dyfodol.

Mwynheuais i'n fawr a dysgais i lawer, ond, yn anffodus, doedd dim llawer o bobl ifanc yno. Clywais i am y Sadwrn Siarad drwy Mam – doeddwn i ddim wedi gweld unrhyw daflenni na hysbysebion. Y tro nesaf, beth am roi posteri yn y dre ac anfon gwybodaeth i'r ysgolion? Mae llawer o bobl ifanc yn dysgu Cymraeg y dyddiau yma!

Diolch.
Ceri Jones

Geirfa

doniol	funny
gwella	to improve
dyfodol	future

b. Llenwch y ffurflenni adborth o'r we:

Geirfa
adborth — feedback

Ffurflen A: Manylion cyffredinol	
Enw'r digwyddiad:	
Ble:	
Pryd:	
Enwau'r tiwtoriaid:	1.
	2.
Enwau'r bobl sy wedi anfon adborth:	1.
	2.

Ffurflen B: Pwyntiau da a phwyntiau gwan

Enw	Pwyntiau da	Pwyntiau gwan
Jake Williams		
Ceri Jones		

Ffurflen C: Sut i wella ar gyfer y dyfodol

Syniadau:

atebion ar y we

c. Mae consortiwm dysgu Cymraeg yn gwneud ymchwil i weld pam a sut mae pobl yn dysgu Cymraeg yn yr ardal. Edrychwch eto ar y llythyr a'r e-bost a llenwch y grid.

Enw	Pam?	Sut?
Jake Williams		
Ceri Jones		
Mam Ceri		

atebion ar y we

ch. Mae llawer o bobl yn dysgu Cymraeg heddiw, e.e. yn yr ysgol, mewn dosbarthiadau nos, yn y gwaith, gartref.

Pam mae pobl yn dysgu Cymraeg?
- Mae'n help i gael gwaith neu i gael gwell swydd.
- Mae'r teulu'n siarad Cymraeg.
- Mae'n rhoi cyfle i fwynhau diwylliant arall.

Geirfa
gwell — better
diwylliant — culture

Gwnewch ychydig o ymchwil i weld:
- ble mae pobl yn dysgu Cymraeg yn yr ardal
- pam maen nhw'n dysgu Cymraeg.

Papur bro / Papur lleol

Oes papur bro neu bapur lleol yn eich ardal chi? Beth ydy enw'r papur?

Yr Angor
Miliwn o Eiriau

Papur Pawb
"Cafwyd sioe ardderchog eleni"

Blewyn Glas
C.Ff.I Dinas Mawddwy ar y brig
Cadeirio Luned
Myfyriwr y Flwyddyn

Y DOLEN
NODDI ELUSENNAU
COMISIYNU SWYDDOG

1. Edrychwch ar nifer o bapurau bro Cymraeg.
Beth sy ynddyn nhw? Oes …?

	Oes ✓	Nac oes ✓
• newyddion am yr ardal		
• gwybodaeth am ddigwyddiadau yn yr ardal		
• newyddion am selebs enwog		
• tudalen ffasiwn		
• tudalen am gerddoriaeth fodern		
• darnau am bobl leol		
• darnau am ysgolion lleol		
• darnau am hobïau		
• darnau am chwaraeon		
• llythyrau		

2. Beth arall sy mewn papur bro neu bapur lleol?
Gwnewch restr.

Enw'r papur bro / papur lleol:

-
-
-

3. Beth ydy papur bro neu bapur lleol, felly?

....

4. Darllenwch eich papur bro neu eich papur lleol chi er mwyn gweld beth sy'n digwydd yn eich ardal chi.

a. Llenwch grid fel yr un yma:

Beth?	**Ble?**	**Pryd?**	**Pris**

b. Gwnewch sgript radio i hysbysebu'r digwyddiadau yma. t.131

5. Beth am wneud tudalen ar gyfer eich papur bro, eich papur lleol neu bapur eich ysgol chi? Gallech chi ysgrifennu am bethau fel:

- gweithgareddau yn yr ysgol
- dysgu Cymraeg
- hobïau
- byd gwaith

ac ati.

Gallech chi ysgrifennu:

- llythyr
- cyfweliad
- hysbyseb
- erthygl

ac ati.

Geirfa

gallech chi ...	you could ...
thema	theme

Beth am drafod hyn mewn grŵp er mwyn penderfynu ar:

- thema
- pwy sy'n gwneud beth.

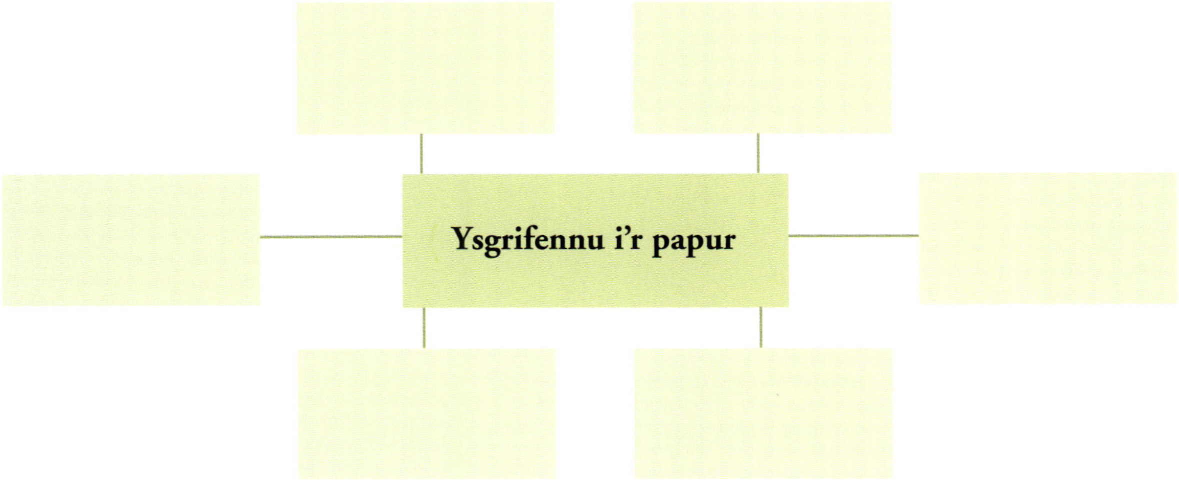

t.83 t.85 t.92 t.102 sgiliau swyddfa

Gefeillio

Rydych chi'n gweithio i'r Cyngor ac rydych chi'n derbyn yr hysbyseb yma.

1. Darllenwch yr hysbyseb.

Asiantaeth gefeillio

Yn eisiau
Trefi a phentrefi i efeillio â threfi a phentrefi yn Ewrop

Beth amdani?

Disgrifiwch eich ardal …

ac

… atebwch y cwestiynau yma:

- Ydy'r ardal yn enwog am rywbeth arbennig? Beth?
- Oes rhywun enwog yn dod o'r ardal? Pwy?
- Pa ieithoedd mae pobl yn siarad yn yr ardal?

Anfonwch eich atebion aton ni: gefeillio@gwe.net

Yna, byddwn ni'n chwilio am dref neu bentref addas i chi!

Geirfa

gefeillio	to twin
beth amdani?	how about it?
addas	suitable

Defnyddiwch yr iaith yn yr uned yma, e.e.

Mae … yng Ngogledd Cymru, tua … milltir o …
Mae'r dref yn hen / fodern.

Mae llawer o … yma. / Does dim llawer o … yma.
Hoffwn i gael …

Mae'n bosib … yma.
Gallwch chi … yma.

Mae llawer o bethau diddorol yn digwydd yma, er enghraifft …

Mae'r ardal yn wyrdd iawn achos …

Mae'r ardal yn eitha Cymraeg achos …

Mae'r ardal wedi gefeillio â … Weithiau, mae teithiau i …

Dw i'n meddwl bod yr ardal yn … achos …

Beth am ddangos llun neu gerdyn post?

Mae'r llun / map / cerdyn post / sleid yma'n dangos …

Fel rydych chi'n gallu gweld o'r llun, mae llawer o …

Mae'r dechrau a'r diwedd yn bwysig iawn!

Dechrau

Rydw i'n mynd i siarad am …
Rydw i eisiau siarad am …
Hoffwn i sôn am …
Yn gyntaf, hoffwn i sôn am …

Gorffen

Dyna ddiwedd y cyflwyniad.
Ydych chi eisiau gofyn cwestiynau?
Oes cwestiynau gyda chi? /
Oes gennych chi gwestiynau?

Cofiwch ofyn i'r grŵp ydyn nhw eisiau gofyn cwestiynau i chi!

Beth Nesaf?

Opsiynau

CLI

Geirfa

dod 'nôl	to come back
dychwelyd	to return
gadael	to leave
hyfforddiant	training
prentisiaeth	apprenticeship
gyrfa,-oedd	career,-s

Beth fyddi di'n wneud y flwyddyn nesaf?

Bydda i'n …

mynd i ysgol arall

dod 'nôl i'r ysgol

dychwelyd i'r ysgol

mynd i'r coleg

chwilio am hyfforddiant

gwneud prentisiaeth

1. Rydych chi'n gweithio i gwmni gyrfaoedd ac rydych chi wedi paratoi holiadur ar gyfer y dosbarth.

BETH NESAF?

Enw: ....

Cyfeiriad: ....

....

.... Cod post: ....

Rhif ffôn: Gartref: .... Ffôn symudol: ....

E-bost: ....

Oed: .... Dyddiad geni: ....

Ysgol: ....

Y flwyddyn nesaf, bydda i'n … (✓)

- dychwelyd i'r ysgol yma ☐
- mynd i ysgol arall ☐
- mynd i'r coleg ☐
- gwneud prentisiaeth ☐
- Dydw i ddim wedi penderfynu eto. ☐

Manylion: ....

....

a. Defnyddiwch yr holiadur i ofyn cwestiynau i'r dosbarth er mwyn gweld beth mae pawb yn bwriadu wneud yn y dyfodol. Triwch ofyn am gymaint o wybodaeth â phosib, e.e.

Geirfa

bwriadu	to intend
y dyfodol	the future

help

Beth fyddwch chi'n wneud ar ôl TGAU?	What will you be doing after GCSE?
Beth fyddi di'n wneud ar ôl TGAU?	
Bydda i'n dychwelyd i'r ysgol.	I'll return / I'll be returning to school.
Dw i'n bwriadu mynd i'r coleg.	I intend going to college.
Pam?	Why?
Achos …	Because …

Beth hoffech chi wneud ar ôl TGAU?	What would you like to do after GCSE?
Beth hoffet ti wneud ar ôl TGAU?	
Hoffwn i ddychwelyd i'r ysgol achos …	I'd like to return to school because …
Hoffwn i ddychwelyd i'r ysgol i astudio …	I'd like to return to school to study …
achos …	because …

b. Mae'r cwmni gyrfaoedd eisiau i bob person ifanc yn yr ardal lenwi'r holiadur. Felly mae un o'ch cydweithwyr yn anfon e-bost at y rheolwr i ddweud bod pob person ifanc wedi cael copi. Yn anffodus, mae e wedi gwneud llawer o gamgymeriadau yn y neges. Ysgrifennwch y cywiriadau yn y grid o'r we.

Oddi wrth: lynt@gyrfaplus.com
At: jojo@gyrfaplus.com
Pwnc: Holiaduron

Font | Font Size

Hello.

Mae **y** holiaduron wedi mynd i bob **college** ac ysgol yn yr ardal ond **maen** ni'n aros am atebion gan bedwar coleg**,** Rhaid i ni **phonio** rhai canolfannau **yr** prynhawn yma.

Ydy chi eisiau trefnu cyfarfod i drafod yr holiaduron**.**

Yn **gwir**.

Lyn

atebion ar y we

Geirfa
casglu — to collect
ymadrodd,-ion — expression,-s

Casglu data

1. Ar ôl derbyn yr holiaduron oddi wrth y bobl ifanc, rhaid casglu'r data.
a. Yn gyntaf, mae'r rheolwr eisiau i chi greu banc o ymadroddion Cymraeg.

10%	
15%	
20%	
25%	
40%	
50%	
68% will be returning to school.	
16% will be going to college.	
3% are not sure.	
What percentage will be staying?	

iaith bwysig t.27

atebion ar y we

b. Dyma'r canlyniadau ar gyfer Ysgol Glanrhydd:

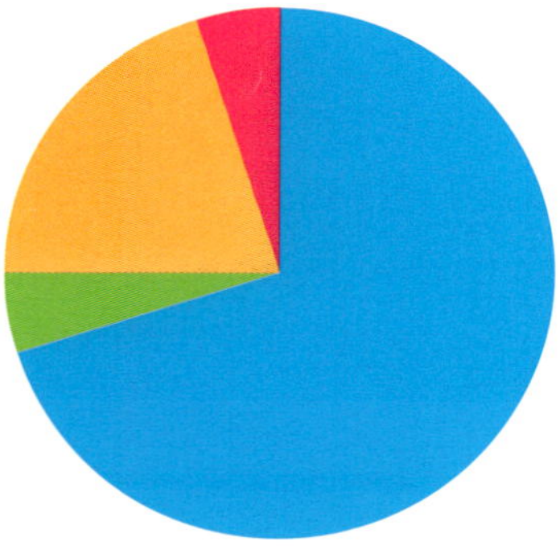

Dychwelyd i'r ysgol yma – 70%
Mynd i ysgol arall – 5%
Mynd i'r coleg – 20%
Ddim yn gwybod – 5%

Geirfa
canlyniad,-au — result,-s

Mae'r rheolwr yn anfon yr e-bost yma atoch chi:

Oddi wrth: jojo@gyrfaplus.com
At: lynt@gyrfaplus.com
Pwnc: Holiaduron

Font | Font Size

Bore da.

Ga i'r canlyniadau ar gyfer Ysgol Glanrhydd os gwelwch yn dda?
Pa ganran fydd yn dychwelyd i Ysgol Glanrhydd?
Pa ganran fydd yn mynd i ysgol arall?
Pa ganran fydd yn mynd i'r coleg?
Pa ganran sy ddim yn gwybod?

Diolch.

Jojo

Atebwch yr e-bost.

Oddi wrth: lynt@gyrfaplus.com
At: jojo@gyrfaplus.com
Pwnc: Atb: Holiaduron

Font | Font Size | B I U T

Bore da.

Dyma'r canlyniadau ar gyfer Ysgol Glanrhydd.
Bydd …

Diolch.

Lyn

2. Rhaid casglu'r data am eich dosbarth chi nawr.

t.143

a. Cymharwch y wybodaeth ar eich holiaduron a gwnewch graff.

help

Faint o …?	**How many …?**
Faint o bobl sy'n mynd i ddychwelyd i'r ysgol?	How many people are going to return to school?
Faint o bobl sy'n bwriadu dychwelyd i'r ysgol?	How many people intend to return to school?
Faint o bobl fydd yn mynd i'r coleg?	How many people will be going to college?

iaith bwysig

b. Gwnewch siart pie i ddangos y canrannau.

Geirfa

siart pie — pie chart

help

Pa ganran?	**What percentage?**
Pa ganran sy'n bwriadu …?	What percentage intend to …?
Pa ganran fydd yn …?	What percentage will (be …) …?
Pa ganran fydd yn mynd i …?	What percentage will be going to …?
Bydd **deg y cant** yn dychwelyd i'r ysgol.	**10%** will be returning to school.
Mae **un deg pump y cant** yn bwriadu mynd i'r coleg.	**15%** intend going to college.

Opsiynau gwahanol

Fel Swyddog Gyrfaoedd, rydych chi wedi bod yn siarad â phobl ifanc. Dyma beth ddywedodd rhai:

Dw i'n edrych ymlaen at y flwyddyn nesaf achos bydda i'n gallu dewis fy hoff bynciau yn yr ysgol – Cymraeg, Ffrangeg a Sbaeneg. Yna, ar ôl gwneud Lefel A, dw i'n bwriadu astudio ieithoedd modern yn y brifysgol, felly rhaid i fi wneud yn dda yn TGAU!
Nel

Dw i eisiau gweithio mewn garej yn y dyfodol – dw i eisiau gweithio gyda cheir! Felly, dw i'n bwriadu mynd i wneud cwrs peirianneg yn y Coleg y flwyddyn nesaf – ond bydd rhaid i mi basio TGAU i gael lle ar y cwrs!
Dan

TGCh ydy fy hoff bwnc i a rhaid i mi wneud yn dda achos dw i eisiau cynllunio gemau cyfrifiadur ar ôl gorffen yr ysgol a'r coleg! Ond mae gen i dipyn o broblem – dw i ddim yn gwybod beth i wneud y flwyddyn nesaf. Dw i wrth fy modd yn yr ysgol yma a dw i'n mwynhau bod gyda ffrindiau. Maen nhw'n aros yn yr ysgol y flwyddyn nesaf. Y broblem ydy, dydy'r ysgol ddim yn cynnig ffotograffiaeth a hoffwn i astudio'r pwnc yma. Mae Coleg Llangar yn cynnig ffotograffiaeth. Felly, ydw i'n dod yn ôl i'r ysgol neu ydw i'n mynd i Goleg Llangar?
Meic

Geirfa

swyddog	officer
rhai	some
ieithoedd modern	modern languages
y brifysgol	university
felly	so, therefore
TGCh	ICT
peirianneg	engineering
lle	place
cynllunio	to design
cynnig	to offer

1. Chwiliwch am y geiriau yma yn y darnau:

I'm looking forward to	next year	I will be able to	I intend to …
in the future	my favourite subject	I don't know what to do	I love …

atebion ar y we

2. Rhaid rhoi'r manylion am y bobl ifanc yma ar gronfa ddata'r cwmni gyrfaoedd. Llenwch y grid o'r we.

	Nel	Dan	Meic
Dychwelyd i'r ysgol (✔/✖/?)			
Mynd i goleg (✔/✖/?)			
Pam mae TGAU yn bwysig?			

atebion ar y we

3. sgil siarad

PARTNER 1

Chi ydy'r Swyddog Gyrfaoedd. Rhaid i chi siarad â pherson ifanc am y dyfodol.

Wrth i chi siarad, llenwch y ffurflen isod am y person ifanc.

PARTNER 2

Chi ydy'r person ifanc. Rhaid i chi siarad am beth fyddwch chi'n wneud yn y dyfodol.

t.143

Ar ôl Blwyddyn 11

Enw: ....

Cyfeiriad: ....

Cod post: ....

Rhif ffôn: ....

E-bost: ....

Ysgol: .... Dosbarth: ....

Pynciau Bl. 11: ....

Y flwyddyn nesaf:

Mae angen cymaint o wybodaeth â phosib, e.e. beth, ble, pam:

....

....

Geirfa

wrth i chi siarad ...	as you speak ...
cymaint ...	as much / many ...
â phosib	as possible

4. Rydych chi'n derbyn y nodyn yma.

a. Darllenwch y nodyn.

Meic Rees ydy fy enw i a dw i'n ddisgybl ym Mlwyddyn 11 yn Ysgol Llanaber. Dw i'n ysgrifennu atoch chi i ofyn am gyngor.

Mae gen i broblem gyda fy opsiynau. Dw i eisiau cynllunio gemau cyfrifiadur yn y dyfodol ac felly hoffwn i astudio TGCh a ffotograffiaeth y flwyddyn nesaf – ac un pwnc arall. Dw i'n gallu dewis TGCh fel un opsiwn yn yr ysgol yma ond dydy'r ysgol ddim yn cynnig ffotograffiaeth – ac mae ffotograffiaeth yn mynd yn dda gyda TGCh.

Mae Coleg Llangar yn cynnig yr opsiwn yma ac felly dw i'n meddwl mynd yno. Mae'r campws yn fodern ac mae llawer o gyrsiau diddorol yno. Ond i fynd yno, rhaid i fi deithio am awr bob bore a nos a hefyd does gen i ddim ffrindiau yng Ngholeg Llangar.

Dw i'n poeni'n fawr. Dw i ddim eisiau gadael yr ysgol achos mae fy ffrindiau i'n aros yma a dw i yn nhîm rygbi'r ysgol. Dw i wrth fy modd yn chwarae rygbi i'r ysgol!

Dw i ddim yn gwybod beth i wneud. Ydych chi'n gallu rhoi help i fi os gwelwch yn dda?

Dyma fy nghyfeiriad e-bost: meree s@gwecym.uk.

Diolch.

Meic Rees

Geirfa

cyngor	advice
cynllunio	to design (hefyd to plan)
yn y dyfodol	in future
TGCh	ICT
cynnig	to offer
gwael	bad

b. Rydych chi'n mynd i drio helpu Meic. Yn gyntaf, rhaid i chi feddwl am y pwyntiau da a'r pwyntiau gwael yn y ddau le.

Llenwch y grid yma.

Yr ysgol		Coleg Llangar	
Pwyntiau da	**Pwyntiau gwael**	**Pwyntiau da**	**Pwyntiau gwael**

c. Cymharwch eich syniadau chi gyda syniadau'ch cydweithwyr chi.

ch. Beth sy orau i Meic – aros yn yr ysgol neu fynd i Goleg Llangar?
Hefyd, pa bwnc arall ddylai Meic astudio?

Siaradwch am hyn gyda'ch cydweithwyr.

help

Rhaid i Meic fynd i …	Meic must go to …
Rhaid i Meic aros yn …	Meic must stay at …
achos …	because …
… mae ei ffrindiau yn yr ysgol	… his friends are in school
… bydd e'n / o'n gwneud ffrindiau newydd	… he will make new friends
… mae'r ysgol yn fwy agos	… the school is nearer
… bydd e'n / o'n gallu dal bws	… he will be able to catch a bus

Dylai Meic **f**ynd i …	Meic should go to …
Dylai Meic aros yn …	Meic should stay at …
Dylai Meic **g**ysylltu â … i ofyn …	Meic should contact … to ask …
Dylai Meic astudio …	Meic should study …
Dw i'n meddwl dylai Meic …	I think that Meic should …
achos …	because …

d. Ysgrifennwch nodyn at Meic gyda'ch cyngor chi, e.e.

Annwyl Meic

Diolch am y nodyn.

Y flwyddyn nesaf, rhaid i chi …

Y flwyddyn nesaf, dylech chi **f**ynd i …
Y flwyddyn nesaf, dylech chi aros yn …
Dw i'n meddwl dylech chi **g**ysylltu â … i ofyn am y cwrs.

Peidiwch â phoeni am … achos …

Os ydych chi eisiau siarad â fi, dyma fy rhif ffôn: 0889 657 3366

Pob hwyl

(Eich enw chi)

dd. Rydych chi'n gofyn i'ch ysgrifenyddes ysgrifennu e-bost at bennaeth blwyddyn Meic. Mae hi'n ysgrifennu'r e-bost yn Saesneg, felly rhaid i chi gyfieithu'r e-bost i'r Gymraeg.

Oddi wrth: swyddoggyrfaoedd@cwmnigyrfaoedd.org
At: bsmith@ysgolllanaber.ac.uk
Pwnc: Meic Price

Font | Font Size | B I U T

Dear Mr Smith

Meic doesn't know what to do next year.

He wants to stay in school because his friends are there and he enjoys playing rugby, but he wants to study photography. The school doesn't offer the course and so he is considering Llangar College.

He wants to design computer games in the future.

Mary

Geirfa

pennaeth blwyddyn	head of year
felly	so, therefore
ystyried	to consider
cynnig	to offer
cynllunio	to design (hefyd to plan)

e. Rydych chi'n gweld y poster yma am Goleg Llangar:

atebion ar y we

Coleg Llangar

Ffordd Glyndŵr, Llangar, PE13 7TY

Dewch i'r Noson Agored!
Dyddiad: 7 Hydref
Amser: 16.00-21.00

- Cyfle i ddysgu am y pynciau newydd cyffrous
- Cyfle i gerdded o gwmpas y campws modern
- Cyfle i siarad â'r tiwtoriaid
- Te a choffi ar gael
- Bws o'r maes parcio yn y dref bob hanner awr

I fwcio slot 10 munud gyda thiwtor ac am fwy o wybodaeth:
ffoniwch 01791 635444 a gofynnwch am Llinos Jones
neu ewch i'n gwefan www.colllang.ac.uk

Geirfa

noson agored	open evening
cyfle	opportunity
pwnc, pynciau	subject,-s
o gwmpas	around
ar gael	available

Rhaid i chi roi gwybodaeth i Meic am y Noson Agored.
Llenwch y ffurflen:

CWMNI GYRFAOEDD I BAWB

Rydyn ni yma i'ch helpu!

Noson Agored yn ....

Cyfeiriad: ....
Rhif ffôn: ....
Gwefan: ....
Dyddiad: ....
Amser: ....
Enw cyswllt: ....

Beth sy'n digwydd ar y noson? ....

atebion ar y we

Ysgrifennwch nodyn byr at Meic. Rhaid i chi ddweud wrtho am fynd i'r Noson Agored achos bydd e'n cael gwybodaeth am y cwrs yno.

CWMNI GYRFAOEDD I BAWB

Rydyn ni yma i'ch helpu!

Gyda chyfarchion / With compliments

Pynciau newydd

Mae llawer o bobl ifanc yn penderfynu dychwelyd i'r ysgol. Mae rhai'n dechrau astudio pynciau newydd.

Beth ydy'r pynciau yma? (Edrychwch yn ofalus ar y cliwiau yn y geiriau.)

Y celfyddydau **perfformio**	**coed**wigaeth	**electr**oneg	**therapi** **hardd**wch
ffotograffiaeth	**peirian**neg	**technoleg** **cerdd**	trwsio cerbydau **modur**

Dyma fwy o bynciau 'newydd':

Geirfa

astudiaethau'r cyfryngau	media studies
celf a dylunio	art and design
cymdeithaseg	sociology
cyfrifeg	accountancy
seicoleg	psychology

Pa bynciau?

1. Mae gan y disgyblion yma broblem. Dydyn nhw ddim yn gwybod pa bynciau i wneud y flwyddyn nesaf.

Steffan
Mae o'n hoffi natur a bod allan yn yr awyr agored. Mae ganddo fo ddiddordeb mawr yn yr amgylchedd.

Elsi
Mae hi'n mwynhau ymweld ag orielau, yn enwedig y 'Design Museum'. Mae hi'n hoffi creu pethau allan o bethau wedi eu hailgylchu.

Matt
Mae o'n dda iawn mewn mathemateg ac mae o eisiau gweithio mewn banc.

Gari
Mae camera gwych gyda fe ac mae e eisiau bod yn ffotograffydd!

Beth
Mae hi'n dda mewn mathemateg a ffiseg ac mae hi eisiau cynllunio ceir.

Soffia
Mae hi eisiau perfformio yn y West End.

Siân
Mae hi'n hoffi arbrofi efo colur a gwallt.

Geirfa

yn yr awyr agored	in the open air
amgylchedd	environment
ymweld â / ag	to visit
oriel,-au	gallery, galleries
yn enwedig	especially
wedi eu hailgylchu	recycled
cynllunio	to design
arbrofi	to experiment
colur	make-up

Rhaid i chi helpu'r bobl yma i ddewis pynciau addas.

Geirfa

colofn	column
rhan	part

a. I ddechrau, llenwch golofn 1, 2 a 3 mewn grid fel yr un yma. Fyddwch chi ddim yn gallu llenwi pob rhan o'r grid.

Enw	Diddordebau	Y dyfodol	Pynciau

atebion ar y we

b. Nawr, trafodwch gyda'ch cydweithwyr pa bynciau ddylai'r bobl ifanc yma astudio y flwyddyn nesaf. Dywedwch pam rydych chi'n dewis y pynciau yma.

help

Rhaid i … astudio …	… must study …
Dylai … astudio … achos …	… should study … because …
Dylai Soffia astudio'r celfyddydau perfformio, cerddoriaeth ac addysg gorfforol achos mae hi eisiau …	Soffia should study the performing arts, music and physical education because she wants to …
Mae … eisiau … felly dylai e/o / hi astudio …	… wants to … therefore he / she should study…

t.83 t.85 t.92 t.102 sgiliau swyddfa

c. Llenwch golofn 4 yn y grid.

ch. sgil siarad

PARTNER 1

Chi ydy'r Swyddog Gyrfaoedd. Rydych chi'n siarad ag un o'r bobl ifanc ar dudalen 152. Rhaid:

- gofyn am fanylion personol, e.e. enw, diddordebau, y dyfodol
- rhoi cyngor.

PARTNER 2

Chi ydy un o'r bobl ar dudalen 152. Rydych chi'n gofyn i'r Swyddog Gyrfaoedd am gyngor.

help

Rhaid i chi astudio … achos …	You must study … because …
Dylech chi astudio … achos …	You should study … because …
Ydych chi'n cytuno?	Do you agree?
Ydw. / Nac ydw, achos …	Yes. / No, because …

Datganiad personol

Yn aml iawn, rhaid i bobl ifanc ysgrifennu datganiad personol, e.e.

- pan maen nhw eisiau mynd i Flwyddyn 12
- pan maen nhw eisiau ymgeisio am le ar gwrs mewn coleg
- pan maen nhw eisiau ymgeisio am swydd.

Fel Swyddog Gyrfaoedd, rhaid i chi helpu pobl ifanc i weithio ar eu datganiad personol.

Rydych chi'n cynnig y fformat yma.

Geirfa

datganiad personol	personal statement
ymgeisio am	to apply for
cynnig	to offer
cynllun,-iau	plan,-s
gwirfoddol	voluntary
gwobr,-au	prize,-s
gweithgaredd,-au	activity, activities
rheoli amser	to manage time
profiad o weithio	experience of work

	DATGANIAD PERSONOL
1.	• Manylion personol • Ysgol • Pynciau • Hoff bynciau • Cynlluniau – beth rydych chi eisiau wneud nesaf • Gwaith yn y dyfodol
2.	• Sgiliau • Gwaith gwirfoddol • Cystadlaethau • Gwobrau • Gweithgareddau
3.	• Hobïau / diddordebau a sut maen nhw wedi eich helpu chi, e.e. i weithio mewn tîm / i reoli amser
4.	• Profiad o weithio a beth rydych chi wedi dysgu o'r profiad
	Cofiwch ysgrifennu mewn paragraffau!

1. Rydych chi'n derbyn y datganiad personol yma. (S)

a. Darllenwch y darn.

Geirfa

y llynedd	last year
canu'r corned	to play the cornet
ces i gyfle	I had an opportunity
cogydd	chef
y wobr	the prize
hyfforddi	to train

DATGANIAD PERSONOL

Gari Owen ydw i. Dw i'n mynd i Ysgol Rhyd Onnen a dw i ym Mlwyddyn Un ar ddeg. Dw i'n astudio deg pwnc TGAU – Cymraeg Ail Iaith, Saesneg, ffiseg, cemeg, Ffrangeg, technoleg bwyd, TGCh, cerddoriaeth, mathemateg a daearyddiaeth. Fy hoff bwnc i ydy technoleg bwyd. Y flwyddyn nesaf, dw i eisiau astudio technoleg bwyd, Ffrangeg a busnes yng Ngholeg Llangar. Dw i eisiau gweithio fel cogydd yn y dyfodol.

Mae gen i lawer o sgiliau. Dw i'n gallu defnyddio'r cyfrifiadur a dw i'n dda am weithio mewn tîm.

Y llynedd, ces i gyfle i gystadlu yn y gystadleuaeth 'Cogydd Ifanc y Flwyddyn' ac enillais i'r gystadleuaeth. Y wobr oedd gwersi coginio mewn tŷ bwyta pedair seren yng Nghaerdydd. Roedd e'n wych.

Dw i'n chwarae yn y tîm pêl-droed yn yr ysgol a dw i'n helpu i hyfforddi tîm Blwyddyn 7 ar nos Lun.

Dw i'n mwynhau cadw'n heini, chwarae pêl-droed a chanu'r corned. Dw i'n aelod o'r band lleol.

Es i i weithio mewn gwesty lleol ar brofiad gwaith. Roedd e'n ddiddorol iawn. Dysgais i sgiliau newydd fel sut i weithio mewn tîm. Dw i'n gweithio mewn bistro bob nos Sadwrn. Dw i'n mwynhau gweithio gydag eraill yno.

b. Chwiliwch am y geiriau Cymraeg am:

I want to work as a ...	I have many skills.	I can …	I had an opportunity to …
I learnt …	I went to work …	It was great.	It was very interesting.

atebion ar y we

c. Rhaid rhoi gwybodaeth am Gari ar y gronfa ddata. Llenwch y grid.

Enw		
Ysgol		
Pynciau		
Hoff bwnc		
Y flwyddyn nesaf		
Gwaith yn y dyfodol		
Sgiliau		
Cystadleuaeth a gwobr		
Gweithgareddau		
Hobïau		
Profiad o weithio	1.	2.

atebion ar y we

1. Rydych chi'n derbyn y datganiad personol yma. Y

a. Darllenwch y darn.

DATGANIAD PERSONOL

Gari Owen ydw i. Dw i'n mynd i Ysgol Rhyd Onnen a dw i ym Mlwyddyn Un ar ddeg. Dw i'n astudio deg pwnc TGAU – Cymraeg Ail Iaith, Saesneg, ffiseg, cemeg, Ffrangeg, technoleg bwyd, TGCh, mathemateg, daearyddiaeth a cherddoriaeth. Fy hoff bwnc i ydy technoleg bwyd. Dw i eisiau gweithio fel cogydd yn y dyfodol. Dw i'n gwybod bod y gwaith yn galed ond dw i'n edrych ymlaen.

Y flwyddyn nesaf, dw i'n bwriadu astudio technoleg bwyd, Ffrangeg a busnes yng Ngholeg Llangar.

Mae gen i lawer o sgiliau. Dw i'n gallu defnyddio'r cyfrifiadur yn hyderus a dw i'n ei ddefnyddio fe bob dydd yn yr ysgol ac i wneud fy ngwaith cartref. Dw i'n gallu gwneud graffiau, siartiau, diagramau ac ati a dw i wedi defnyddio PowerPoint i wneud cyflwyniadau yn yr ysgol.

Y llynedd, ces i gyfle i gystadlu yn y gystadleuaeth 'Cogydd Ifanc y Flwyddyn' ac enillais i'r gystadleuaeth. Y wobr oedd wythnos o hyfforddiant mewn tŷ bwyta pedair seren yng Nghaerdydd. Roedd y profiad yn anhygoel a dysgais i lawer o sgiliau coginio. Hefyd, dw i wedi bod yn nhîm 'Menter yr Ifanc' yr ysgol. Roedd e'n brofiad gwych a dysgais i sut i ddechrau busnes, trin arian a gweithio mewn tîm.

Dw i'n mwynhau chwarae pêl-droed a dw i'n hoffi cadw'n heini. Mae gen i ddiddordeb mawr mewn cerddoriaeth. Dw i'n canu'r corned a dw i wedi pasio Gradd 6. Dw i'n aelod o fand yr ysgol a band y dref. Mae band y dref yn ymarfer bedair awr yr wythnos ac felly rhaid i mi reoli fy amser yn ofalus.

Dw i wedi cael llawer o brofiad o weithio. Es i i weithio mewn gwesty lleol ar brofiad gwaith. Ces i brofiad o wahanol fathau o waith, e.e. gweithio yn y dderbynfa, gweithio yn y swyddfa, gweithio yn y gegin ac yn yr ystafell fwyta. Roedd y profiad yn ardderchog a dysgais i sut i weithio gydag eraill.

Bob nos Sadwrn a dydd Sul dw i'n gweithio yn y bistro lleol. Yma, dw i wedi dysgu i weithio mewn tîm. Dw i wrth fy modd yn gweithio yn y bistro. Hoffwn i agor tŷ bwyta yng Nghymru un diwrnod.

Geirfa

yn galed	hard
yn hyderus	confidently
canu'r corned	to play the cornet
y llynedd	last year
ces i gyfle	I had an opportunity
cogydd	chef
y wobr	the prize
hyfforddiant	training
anhygoel	incredible
Menter yr Ifanc	Youth Enterprise
trin arian	to handle money
rheoli amser	to manage time

b. Chwiliwch am y geiriau Cymraeg am:

I want to work as a …	look forward …	I intend …	I had an opportunity to …
The experience was awesome.	I learnt a lot.	to handle money	to work in a team

atebion ar y we

c. Rhaid rhoi gwybodaeth am Gari ar y gronfa ddata. Llenwch y grid o'r we.

Enw	
Ysgol	
Pynciau	
Hoff bwnc	
Y flwyddyn nesaf	
Gwaith yn y dyfodol	
Sgiliau	
Cystadleuaeth a gwobr	
Gweithgareddau	
Hobïau	
Profiad o weithio	1. 2.

atebion ar y we

4. sgil siarad

PARTNER 1

- Chi ydy'r Swyddog Gyrfaoedd. Rydych chi'n mynd drwy Ddatganiad Personol Gari gyda fe.
- Gofynnwch gwestiynau i wneud yn siŵr bod y wybodaeth yn gywir a cheisiwch gael mwy o wybodaeth hefyd.

PARTNER 2

Gari ydych chi.

help

Beth …? I ba …? Beth hoffech chi …? Pam?
Pa sgiliau…? Ers pryd ydych chi'n …?
Pryd dysgoch chi i …? Sut dysgoch chi i …?
Beth oedd y gystadleuaeth / wobr …? Fwynheuoch chi? … hobïau / diddordebau?
Ble aethoch chi ar brofiad gwaith? Beth …?
… gwaith rhan amser?

Ysgrifennu datganiad personol

1. Rhaid i chi ysgrifennu eich datganiad personol eich hun.

a. Rhaid cynllunio yn gyntaf:

Manylion personol +
cynlluniau am y dyfodol:
t.143 t.158

Sgiliau:
t.39 t.54 t.57 t.58 t.159
Cystadlaethau / gwobrau
Gweithgareddau yn yr ysgol
Gwaith gwirfoddol

Diddordebau a sut maen nhw wedi
eich helpu chi:
Rydw i'n mwynhau …
Rydw i wrth fy modd yn …
Rydw i wedi dysgu sut i … / Rhaid i fi …

Profiad o weithio
+
sut mae hwn wedi eich helpu chi:
Gwaith rhan amser
t.18-27
Profiad gwaith
t.37-55
(e.e. Rydw i wedi dysgu sut i …)

Siarad am y dyfodol

help

Hoffwn i …	I would like to …
Hoffwn i fynd i … i astudio …	I would like to go to … to study …
Hoffwn i fynd i … i ddysgu sut i …	I would like to go to … to learn how to …
Hoffwn i weithio yn …	I would like to work in …
Hoffwn i weithio fel …	I would like to work as a …
Hoffwn i weithio i …	I would like to work for …
Hoffwn i weithio gyda …	I would like to work with …
achos …	because …
… rydw i'n mwynhau …	… I enjoy …
… mae diddordeb gyda fi mewn …	… I'm interested in …
… mae gen i ddiddordeb mewn …	… I'm interested in …

Siarad am sgiliau Y

help

Rydw i wedi dysgu sut i …	I've learnt how to …
Dysgais i sut i …	I learnt how to …
Dw i wedi cael profiad o …	I've had experience of …
Ces i gyfle i …	I had the opportunity to …
… weithio gydag eraill	… work with others
… drin arian	… handle money
… ddatrys problemau	… solve problems
… ddefnyddio meddalwedd newydd	… use new software
… reoli amser.	… manage time.

b. Ysgrifennwch y datganiad personol.
Cofiwch ysgrifennu mewn paragraffau.

c. Ar ôl gorffen, defnyddiwch y wybodaeth i siarad amdanoch chi'ch hun am 2 funud. Peidiwch â darllen beth rydych chi wedi ysgrifennu, ond defnyddiwch y pwyntiau bwled yma i'ch helpu chi:

- Manylion personol
- Ysgol
- Pynciau
- Hoff bynciau
- Cynlluniau – beth rydych chi eisiau wneud nesaf
- Gwaith yn y dyfodol

- Sgiliau
- Gwaith gwirfoddol
- Cystadlaethau
- Gwobrau
- Gweithgareddau

- Hobïau / diddordebau a sut maen nhw wedi eich helpu chi, e.e. i weithio mewn tîm / i reoli amser

- Profiad o weithio a beth rydych chi wedi dysgu o'r profiad

Diwrnod Gyrfaoedd

Mae diwrnod gyrfaoedd yn help mawr pan fydd disgyblion yn ceisio penderfynu beth maen nhw eisiau ei wneud yn y dyfodol.

Geirfa

diwrnod gyrfaoedd	careers day
cludo	to transport
tanlinellwch	underline

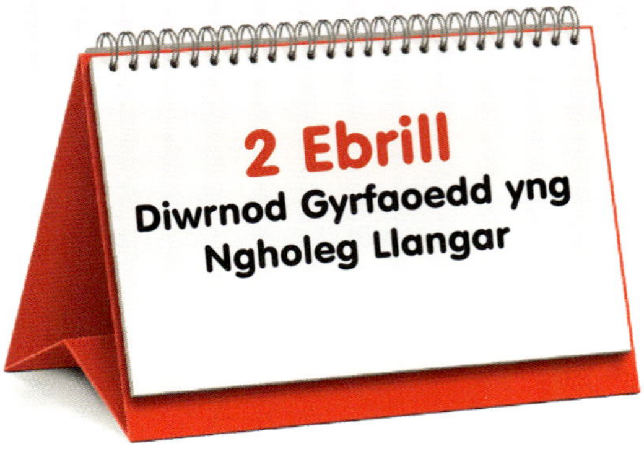

1. Rydych chi'n Swyddog Gyrfaoedd.

a. Mae un o'ch cydweithwyr chi wedi ysgrifennu llythyr at y rhieni ond mae 12 o gamgymeriadau yn y llythyr. Rydych chi wedi tanlinellu'r camgymeriadau yma. Ysgrifennwch y cywiriadau yn y grid o'r we.

Ysgol Bryn **Mor**
Llanaber

17 **Chwefor**

Anwyl Rieni

Fydd Diwrnod Gyrfaoedd yn y Neuadd Chwaraeon yng Ngholeg Llangar, dydd Mawrth, 2 ebrill.

Bydd staff o'r colegau, bussnesau a chwmnïau lleol, yr heddlu a'r gwasanaeth **tan** yno – a **grwp** o swyddogion gyrfaoedd.

Bydd **bus** di-dâl yn cludo'r disgyblion o'r ysgol am haner awr wedi naw yn y bore, ac yn dychwelyd erbyn tri **or** gloch y prynhawn.

Mae hwn yn gyfle gwych **ir** disgyblion drafod beth **mae** nhw eisiau wneud ar ôl gorffen TGAU a beth maen nhw eisiau wneud yn y dyfodol.

Os hoffech chi **cael** mwy o wybodaeth, mae croeso i chi gysylltu ar ysgbrmo@llanaber.net.

Yn **gwir**

J. Rees

J. Rees

Rydych chi'n gweld 3 chamgymeriad arall hefyd. Tanlinellwch y camgymeriadau yma ac ysgrifennwch y cywiriadau yn y grid o'r we.

atebion ar y we

b. Rhaid ysgrifennu nodyn atgoffa ar gyfer y disgyblion. Ysgrifennwch y manylion ar y nodyn.

Geirfa

nodyn atgoffa — reminder (note)

Pwysig! Pwysig! Pwysig!

Diwrnod Gyrfaoedd yng Ngholeg Llangar

	Y manylion pwysig
Dyddiad:	....
Bydd y bws yn gadael yr ysgol am:	....
Bydd y bws yn dychwelyd erbyn:	....
Cost y bws:	....
Pwy fydd yno:	....

atebion ar y we

2. Rhaid trefnu bysiau.

a. sgil siarad

PARTNER 1

Chi ydy'r Swyddog Gyrfaoedd. Rydych chi'n ffonio cwmni bysiau i fwcio dau fws ar gyfer y diwrnod. Rhaid i chi ddweud:
- pwy ydych chi
- pam rydych chi'n ffonio
- ble / pryd mae'r Diwrnod Gyrfaoedd
- pryd mae angen casglu'r disgyblion a'u dychwelyd
- faint o ddisgyblion fydd yn mynd (tua 96)

Hefyd, rhaid:
- gofyn am y gost.

PARTNER 2

Rydych chi'n gweithio i'r cwmni bysiau.

Ar ddiwedd y sgwrs rhaid i chi ofyn i'r Swyddog Gyrfaoedd ysgrifennu llythyr at y cwmni bysiau.

help

Allwch chi ysgrifennu …?	Can you write …?
Wnewch chi ysgrifennu …?	Will you write …?
Rhaid i chi ysgrifennu …	You must write …
Iawn. Dim problem.	Fine. (That's) no problem.

t.87

b. Ysgrifennwch lythyr at y cwmni bysiau yn bwcio'r bysiau.

sgiliau swyddfa

3. Mae un o'r disgyblion wedi colli'r nodyn atgoffa ac mae'n e-bostio'r swyddfa.

a. Darllenwch yr e-bost.

Oddi wrth: benhuws@llanaber.net
At: ysgbrmo@llanaber.net
Pwnc: Diwrnod Gyrfaoedd

Font | Font Size | B I U T

Prynhawn da.

Ben Huws ydw i a dw i ym Mlwyddyn 11. Dw i eisiau mynd i'r Diwrnod Gyrfaoedd ond, yn anffodus, dw i wedi colli'r nodyn atgoffa.

Allwch chi ateb y cwestiynau yma os gwelwch yn dda?

Pryd mae'r Diwrnod Gyrfaoedd?
Ble mae'r Diwrnod Gyrfaoedd?
Ga i amseroedd y bws os gwelwch yn dda?
Faint mae'r bws yn gostio?

Diolch,

Ben

b. Atebwch yr e-bost.

Oddi wrth: ysgbrmo@llanaber.net
At: benhuws@llanaber.net
Pwnc: Atb: Diwrnod Gyrfaoedd

Font | Font Size | B I U T

sgiliau swyddfa

4. Mae radio'r ysgol 'Sesh Sbesh' yn mynd i sôn am drefniadau'r dydd.
Yn anffodus, mae'r sgript wedi cymysgu. Ysgrifennwch y sgript yn y drefn gywir.

		Y sgript gywir
a bydd yn cychwyn yn ôl o Goleg Llangar Neges i flynyddoedd 11/12 am hanner awr wedi dau y pnawn Bydd y bws i'r Diwrnod Gyrfaoedd peidiwch â bod yn hwyr. am hanner awr wedi naw y bore yn cychwyn o'r ysgol	➔	

Geirfa

trefniadau — arrangements
wedi cymysgu — mixed up
yn y drefn gywir — in the right order

atebion ar y we

5. Rydych chi'n helpu'r disgyblion i baratoi. Maen nhw'n ysgrifennu rhestr o gwestiynau. Cyfieithwch nhw i'r Gymraeg.

	Should I come back to school?
	Should I study Welsh and French?
	Should I study some new subjects?
	Should I go to college?
	Should I do A Level?
	Should I do more work experience?
	Should I find a part-time job?
	What should I do next year?
	What should I study next year?
	Where should I go next year?

atebion ar y we

help

Ddylwn i (+ tr. m) …?
Ddylwn i **f**ynd i'r coleg?
Ddylwn i **dd**ychwelyd i'r ysgol?
Ddylwn i **w**neud cwrs Lefel A?

Should I …?
Should I go to college?
Should I return to school?
Should I do an A Level course?

Sut i ateb:

Dylech. Dylech, dylech chi fynd i …	Yes, you should. Yes, you should go to …	Na ddylech. Ddylech chi ddim mynd i …	No, you shouldn't. You shouldn't go to …
Dylet. Dylet, dylet ti fynd i …	Yes, you should. Yes, you should go to …	Na ddylet. Ddylet ti ddim mynd i …	No, you shouldn't. You shouldn't go to …

Cwestiynau eraill

Ble ddylwn i fynd?	Where should I go?
Dylech chi fynd i …	You should go to …
Dylet ti fynd i …	You should go to …
Beth ddylwn i wneud?	What should I do?
Dylech chi ddychwelyd i'r ysgol.	You should return to school.
Dylet ti ddychwelyd i'r ysgol.	You should return to school.

6. Gofynnwch y cwestiynau uchod i'ch gilydd.

Y Diwrnod Gyrfaoedd

Fel Swyddog Gyrfaoedd, rhaid i chi siarad â rhai o'r bobl ifanc yn ystod y Diwrnod Gyrfaoedd.

Geirfa

nabod — to know

1. Rhaid paratoi.

a. Yn gyntaf, ysgrifennwch restr o gwestiynau i ddod i nabod y bobl ifanc:

Pwy …?

Ble …?

I ba ysgol …?

Beth ydy'ch …?

Faint ydy…?

Beth ydych chi'n …?

Pam …?

Oes …?

Pa …?

b. Ysgrifennwch restr o gwestiynau i ofyn am waith rhan amser:

t.26

Ble …?

Pryd …?

Beth …?

Ydych chi'n …?

c. Ysgrifennwch restr o gwestiynau i ofyn am brofiad gwaith:

t.52-54

Pryd …?

Ble aethoch chi?

Beth …?

Oedd …?

Oeddech chi'n …?

ch. Ysgrifennwch restr o gwestiynau i ofyn am y dyfodol:

t.143

Ydych chi'n …?

Ydych chi eisiau …?

Fyddwch chi'n …?

Hoffech chi …?

Beth ydych chi'n …?

Beth ydych chi eisiau …?

Beth fyddwch chi'n …?

Beth hoffech chi …?

2. Nawr, rhaid cyfweld un o'r bobl ifanc yn y Diwrnod Gyrfaoedd.

Geirfa

cyfweld	to interview
wrth i chi ...	as you ...

sgil siarad

PARTNER 1

Rydych chi'n gweithio fel Swyddog Gyrfaoedd yn y Diwrnod Gyrfaoedd.
Rhaid:

- agor y sgwrs
- dweud pwy ydych chi
- gofyn cwestiynau – defnyddiwch y rhai rydych chi wedi rhestru
- ateb cwestiynau

Wrth i chi siarad, llenwch ffurflen o'r we am y person ifanc.

PARTNER 2

Rydych chi'n berson ifanc yn y Diwrnod Gyrfaoedd ac rydych chi'n siarad â'r Swyddog Gyrfaoedd.

DIWRNOD GYRFAOEDD
Coleg Llangar
2 Ebrill

Enw: ....
Cyfeiriad: ....
Rhif ffôn: ....
E-bost: ....
Oed: ....
Dyddiad geni: ....
Ysgol: ....
Sgiliau: ....
Hobïau: ....
Profiad gwaith: ....
Y dyfodol: ....
Llofnod: ....
Dyddiad: ....

3. Rhaid ysgrifennu paragraff am y person ifanc ar gyfer y ffeil.

DIWRNOD GYRFAOEDD
Coleg Llangar
2 Ebrill

Enw: ....
Ysgol: ....

Stondin y Gadair Goch

Mae stondin arbennig yn y Diwrnod Gyrfaoedd – **Stondin y Gadair Goch**.
Sut mae'n gweithio:

- Mae person ifanc yn eistedd yn y gadair goch.
- Mae'n codi cerdyn. Mae enw swydd ar y cerdyn.
- Mae pobl eraill yn gofyn 5 cwestiwn i'r person ifanc er mwyn trio dyfalu'r gair ar y cerdyn.

Geirfa

stondin	stand
dyfalu	to guess
er mwyn	in order to

Pam mae'r stondin yma?
Er mwyn gweld faint mae pobl ifanc yn gwybod am fyd gwaith.

1. Argraffwch y geiriau am swyddi sy ar y we ar gerdyn.
2. Torrwch y cardiau allan.
3. Gofynnwch gwestiynau er mwyn ceisio dyfalu beth ydy'r swyddi, e.e.

Ydych chi'n gweithio tu allan?
tu mewn?
mewn swyddfa?
gyda …?
i / i'r …?

Ydych chi'n gwerthu rhywbeth?
gwneud rhywbeth?

Oes rhaid i chi wisgo dillad arbennig?

Pa fath o waith ydych chi'n wneud?

Pryd rydych chi'n gweithio?
Beth ydy'ch oriau gwaith chi?

Dyfalu:

Doctor? Ydych chi'n **dd**octor?
Nac ydw.

Plymar? Ydych chi'n **b**lymar?
Nac ydw.

Cynllunydd ffasiwn?
Ydych chi'n **g**ynllunydd ffasiwn?
Nac ydw.

Beth ydych chi?
Rydw i'n **dd**erbynnydd.

help

yn + teitl swydd

Rydw i'n **a**rddwr.	I'm a gardener.
Rydw i'n **g**ynllunydd.	I'm a designer.
Mae hi'n **f**ecanig.	She's a mechanic.
Hoffwn i fod yn **f**ecanig.	I would like to be a mechanic.
Dw i eisiau bod yn **dd**eintydd.	I want to be a dentist.
Dw i'n bwriadu bod yn **dd**erbynnydd.	I intend to be a receptionist.
Dw i'n bwriadu bod yn **a**rddwr.	I intend to be a gardener.

iaith bwysig

Beth hoffech chi fod yn y dyfodol?

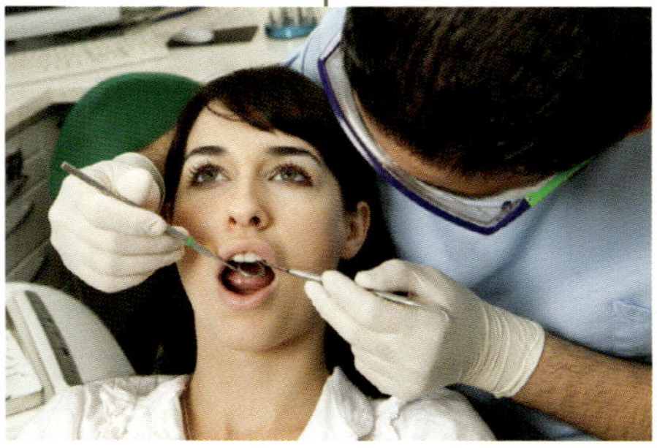

Beth Nesaf?

Swyddi

Geirfa

aelod o staff	a member of staff
derbynfa	reception
i'w drafod	to be discussed
llawn amser	full-time
cyfathrebu	communication
sgiliau rheoli	management skills
yn rhugl	fluently

Rydych chi'n gweithio yn y ganolfan waith ac rydych chi'n derbyn hysbysebion am swyddi yn yr ardal.

1. Darllenwch yr hysbysebion yma.

Swydd 1

ARCHFARCHNAD Y FRO

Yn eisiau:
Staff i weithio yn y swyddfa

Oriau gwaith: 9.30am-2.00pm
Cyflog: £7.50 yr awr

Rhaid cael:
- sgiliau swyddfa da

Rhaid gallu:
- defnyddio cyfrifiadur
- siarad Cymraeg a Saesneg

Am fwy o fanylion, cysylltwch â John Jones
Rhif ffôn: 0967 684 2229
E-bost: staffio@archyfro.com

Swydd 2

THEATR Y FRO

Rydyn ni'n chwilio am aelod o staff i weithio yn y dderbynfa.

Oriau gwaith: 9.30am-5.00pm
Cyflog: i'w drafod

Rhaid cael:
- sgiliau cyfathrebu da

Rhaid medru:
- siarad Cymraeg a Saesneg
- defnyddio cyfrifiadur
- gweithio mewn tîm

Am fwy o fanylion, cysylltwch ag Enid Price
Rhif ffôn: 0887 775 341
E-bost: enidp@theatryfro.com

Swydd 3

GORSAF RADIO SAIN Y BOBL

Yn eisiau:
Cyflwynydd ar gyfer y rhaglenni Cymraeg

Oriau gwaith: llawn amser
Cyflog: i'w drafod

Rhaid cael:
- sgiliau cyfathrebu da

Rhaid gallu:
- siarad Cymraeg a Saesneg
- defnyddio offer y stiwdio
- gweithio mewn tîm

Am fwy o fanylion, cysylltwch â Duncan Davies
Rhif ffôn: 0765 448 210
E-bost: duncan@sainybobl.com

Swydd 4

PARC THEMA ANTUR YN Y COED

Rydyn ni'n chwilio am warden newydd i ofalu am y parc.

Rhaid cael:
- sgiliau rheoli da
- profiad o weithio mewn parc thema
- sgiliau cyfathrebu da

Rhaid gallu:
- siarad Cymraeg a Saesneg yn rhugl
- gweithio gydag eraill

Oriau gwaith: llawn amser
Cyflog: i'w drafod

Am fwy o fanylion, cysylltwch â Lauren Smith
Rhif ffôn: 0895 998 0134
E-bost: lsmith@anturynycoed.com

help

rhaid gallu ...	must be able to ...
rhaid medru ...	must be able to ...
rhaid cael ...	must have ...

a. Chwiliwch am y geiriau yma yn yr hysbysebion:

must have	must be able	hours of work	wages, salary, pay	experience
to use a computer	to work in a team	good office skills	good communication skills	good management skills

atebion ar y we

b. Rhaid rhoi gwybodaeth am y swyddi yma ar gronfa ddata'r ganolfan. Llenwch y grid o'r we.

	Swydd 1	**Swydd 2**	**Swydd 3**	**Swydd 4**
Pa fath o waith				
Ble				
Oriau gwaith				
Cyflog				
Rhaid cael				
Rhaid gallu / medru				
Person cyswllt				
Rhif ffôn				
Cyfeiriad e-bost				

atebion ar y we

c. Rhaid i chi ysgrifennu hysbyseb am swydd yn yr ardal. ?
Dywedwch:

- beth ydy'r swydd
- ble mae'r swydd
- beth ydy'r oriau gwaith
- beth ydy'r cyflog
- rhaid cael …
- rhaid gallu / medru …
- pwy ydy'r person cyswllt
- beth ydy'r rhif ffôn
- beth ydy'r cyfeiriad e-bost.

ch. Mae rhywun yn ffonio'r ganolfan waith i ofyn am fanylion am y swyddi yma:

GORSAF RADIO SAIN Y BOBL
Cyflwynydd

THEATR Y FRO
Derbynnydd

PARC THEMA ANTUR YN Y COED
Warden

ARCHFARCHNAD Y FRO – Staff i weithio yn y swyddfa

sgil siarad

PARTNER 1

Rydych chi'n ffonio i ofyn am wybodaeth am un o'r swyddi. Rhaid:

- agor y sgwrs
- dweud pwy ydych chi
- dweud pam rydych chi'n ffonio
- gofyn am fanylion am
  - y gwaith
  - yr oriau gwaith
  - y cyflog
  - pa sgiliau maen nhw eisiau
  - y person cyswllt
  - y manylion cyswllt
- diolch am yr help.

PARTNER 2

Rydych chi'n gweithio yn y ganolfan waith.

2. Rydych chi'n derbyn yr hysbyseb yma ond mae llawer o gamgymeriadau ynddi hi. Rhaid i chi ysgrifennu'r cywiriadau'n glir yn y grid o'r we.

CWMNI CRAGEN

Rhosneigr, Ynys **môn**
Cwmni newydd yn gwneud **dilad** ar gyfer **surffio**

Yn **esiau** erbyn mis Mawrth

DERBYNNYDD
Rhaid **galli** siarad Cymraeg yn **rhigl**.

Anfonwch eich CV at **yr** rheolwr:
Rhif **ffon**: 01234 876432
E-bost: nellew@cwmcrag.net

Dyddiad **cae**: 7 **Ionwr**

3. Mae'r rheolwr yn gofyn i chi gyfieithu'r hysbyseb yma i'r Gymraeg.

Canolfan Groeso Llangar
Llangar Community Centre

Wanted
A full-time receptionist
Salary: £15,000 a year
Working hours: 40 hours a week

Must be able to:
- speak Welsh and English

Must have:
- excellent communication skills

For more details, contact Mr Dafydd Parry.

Phone: 0998 764 876
E-mail: daparr@cngrll.co.uk

4. Mae un o'ch cydweithwyr chi, sy ddim yn siarad Cymraeg, yn gofyn i chi ysgrifennu hysbyseb am y swydd yma: Y

Hi!
Will you write a Welsh advertisement for this job please?
Here are the details.

Wanted: Nanny to look after two children under five.
Must be able to speak Welsh.
Must have driving licence. Salary: £18,000 per annum
Working hours: 8.30-4.30 six days per week
For more information: e-mail sihar@llec.com.uk

Thanks
Dave

Geirfa

nani	nanny
sy ddim yn ...	who doesn't ...
chwe diwrnod	six days
trwydded yrru	driving licence

help

mil	**thousand**
pum mil o bunnau	five thousand pounds
un deg wyth mil o bunnau	eighteen thousand pounds
dau ddeg mil / ugain mil o bunnau	twenty thousand pounds
dau ddeg pum mil o bunnau	twenty five thousand pounds

iaith bwysig

Yn hanfodol … yn ddymunol

1. Mae'r rheolwr yn y ganolfan waith yn gofyn i chi ddarllen drwy nifer o hysbysebion i weld oes angen Cymraeg yn y swyddi.

a. Darllenwch y darnau yma o hysbysebion:

YSBYTY'R FRO
Yn eisiau
NYRS PLANT
Mae'r Gymraeg yn hanfodol.

CANOLFAN HAMDDEN Y LLAN
Rydyn ni'n chwilio am hyfforddwr nofio.
Mae'r gallu i siarad Cymraeg yn ddymunol.

YSGOL GYNRADD Y LLAN
Yn eisiau
Athro / Athrawes ar gyfer Blwyddyn 3
Mae'r Gymraeg yn hanfodol.

FFATRI BOCSYS BWYD
Rydyn ni'n chwilio am aelodau newydd o staff i wneud bocsys bwyd plastig.

ARCHFARCHNAD Y FRO
Yn eisiau
Rheolwr/aig
Mae'r gallu i siarad ac ysgrifennu Cymraeg yn ddymunol.

BANC
Rydyn ni'n chwilio am
Ymgynghorydd ariannol
Mae'r gallu i siarad ac ysgrifennu Cymraeg yn ddymunol.
Rydyn ni'n cynnig gwersi Cymraeg i aelodau o'r staff.

Rydyn ni'n chwilio am
2 aelod o staff i weithio yn Llyfrgell y Ddinas
Mae'r gallu i siarad ac ysgrifennu Cymraeg yn ddymunol. Rydyn ni'n cynnig gwersi Cymraeg i aelodau o'r staff:

- gwersi dysgu Cymraeg
- gwersi gwella'u Cymraeg

Geirfa

yn hanfodol	essential
yn ddymunol	desirable
hyfforddwr nofio	swimming instructor
ymgynghorydd	adviser
ariannol	financial
cynnig	to offer

b. Ticiwch y grid o'r we i ddangos ydy'r Gymraeg yn hanfodol, yn ddymunol neu does dim angen Cymraeg yn y gweithleoedd yma.

Geirfa
y golofn olaf — the last column

Yn y golofn olaf, rhaid i chi ddweud pam, yn eich barn chi, mae angen / does dim angen cael sgiliau Cymraeg.

Y gweithle	Cymraeg – hanfodol	Cymraeg – dymunol	Dim angen Cymraeg	Pam?

atebion ar y we

2. Cymharwch eich syniadau.

help

Mae Cymraeg yn hanfodol yn y … achos … — Welsh is essential in the … because …
Dw i'n meddwl bod Cymraeg yn ddymunol yn y … achos … — I think that Welsh is desirable in the … because …

angen — **need**
Mae angen Cymraeg yn y … achos … — Welsh is needed in the … because …
Does dim angen Cymraeg yn y … achos … — Welsh is not needed in the … because …
Dw i'n meddwl bod dim angen Cymraeg yn y … achos … — I think that there's no need for Welsh in the … because …

3. Edrychwch ar hysbysebion am swyddi, e.e. mewn papurau newydd Cymraeg, yn y papur bro, yn y papur lleol, ar y we.
Oes angen Cymraeg yn y swyddi yma? Pam?

4. Mae dwy o'r hysbysebion ar dudalen 172 yn cynnig gwersi Cymraeg yn y gwaith. Pa rai? Mae llawer o bobl yn dysgu Cymraeg yn y gwaith heddiw, e.e.

- staff y Cyngor
- staff mewn siopau mawr
- staff mewn banciau
- staff mewn canolfannau hamdden.

Maen nhw'n dysgu Cymraeg i'w helpu nhw yn eu gwaith. Maen nhw'n dysgu patrymau a geirfa i'w helpu nhw yn y gwaith.

Mae rheolwr y ganolfan waith yn gofyn i chi:

- feddwl am weithle arbennig – e.e. canolfan hamdden
- paratoi gwers ail iaith i'r staff

a. Ysgrifennwch restr o batrymau iaith a geirfa mae angen i'r staff ddysgu.
b. Paratowch wers ail iaith iddyn nhw. Beth am roi'r wers i'ch dosbarth chi?

Cymraeg yn y gwaith

Mae rheolwr y ganolfan waith yn rhoi'r erthygl yma i chi.

1. Darllenwch yr erthygl.

CYMRAEG A GWAITH

Mae Cymraeg yn bwysig iawn mewn llawer o swyddi, e.e. mewn ysgolion, ysbytai, siopau, canolfannau hamdden ac ym myd busnes.

Ysgolion
Mewn ysgolion, mae llawer o blant a phobl ifanc yn dysgu Cymraeg a rhaid cael athrawon sy'n gallu siarad, darllen ac ysgrifennu Cymraeg.

Ysbytai
Mewn ysbytai, mae llawer o Gymry'n teimlo'n fwy hapus yn siarad Cymraeg na Saesneg, felly mae angen nyrsys a staff sy'n siarad Cymraeg.

Canolfannau hamdden
Mae'n bosib cael gwersi nofio neu wersi cadw'n heini Cymraeg mewn rhai canolfannau hamdden – ac mae angen staff Cymraeg i ddysgu'r sesiynau yma.

Busnes
Ym myd busnes, mae llawer o bobl eisiau siarad Cymraeg, e.e. gofyn ble mae pethau mewn archfarchnad, talu wrth y til neu siarad dros y ffôn. Mae llawer o gwsmeriaid eisiau ysgrifennu yn Gymraeg hefyd, e.e. ysgrifennu ffurflenni Cymraeg a llythyrau Cymraeg.

Helpu cwsmeriaid
Rhaid helpu cwsmeriaid i ddefnyddio Cymraeg ym myd busnes. Rhaid cael staff sy'n gallu siarad, darllen ac ysgrifennu Cymraeg.

Hefyd, rhaid cael posteri, taflenni, arwyddion a ffurflenni dwyieithog. Mae angen rhywun i gyfieithu'r rhain o'r Saesneg i'r Gymraeg yn aml iawn.

Gwersi Cymraeg
Weithiau, os does dim staff yn siarad Cymraeg, maen nhw'n cael gwersi Cymraeg yn y gweithle. Mae tiwtor yn dod i mewn i roi gwersi ar ddechrau neu ar ddiwedd y dydd.

Cwsmeriaid hapus
Mae helpu cwsmeriaid i ddefnyddio Cymraeg yn beth da. Mae'n dangos gofal dros y cwsmeriaid – a bydd cwsmeriaid yn hapus iawn!

Geirfa

ysbyty, ysbytai	hospital,-s
achos	because
defnyddio	to use
dwyieithog	bilingual
y rhain	these
sy'n gallu	who can
gofal	care

Mae'r rheolwr yn gofyn i chi am y manylion. Llenwch y grid:

	Pam mae angen Cymraeg?	Pa sgiliau Cymraeg?
Ysgolion		
Ysbytai		
Byd busnes / siopau		
Canolfannau hamdden		

atebion ar y we

Sgwrs sefyllfa

Rydych chi'n ffonio rheolwr archfarchnad yn yr ardal. Rydych chi eisiau perswadio'r rheolwr i gynnig gwersi Cymraeg i rai o'r staff.

I ddechrau, rhaid chwilio am wybodaeth:

- Pam mae'n bwysig defnyddio Cymraeg ym myd busnes?
- Sut mae rhai gweithleoedd yn defnyddio Cymraeg?
- Pam mae'n bwysig cynnig gwersi Cymraeg?
- Pa fath o wersi Cymraeg?
- Sut mae rhai gweithleoedd yn cynnig gwersi i'r staff, e.e. Faint o wersi? Pryd? (Beth am ofyn i bobl, edrych ar y we a mynd ar wefannau asiantaethau dysgu Cymraeg?)

t.118-125

Yna, ffoniwch y rheolwr. Rhaid:

- dweud pwy ydych chi
- dweud pam rydych chi'n ffonio
- sôn am eich gwaith ymchwil
- perswadio'r rheolwr i gynnig gwersi Cymraeg i'r staff
- diolch.

Tasg ysgrifennu

Ysgrifennwch daflen ar gyfer rheolwyr byd busnes yn sôn am y potensial o ddefnyddio Cymraeg a Saesneg ym myd busnes.

neu

Ysgrifennwch erthygl ar gyfer y papur bro yn trafod potensial dwyieithrwydd ym myd busnes.

Geirfa

dwyieithrwydd — bilingualism

t.118-125

help

Mae defnyddio Cymraeg ym myd busnes yn bwysig achos …	Using Welsh in the business world is important because …
Mae'n bwysig ateb y ffôn yn ddwyieithog achos …	Answering the phone bilingually is important because …

Faint o'r staff sy'n deall Cymraeg?	How many staff understand Welsh?
Faint o staff sy'n siarad Cymraeg?	How many staff speak Welsh?
Beth am gynnig gwersi Cymraeg i'r staff?	What about offering the staff Welsh lessons?
Beth am awr yr wythnos?	What about an hour a week?
Beth am hanner awr bob bore?	What about half an hour every morning?

Pa fath o berson?

Rydych chi'n gweithio yn y ganolfan waith ac mae'r rheolwr yn rhoi'r hysbyseb ddrafft yma i chi.

1. Darllenwch yr hysbyseb.

Antur yn y Coed

Yn eisiau:

Rheolwr/aig

Cyflog: .... y flwyddyn

Rydyn ni'n chwilio am berson heini a hyderus i reoli'r parc antur yma.

Y gwaith:

- rhedeg y ganolfan o ddydd i ddydd
- trefnu gweithgareddau cyffrous
- gofalu am iechyd a diogelwch

Mae angen person:

- proffesiynol
- ....
- ....
- ....

Rhaid cael:

- profiad o weithio mewn parc antur
- sgiliau cyfathrebu ardderchog – a'r gallu i gyfathrebu gyda phobl ifanc yn arbennig
- tystysgrif Cymorth Cyntaf
- sgiliau TGCh da iawn

Mae llawer o blant a phobl ifanc o'r ardal yn dod i fwynhau Antur yn y Coed ac felly, mae'r gallu i siarad Cymraeg yn ddymunol.
Am fwy o fanylion, ewch i: anturynycoed@hwyl.com

Geirfa

rheolwr	manager
rheoli	to manage
hyderus	confident
profiad	experience
cyfathrebu	communication
tystysgrif	certificate
Cymorth Cyntaf	First Aid
addas	suitable, appropriate

a. Faint o gyflog? Meddyliwch am gyflog addas ar gyfer y swydd.

b. Cymharwch eich syniadau chi gyda syniadau'ch cydweithwyr chi.

iaith bwysig

c. Rhaid i chi ddewis 3 gair da i ddisgrifio pa fath o berson sy'n addas ar gyfer y swydd. Yn gyntaf, ydych chi'n gallu gweithio allan beth ydy ystyr y geiriau Cymraeg yma?

proffesiynol | deinamig | gonest | sensitif

gweithgar | **trefn**us | **profiad**ol | **byw**iog

Tybed oes angen person …?

hapus happy	dibynadwy dependable	brwdfrydig enthusiastic	cwrtais polite

iaith bwysig

Dewiswch y tri gair gorau i fynd yn yr hysbyseb. Pam rydych chi'n dewis y geiriau yma? Cymharwch eich syniadau chi gyda syniadau'ch cydweithwyr chi.

2. Gofyn am y swydd

Mae rhywun yn ffonio'r ganolfan waith i ofyn am y swydd.

sgil siarad

PARTNER 1

Rydych chi'n ffonio i ofyn am wybodaeth am y swydd. Rhaid:

- agor y sgwrs
- dweud pwy ydych chi
- dweud pam rydych chi'n ffonio
- gofyn am fanylion am
  - y gwaith
  - pa sgiliau maen nhw eisiau
  - pa fath o berson maen nhw eisiau
- dweud pa fath o berson ydych chi
- gofyn am fanylion am
  - y manylion cyswllt
- diolch am yr help.

PARTNER 2

Rydych chi'n gweithio yn y ganolfan waith.

Ymgeisio am swydd

Geirfa
pa mor dda — how good

Pan fyddwch chi'n ymgeisio am swydd, rhaid i chi ddangos pa mor dda ydych chi!

1. Rydych chi'n mynd i siarad amdanoch chi'ch hun mewn 3 munud. Meddyliwch am gymaint o bethau (da!) i ddweud amdanoch chi'n hun â phosib.

Ces i fy ngeni ar ...

Rhaid i chi sôn am:

- manylion personol – byw, oed, dyddiad geni
- yr ysgol – ble, pynciau, hoff bynciau
- eich sgiliau chi t.39 t.54 t.57 t.58 t.159
- eich hobïau chi
- eich profiad gwaith chi t.37-55
- eich gwaith rhan amser chi t.18-27
- pa fath o berson ydych chi t.177
- beth rydych chi eisiau wneud yn y dyfodol. t.143 t.157

2. Ydych chi'n cofio sut i ymgeisio am swydd?

- Llenwi ffurflen gais t.56
- Ysgrifennu CV t.58-59
- Ysgrifennu llythyr cais t.62-64

3. Darllenwch yr hysbyseb yma am swydd gyda chwmni teledu:

CWMNI TELEDU TIC TOC

YN EISIAU

Person i gymryd rhan yn y rhaglen deledu

CEGINAU CŴL

Rydyn ni'n chwilio am berson brwdfrydig i gymryd rhan yn y rhaglen uchod.

Y gwaith:
Mynd i gartrefi o gwmpas Cymru, rhoi tips am waith DIY, e.e. peintio, papuro, gwneud llenni ac ati.
Bydd cystadleuaeth ym mhob rhaglen a'r wobr fydd cegin newydd – gwerth £10,000!

Rhaid cael:
- sgiliau cyfathrebu da
- cymwysterau celf a dylunio
- trwydded yrru

Rhaid medru:
- siarad Cymraeg yn rhugl
- gweithio'n dda mewn tîm

Cyflog:	i'w drafod
Llythyr cais at:	Dewi Huws, Cwmni Tic Toc, Y Waen, Caerdydd
e-bost:	dewhu@tictoc.net
Erbyn:	18 Mai

Geirfa

cymryd rhan	to take part
brwdfrydig	enthusiastic
llenni	curtains
gwerth	worth
trwydded yrru	driving licence
rhugl	fluent
i'w drafod	to be discussed

a. Mae'r hysbyseb yn gofyn am lythyr cais.
Mewn grŵp, trafodwch:

Beth ddylech chi ei roi mewn llythyr cais:	
Sut dylech chi ysgrifennu llythyr cais:	• Beth ydy'r fformat? • Sut mae dechrau llythyr cais fel arfer? • Ydy paragraffu'n bwysig? Pam? • Pam mae ysgrifennu'n gywir yn bwysig?

? t.62-64 sgiliau swyddfa

b. Mae Ben Lloyd yn ymgeisio am y swydd. Darllenwch y llythyr.

3 Trem y Coed
Llangar

Ebrill 2

Cwmni Tic Toc
Y Waen
Caerdydd

Annwyl Mr Huws

Gwelais i'r hysbyseb yn y papur newydd am berson i weithio ar y rhaglen **Ceginau Cŵl** a hoffwn i ymgeisio am y swydd.

Ar hyn o bryd rydw i'n gweithio i gwmni Aluminium Frames – rydw i'n helpu i gynllunio gwestai yn Dubai.

Rydw i wedi pasio un ar ddeg TGAU, gan gynnwys celf, dylunio a thechnoleg, Ffrangeg, Eidaleg, a thair Lefel A, sef mathemateg, dylunio a thechnoleg ac economeg. Mae gen i radd anrhydedd ail ddosbarth mewn Cynllunio Cynnyrch o Brifysgol Caerdydd.

Pan oeddwn i'n gwneud Lefel A mewn dylunio a thechnoleg yn yr ysgol, es i ar brofiad gwaith i ffatri Creative Electric Appliances ger Wrecsam. Yno, ces i gyfle i weithio ar boptai microdon.

Pan oeddwn i yn yr ysgol, roeddwn i'n gweithio'n rhan amser yn Bistro Galileo, Bangor. Roeddwn i'n paratoi bwyd mewn cegin fodern ac yna'n gweini'r bwyd.

Mae gen i lawer o ddiddordebau, gan gynnwys tennis, criced a phêl-droed. Rydw i wedi prynu hen dŷ ac rydw i'n mwynhau gweithio arno – rydw i wedi rhoi cegin newydd yn y tŷ.

Rydw i'n berson dibynadwy, gweithgar ac rydw i'n gweithio'n dda mewn tîm. Mae gen i drwydded yrru.

Rydw i'n gallu dod am gyfweliad unrhyw bryd ac mae Mr Mat Hayes (Aluminium Frames) a Mrs Cynthia Jones (Bistro Galileo) yn barod i roi geirda i mi. Dyma'r manylion cyswllt:

Mr Mat Hayes
Aluminium Frames
Y Stad Ddiwydiannol
Bangor
Gwynedd

Mrs Cynthia Jones
Bistro Galileo
Ffordd y Môr
Bangor
Gwynedd

Gallwch chi gysylltu â fi yn y cyfeiriad uchod neu fy nghyfeiriad e-bost ydy: bellid@gwecym.co.uk

Rydw i'n edrych ymlaen at glywed oddi wrthych chi.

Yn gywir

Ben Lloyd

Ben Lloyd

Geirfa

ar hyn o bryd	at present, now
gan gynnwys	including
dylunio a thechnoleg	design and technology
gradd anrhydedd	honours degree
ail ddosbarth	second class
cynllunio cynnyrch	product design
popty, poptai	oven,-s
microdon	microwave
gweini	to serve
unrhyw bryd	any time
geirda	reference
oddi wrthych chi	from you

c. Mewn grŵp, trafodwch beth sy'n dda am y llythyr yma. Gwnewch nodiadau:

Llythyr Ben – pwyntiau da:

1.
2.

Mae e'n / o'n drefnus –
mae e'n / o'n sôn am …

ch. Mae Lisa James yn ymgeisio am y swydd hefyd.
Mae hi'n ysgrifennu llythyr cais ond dydy'r llythyr ddim yn un da iawn.
Darllenwch y llythyr:

Ty'n y Coed
Y Waen

Annwyl Mr Huws
Hoffwn i ymgeisio am y gwaith ar y rhaglen 'Ceginau Cŵl'. Gwelais i'r hysbyseb ar y we. Mae gen i ddiddordeb mawr mewn cynllunio a ffasiwn ac rydw i wrth fy modd gyda rhaglenni DIY ar y teledu. Maen nhw'n ffab! Mae gen i chwech TGAU, gan gynnwys tecstilau, Saesneg a Chymraeg. Ar ôl gadael Ysgol y Borth, wrecsam es i Goleg lleol i astudio cwrs BTEC Ffasiwn. Nawr, rydw i'n gweithio'n rhan amser mewn siop ddodrefn yng Nghaer a hefyd mae gen i fusnes gwneud dillad fy hun, rydw i'n gweithio o gartref ac erbyn hyn rydw i wedi cynllunio dwy ffrog briodas i Roxy a Michelle dw i'n mwynhau mynd allan gyda ffrindiau i'r clybiau nos yn wrecsam a bob haf dw i'n mynd i Sbaen ar fy ngwyliau. Rydw i'n mwynhau beicio mynydd hefyd. mae Mr Lloyd o'r siop yn barod i ysgrifennu geirda i mi. Rydw i'n gwybod baswn i'n gallu cynnig llawer i'r swydd. Gallwch chi gysylltu a mi yn y cyfeiriad uchod. Hefyd Rydw i'n trïo fy mhrawf gyrru mewn pythefnos
Cofion,
Lisa xxx

Geirfa

cynllunio	design
gan gynnwys	including
dodrefn	furniture
ffrog briodas	wedding dress
cynnig	to offer
prawf gyrru	driving test

d. Pam dydy'r llythyr yma ddim yn un da iawn?
Trafodwch hyn mewn grŵp a gwnewch nodiadau.

Llythyr Lisa – pwyntiau gwan:

1. Fformat y llythyr:
2. Paragraffu:
3. Atalnodi:
4. Cynnwys addas / anaddas:
5. Unrhyw beth arall:

Geirfa

cynnwys	content
addas	appropriate
anaddas	inappropriate

Mae hi'n sôn am …
Dydy hi ddim yn sôn am …

Mae gormod o wybodaeth am …
Does dim digon o wybodaeth am …

dd. Ar ddarn o bapur, ysgrifennwch lythyr Lisa yn gywir. Cywirwch y:

- fformat
- paragraffu
- atalnodi
- cynnwys (gallech chi dynnu rhai pethau allan!)

Geirfa

tynnu rhestr fer	to draw up a short list
ar hyn o bryd	at present
addysg	education
canolwr	referee

e. Rydych chi'n gweithio i gwmni Tic Toc ac rydych chi'n helpu'r rheolwr i dynnu rhestr fer.
Darllenwch y fersiwn cywir o lythyr Lisa eto a llythyr Ben. Yna, llenwch y grid o'r we gyda ffeithiau am y ddau ymgeisydd.

	Ben	**Lisa**
Cyfeiriad		
E-bost		
Dyddiad y llythyr		
Manylion addysg		
Gwaith ar hyn o bryd		
Profiad gwaith		
Gwaith rhan amser		
Diddordebau		
Trwydded yrru (✓ neu ✖)		
Enwau canolwyr		
Unrhyw wybodaeth berthnasol arall		

f. Gwahoddiad i gyfweliad

Mae Lisa a Ben yn cyrraedd y rhestr fer.
Ysgrifennwch lythyr atyn nhw yn eu gwahodd nhw i gyfweliad.

atebion ar y we

t.65

ff. Cyfweliad – gwaith grŵp

sgiliau swyddfa

Rydych chi'n mynd i gyfweld Lisa a Ben.

- Rhaid i un person chwarae rôl Lisa.
- Rhaid i un person chwarae rôl Ben.
- Rhaid i bawb arall gyfweld y ddau – ar wahân – ar gyfer y swydd.

Cyn dechrau, rhaid i'r panel feddwl am gwestiynau da i'w gofyn.
Rhaid gofyn am:

- eu manylion personol
- eu profiad gwaith
- eu sgiliau
- ydyn nhw'n gallu / medru …
- pam maen nhw eisiau'r swydd

Geirfa

cyfweliad	interview
cyfweld	to interview
ar wahân	separately

Gwnewch restr o gwestiynau.
Lisa a Ben – meddyliwch beth rydych chi'n mynd i ddweud yn y cyfweliad.

t.66-67

g. **Y cyfweliad**
Rhaid cyfweld Lisa a Ben.

ng. Pwy sy'n cael y swydd?
Mewn grŵp, penderfynwch pwy sy'n cael y swydd a pham?

help

Yn fy marn i, …	In my opinion, …
Mae … yn fwy profiadol na …	… is more experienced than …
yn fwy dibynadwy na …	is more dependable than …
yn fwy proffesiynol na …	is more professional than …
yn well na … achos …	is better than … because …
yn fwy o hwyl na …	is more fun than …
Dw i'n cytuno ond …	I agree but …
Dw i'n anghytuno achos …	I disagree because …
mae mwy o … gyda … na …	… has more … than …
mae gan … fwy o … na …	… has more … than …
mae e/o / hi wedi gwneud …	he / she has done …
mae … e/o / hi wedi cael profiad o …	… has had experience of …
Dw i eisiau cynnig y swydd i …	I want to offer the job to …
Baswn i'n cynnig y swydd i …	I would offer the job to …

t.83 t.85 t.92 t.102 sgiliau swyddfa

4. Dewiswch un o'r hysbysebion ar dudalen 18 neu dudalen 168.
Ysgrifennwch lythyr cais am y swydd.

Dilynwch y patrwm yma:

pam rydych chi'n ysgrifennu
↓
manylion personol, oed, addysg
↓
sgiliau
↓
profiad o weithio
↓
hobïau
↓
gobeithio mynd am gyfweliad
↓
geirda / canolwr
↓
cysylltu
↓
diolch

Beth Nesaf?

Gwaith gwirfoddol

Geirfa

gwirfoddol	voluntary
Bagloriaeth Cymru	Welsh Baccalaureate
(Dydd) Gŵyl Dewi	St David's (Day)
digwyddiad	event
hwyl a sbri	fun and games
beth fydd yn digwydd?	what will be happening?

Mae llawer o bobl ifanc yn gwneud gwaith gwirfoddol yn yr ysgol, e.e. fel rhan o Fagloriaeth Cymru.

1. Rydych chi'n mynd i drefnu'r digwyddiad yma yn yr ysgol:

a. Beth fydd yn digwydd? Rhaid meddwl yn gyntaf:

- **Hwyl Gŵyl Dewi**
  - **Ar y cae rygbi**
  - **Yn yr ystafell fwyta**
  - **Yn y neuadd**
  - **Seleb**

b. Rhaid trafod gwahanol syniadau a phenderfynu ar y syniad gorau.

t.83 t.85 t.92 t.102 sgiliau swyddfa

c. Ar ôl trafod, ysgrifennwch y prif bwyntiau yn y grid:

Ar y cae rygbi	
Yn yr ystafell fwyta	
Yn y neuadd	
Seleb	

t.17

ch. Nawr, ysgrifennwch nodyn at Bennaeth yr Adran Gymraeg yn sôn am y diwrnod.

2. Mae un o athrawon yr adran Gymraeg yn anfon y neges yma atoch chi.

HWYL GŴYL DEWI

Mae'r adran Gymraeg eisiau trefnu diwrnod arbennig iawn ar gyfer disgyblion a staff yr ysgol ar 1 Mawrth. Rydyn ni eisiau cael gêm rygbi arbennig, bwyd Cymreig, perfformiad arbennig a sioe ddillad. Ond beth arall?

Allwch chi drafod y syniadau yma os gwelwch yn dda? e.e.

- Beth yn union fydd yn digwydd?
- Ble?

Hefyd, allwch chi feddwl am syniad arall?

Gan edrych ymlaen at glywed eich syniadau.

J. Lewis

Geirfa

beth yn union — what exactly

a. Rhaid meddwl yn gyntaf:

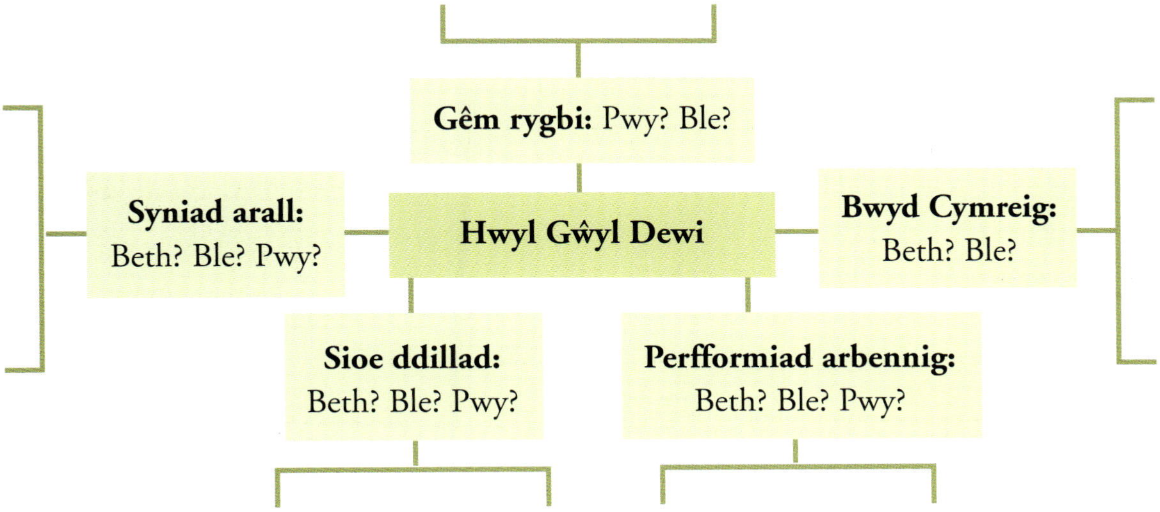

b. Rhaid trafod hyn gyda'r grŵp. Cofiwch gyfeirio at y nodyn yn eich trafodaeth.

t.85

c. Rhaid gwneud nodiadau:

Syniad 1:
-
-

Syniad 2:
-
-

ch. Rhaid penderfynu ar y syniad gorau.

d. Nawr, ysgrifennwch nodyn at Bennaeth yr Adran Gymraeg yn sôn am y diwrnod.

t.17

dd. Mae un o'r grŵp yn paratoi llythyr i wahodd seleb o'r teledu i agor y digwyddiad, ond mae wedi ysgrifennu yn Saesneg. Rhaid i chi gyfieithu'r llythyr i'r Gymraeg.

> Dear ....
>
> There will be a St David's Fun Day in the school on 1 March. Can you open the Day please? There will be many activities. There will be a lot of fun. The Day will start at half past nine. Everyone enjoys watching your programme on the television. Please come.
>
> If there's a problem, please contact me. This is my phone number: 0654 754 3378.
>
> Yours sincerely
>
> ....

Geirfa

allwch chi ...?	can you ...?
gweithgaredd,-au	activity, activities
os oes problem	if there's a problem
cysylltu â	(to) contact

e. Mae staff y gegin eisiau helpu.

sgil siarad

PARTNER 1

Rydych chi'n gweithio yn y gegin ac rydych chi eisiau helpu yn y Diwrnod o Hwyl a Sbri. Rhaid:

- gofyn beth fydd yn digwydd
- cynnig helpu – beth?

PARTNER 2

Rydych chi'n helpu i drefnu'r Diwrnod o Hwyl a Sbri ac rydych chi'n siarad gydag un o staff y gegin.

help

Rydyn ni eisiau helpu.	We want to help.
Mae staff y gegin eisiau helpu.	The kitchen staff want to help.
Hoffen ni helpu.	We would like to help.
Ydych chi eisiau pice bach / cacennau cri?	Do you want some Welsh cakes?
Beth am fwyd Cymreig?	What about Welsh food?
Beth am wersi ar sut i goginio bwyd Cymreig?	What about lessons on how to cook Welsh food?
Syniad da!	Good idea!
Na, dw i ddim yn meddwl, diolch.	No, I don't think so, thank you.
Basai pawb yn hoffi ...	Everyone would like ...

f. Rhaid i chi ysgrifennu at y Pennaeth i fwcio'r ystafell fwyta.
Rhaid:

- dweud pwy ydych chi
- dweud pam rydych chi'n ysgrifennu
- dweud beth ydy'r manylion
- gofyn cwestiynau
- gorffen yr e-bost yn iawn.

Ysgrifennwch e-bost ato / ati.
Defnyddiwch y brawddegau yma yn eich e-bost.

Fy enw i ydy …	… ym Mlwyddyn …	Rydyn ni'n trefnu …	Bydd …
Hoffwn i fwcio …	ar gyfer …	Y dyddiad fydd …	
Ydy hyn yn bosib os gwelwch yn dda?	Mae gen i ddau gwestiwn:	talu am ddefnyddio'r ystafell fwyta?	glanhau ar ôl y digwyddiad?

t.87-88

sgiliau swyddfa

ff. Mae un o'r tîm wedi paratoi hysbyseb am y digwyddiad, ond yn anffodus, mae llawer o gamgymeriadau yn y darn. Ysgrifennwch y cywiriadau yn y grid o'r we.

g. Hysbysebu

Rhaid i chi hysbysebu'r ŵyl. Rhaid i chi ysgrifennu un o'r canlynol:

- poster
- taflen
- sgript ar gyfer radio'r ysgol

Ysgrifennu poster neu daflen

Ydych chi'n cofio sut i berswadio rhywun?

help

Dewch i …	Come to …
Beth am …?	What about …?
Ydych chi eisiau …?	Do you want …?
Beth ydy'ch barn chi am (fwyd Cymreig)?	What is your opinion of (Welsh food)?
Dewch i (flasu bwyd blasus gan staff y gegin!)	Come and (taste tasty food by the kitchen staff!)
Bydd e'n / o'n hwyl!	It will be fun!
Bydd e'n / o'n grêt!	It will be great!
Peidiwch ag anghofio – Hwyl Gŵyl Dewi – y cyntaf o Fawrth yn …	Don't forget – St David's Fun Day – the first of March in …

Ysgrifennu sgript radio

sgil swyddfa

Ysgrifennwch sgript ar gyfer slot radio'r ysgol, 'Sesh Sbesh'.
Dewiswch gerddoriaeth addas i'w chwarae ar ôl y neges.
Recordiwch y neges.

Defnyddiwch yr iaith uchod. Gallech chi ddefnyddio'r iaith yma hefyd.

help

Bore da.	Good morning.
Mae newyddion ffantastig gyda fi heddiw …	I have some fantastic news today …
Mae gen i newyddion ffantastig heddiw …	
Mae … yn trefnu …	… is / are arranging …
Os ydych chi eisiau … neu … neu …, dewch i'r …	If you want … or … or …, come to the …
Bydd e'n / o'n hwyl!	It will be fun!
Dyma'r manylion …	Here are the details …

Darllenwch eich gwaith chi i'r grŵp.
Rhaid i'r grŵp wrando a rhaid penderfynu beth sy orau ar gyfer hysbysebu'r Diwrnod – poster, taflen neu sgript radio.

help

… ydy'r gorau achos …	… is the best because …
Mae … yn well na … achos …	… is better than … because …
… mae'n fwy cyffrous na …	… it's more exciting than …
… mae'n fwy clir na …	… it's clearer than …
… mae'n fwy lliwgar na …	… it's more colourful than …
… mae'n fwy deniadol na …	… it's more attractive than …

S

ng. Mae rhywun o'r papur bro yn ffonio – mae e/o / hi eisiau ysgrifennu darn ar gyfer y papur.

sgil siarad

PARTNER 1

Rydych chi'n un o dîm y papur bro. Rydych chi'n ffonio i ofyn am fanylion am y digwyddiad. Rhaid:

- agor y sgwrs
- dweud pwy ydych chi
- dweud pam rydych chi'n ffonio
- gofyn am fanylion
  - ble
  - pryd
  - beth
- diolch am yr help.

PARTNER 2

Rydych chi'n helpu i drefnu'r digwyddiad.

Y

h. Ysgrifennwch erthygl i gylchgrawn yr ysgol yn sôn am Hwyl Gŵyl Dewi.

- Gwnewch restr o beth fydd yn digwydd – a phryd.
- Ysgrifennwch mewn paragraffau.

help

Bydd digwyddiad ffantastig ar y cyntaf o Fawrth …	There will be a fantastic event on the first of March …
Rydyn ni wedi trefnu / gwahodd / gofyn i …	We've organized / invited / asked …
Rydyn ni'n mynd i …	We're going to …
Bydd …	There will be … / It will be …
Bydd cyfle i …	There will be an opportunity to …
Bydd pawb yn …	Everyone will …
Hoffech chi …?	Would you like …?
Peidiwch ag anghofio – Hwyl Gŵyl Dewi – y cyntaf o Fawrth yn …	Don't forget – St David's Fun Day – the first of March in …

Gwaith gwirfoddol yn y gymuned

Mae llawer o bobl ifanc yn gwneud gwaith gwirfoddol yn y gymuned.

Geirfa

yn y gymuned	in the community
hyfforddi	to train
stabl,-au	stable,-s
anghenion arbennig	special needs
marchogaeth	riding, to ride
pwyllgor	committee

1. Darllenwch y darnau yma.

Anna ydw i. Bob nos Wener, rydw i'n helpu yn y Clwb Drama ar gyfer plant 8-11oed. Rydw i'n helpu gyda'r pop a'r bisgedi ac rydw i'n helpu i drefnu gemau weithiau. Rydw i'n cael llawer o hwyl yn chwarae gyda'r plant.

Rydw i'n dysgu Cymraeg yn yr ysgol ac mae gweithio yn y Clwb yma'n help mawr i fi achos mae llawer o'r plant yn siarad Cymraeg. Rydw i eisiau bod yn nyrs plant yn y dyfodol. Bydd y profiad yma'n edrych yn dda ar CV!

Craig ydw i. Bob bore Sadrwn, dw i'n mynd i'r Clwb Rygbi erbyn deg o'r gloch y bore i helpu i hyfforddi'r tîm dan ddeg oed.

Dw i wrth fy modd gyda rygbi, felly mae hyn yn hwyl. Ond mae'n brofiad da hefyd, achos dw i eisiau bod yn athro addysg gorfforol yn y dyfodol. Bydd y profiad yma'n help i fi gael lle mewn coleg.

Y

Lyn ydw i. Hoffwn i weithio i bapur newydd ar ôl gadael yr ysgol. Rydw i wrth fy modd yn ysgrifennu ac felly roeddwn i'n hapus iawn pan ofynnodd pwyllgor y papur bro i mi ysgrifennu ar gyfer y papur bro.

Mae cael stori dda fel cael anrheg pen-blwydd! Mae'n gyffrous iawn!

Bydd y profiad yma'n help mawr i mi pan fydda i'n chwilio am swydd. Mae'n dangos fy mod i'n gallu gweithio mewn tîm.

Y

Elin ydw i. Ar nos Fercher rydw i'n mynd i'r stablau i helpu plant a phobl ifanc gydag anghenion arbennig i farchogaeth.

Rydw i wrth fy modd yn gweld y bobl ifanc yma'n mwynhau.

Rydw i eisiau gweithio gyda phlant yn y dyfodol ac felly mae'r profiad yma'n mynd i fod yn help mawr i fi. Hefyd, mae'n dangos fy mod i'n dda am weithio gydag eraill.

2. Llenwch y grid am waith gwirfoddol y pedwar.

Gwaith gwirfoddol	Anna	Craig	Lyn	Elin
Ble?				
Math o waith?				
Beth maen nhw'n fwynhau am y gwaith?				
Beth maen nhw eisiau wneud yn y dyfodol?				
Sut mae'r profiad yn mynd i fod o help iddyn nhw?				

Geirfa

hyfforddi	to train
wyneb i waered	upside down
yn eich tro	in turn
deillion	blind people
meithrinfa	nursery
achos da	good cause

3. **Gêm gwaith gwirfoddol**
Beth am chwarae gêm?

Mae cardiau **Gwaith Gwirfoddol** ar y we.

- Mae rhai'n enwi **math** o waith gwirfoddol.
- Mae rhai'n disgrifio'r gwaith.

a. Torrwch y cardiau allan a'u rhoi nhw wyneb i waered ar y bwrdd.
b. Yn eich tro, codwch ddau gerdyn.
c. Ydyn nhw'n gwneud pâr? Os ydyn nhw, cadwch nhw a chodwch ddau arall.
ch. Os dydyn nhw ddim yn gwneud pâr, rhowch nhw 'nôl ar y bwrdd.

4. Gwnewch hysbyseb am waith gwirfoddol. Rhaid dweud:

- beth ydy'r gwaith
- ble mae'r gwaith
- yr oriau gwaith.

Triwch berswadio pobl i ddod i wneud y gwaith yma.

Mae'n hwyl!

Dewch i ddysgu sgiliau newydd!

Bydd y profiad yn help i chi!

Y

Gwneud gwahaniaeth

Rydych chi'n gweithio i'r papur lleol ac rydych chi'n cynnal Wythnos Gwaith Gwirfoddol er mwyn ceisio denu mwy o bobl i wirfoddoli yn yr ardal.
Mae un o'ch cydweithwyr chi wedi paratoi'r erthygl yma.

1. Darllenwch yr erthygl.

Geirfa

gwneud gwahaniaeth	to make a difference
gwirfoddoli	to volunteer
denu	to attract
gwirfoddolwr	volunteer
pleser	pleasure
pwyllgor	committee
gŵyl haf	summer festival
yn ôl	according to
hyder	confidence
rheoli amser	to manage time
Cymorth Cyntaf	First Aid
cyfathrebu	communication

MAE ANGEN MWY O BOBL I WIRFODDOLI

Mae gwirfoddoli'n bwysig iawn! Mae'n gallu rhoi pleser i chi – ac i bobl eraill. Mae'n gallu'ch helpu chi i ennill sgiliau pwysig hefyd.

Mae miloedd o bobl yn gwirfoddoli bob dydd. Maen nhw'n helpu pobl eraill. Maen nhw'n codi arian. Maen nhw'n helpu plant bach i ddarllen mewn ysgolion. Maen nhw'n cynnal clybiau ieuenctid. Maen nhw'n gwneud gwahaniaeth!

Mae angen mwy o bobl i wirfoddoli. Darllenwch am ddau berson o'r ardal sy'n gwneud gwahaniaeth!

Dyma Elin Hughes. Yn yr ysgol, mae hi'n astudio Cymraeg, Saesneg a drama ac mae hi wrth ei bodd yn perfformio mewn dramâu. Mae hi'n gobeithio cael gwaith yn perfformio yng Nghaerdydd neu yn Llundain ar ôl gadael yr ysgol.

Mae Elin yn mwynhau cerddoriaeth ac mae hi'n gwneud gwaith gwirfoddol ar bwyllgor Gŵyl Haf y dref. Mae'r pwyllgor yn cyfarfod bob wythnos yn ystod y gaeaf a'r gwanwyn i drefnu'r Ŵyl. Mae Elin wedi bod yn help mawr ar gyfer trefnu'r gig ar ddydd Sadwrn olaf yr Ŵyl. Bydd rhai o fandiau mwya enwog Cymru'n perfformio yn y gig – diolch i Elin!

Yn ôl Elin, mae hi wedi dysgu llawer trwy wirfoddoli. Mae ganddi hi fwy o hyder ar ôl bod yn aelod o'r pwyllgor. Hefyd, mae'r pwyllgor yn cyfarfod bob wythnos ac felly rhaid iddi hi reoli ei hamser yn dda. Yn fwy na dim, mae hi wedi dysgu gweithio mewn tîm.

Disgybl ym Mlwyddyn Deuddeg yn Ysgol Gyfun Heolcefn ydy Dafydd.

Mae o'n astudio addysg gorfforol, mathemateg ac economeg. Bob bore Sadwrn, mae o'n codi'n gynnar, yn gwisgo'i ddillad chwaraeon ac yn seiclo i lawr i'r Clwb Pêl-droed i hyfforddi tua dau ddeg o fechgyn dan ddeg oed. Mae o'n mwynhau'n fawr. Mae o'n cadw'n heini iawn, hefyd, wrth gwrs!

Yn ôl Dafydd, mae'r profiad wedi bod yn wych. Mae o'n dysgu sgiliau cyfathrebu gyda phlant ac oedolion, yn dysgu i weithio gydag eraill ac yn dysgu sut i reoli ei amser. Hefyd, mae o wedi gwneud llawer o ffrindiau da! Mae Dafydd wedi cael cyfle i wneud cwrs Cymorth Cyntaf hefyd.

Yn y dyfodol, mae o eisiau gweithio mewn Academi Chwaraeon. Bydd y profiad o weithio'n wirfoddol yn help mawr iddo fo!

a. Rhaid rhoi gwybodaeth am y ddau wirfoddolwr yma ar y gronfa ddata. Llenwch y grid o'r we.

	Elin	**Dafydd**
Pynciau		
Gwaith gwirfoddol: ble?		
Beth maen nhw'n wneud?		
Beth maen nhw wedi ei ddysgu?		
Unrhyw wybodaeth arall am y person		

atebion ar y we

b. Mae'r papur lleol yn mynd i gynnal noson arbennig – **Noson Gwneud Gwahaniaeth**. Rhaid i chi gyflwyno Elin a Dafydd yn ystod y noson.

Darllenwch yr erthygl eto er mwyn cael gwybodaeth am y ddau wirfoddolwr yma. Gwnewch nodiadau.

Elin	Dafydd
•	•
•	•

c. Paratowch beth rydych chi'n mynd i ddweud.

2. Rydych chi'n penderfynu gwneud gwaith gwirfoddol. Llenwch y ffurflen gais yma.

GWIRFODDOLI

Enw: ....

Cyfeiriad: ....

Rhif ffôn: .... Ffôn symudol: ....

E-bost: ....

Dyddiad geni: ....

Ysgol: ....

Pa bynciau rydych chi'n astudio yn yr ysgol? ....

Pa fath o brofiad gwaith rydych chi wedi gael? ....

Pam rydych chi eisiau gwirfoddoli? ....

Pa fath o waith gwirfoddol hoffech chi wneud? ....

Gorffennwch y frawddeg yma:

Baswn i'n dda yn gwneud y gwaith achos ....

Llofnod: ....

Cynlluniau arbennig
Mae llawer o bobl ifanc Cymru yn gwneud cynlluniau arbennig fel:

- Gwobr Dug Caeredin
- Bagloriaeth Cymru
- Gwirfoddolwyr y Mileniwm.

Mae gwirfoddoli'n bwysig yn y cynlluniau yma.

Geirfa

cynllun,-iau	scheme,-s
Gwobr Dug Caeredin	Duke of Edinburgh Award
Bagloriaeth Cymru	Welsh Baccalaureate
Gwirfoddolwyr y Mileniwm	Millennium Volunteers

1. Dewiswch un o'r cynlluniau yma a chwiliwch am wybodaeth amdano. Llenwch y grid o'r we.

Enw'r cynllun	
Beth ydy'r cynllun?	
Pam mae gwneud y cynllun yn syniad da?	

2. Rhannwch y wybodaeth uchod.

3. Nawr, gwnewch y dasg isod:

Sgwrs sefyllfa
Rydych chi'n gweithio i un o'r cynlluniau yma ac rydych chi'n ffonio pennaeth yr ysgol uwchradd. Rydych chi eisiau perswadio'r pennaeth i gynnig y cynllun yn yr ysgol.

I ddechrau, rhaid chwilio am wybodaeth:

- Beth ydy'r cynllun? (Edrychwch ar y grid uchod.)
- Pam mae gwneud y cynllun yn syniad da? (Edrychwch ar y grid uchod.)

Yna, ffoniwch y pennaeth. Rhaid:

- cyflwyno'ch hun
- dweud pam rydych chi'n ffonio
- sôn am y cynllun
- perswadio'r pennaeth i gynnig y cynllun yn yr ysgol
- diolch.

Tasg ysgrifennu
Ysgrifennwch ddarn am y cynllun i'w roi ar wefan yr ysgol.
neu
Ysgrifennwch erthygl ar gyfer y papur bro yn sôn am y cynllun.
neu
Ysgrifennwch daflen yn hysbysebu'r cynllun.

help

Yn y cynllun yma, mae pobl ifanc yn …	In this scheme, young people …
Yn y cynllun yma, mae pobl ifanc yn cael cyfle i …	In this scheme, young people have an opportunity to …
Yn y cynllun yma, mae … yn bwysig, er enghraifft …	In this scheme … is / are important, for example …
Rhaid …	(They) must …
Rhaid iddyn nhw …	They must …

Beth am wneud y cynllun yn yr ysgol?	What about doing the scheme in school?
Beth am gynnig y cynllun yn yr ysgol?	What about offering the scheme in school?
Dylech chi gynnig y cynllun yn yr ysgol achos …	You should offer the scheme in school because …

4. Gwobr Dug Caeredin

Mae un o'r athrawon yn yr ysgol yn ysgrifennu'r neges yma ar y cyfrifiadur:

THE DUKE OF EDINBURGH'S AWARD
GWOBR DUG CAEREDIN

The Duke of Edinburgh scheme is open to young people aged between fourteen and twenty five years old.
It's a good opportunity to take part in great activities – and have fun.
If you would like to learn new skills, help people and make new friends, come to Room 12, Thursday lunchtime, at 12.30.

Mae'n cyfieithu'r neges ac yn cadw'r neges mewn ffeil ar y cyfrifiadur.
Pan mae'n agor y ffeil mae problem – mae'r brawddegau Cymraeg yn y drefn anghywir. Ysgrifennwch y brawddegau yn y drefn gywir.

Mae'n gyfle da i helpu pobl	am hanner awr wedi deuddeg.
Mae Gwobr Dug Caeredin	ddysgu sgiliau newydd,
i gymryd rhan mewn	Os hoffech chi
yn agored i bobl ifanc	amser cinio dydd Iau,
gweithgareddau gwych – a chael hwyl.	a gwneud ffrindiau newydd,
dewch i Ystafell 12,	
rhwng un deg pedwar a dau ddeg pump oed	

atebion ar y we

Geirfa

cadw	to save
yn y drefn anghywir	in the wrong order
yn y drefn gywir	in the right order

5. Gwirfoddolwyr y Mileniwm

Mae un o'r athrawon eisiau trafod cynllun Gwirfoddolwyr y Mileniwm gyda grŵp o bobl ifanc. Mae'n gofyn i chi am wybodaeth. Felly, rydych chi'n ysgrifennu'r nodyn yma ar gyfer yr athro.

GWIRFODDOLWYR Y MILENIWM
MILLENNIUM VOLUNTEERS

Dyma'r prif bwyntiau am y rhaglen:

1. Cynllun cenedlaethol y DU
2. Gwirfoddolwyr rhwng 16 a 24 oed
3. Tystysgrif am 50 awr a 100 awr
4. Tystysgrif arbennig am 200 awr
5. Cyflogwyr a'r colegau'n hoffi'r cynllun
6. Edrych yn dda ar CV

Geirfa

cenedlaethol	national
DU (Y Deyrnas Unedig)	UK
tystysgrif	certificate
cyflogwyr	employers
gwirio	to check

Mae'r athro'n colli'r nodyn. Mae e'n ceisio cofio'r wybodaeth ac mae e'n ysgrifennu'r darn yma. Mae e'n gofyn i chi wirio'r darn.

Gwirfoddolwyr y Mileniwm

1. Cynllun Cymru'n unig
2. Mae'r cynllun ar gyfer pobl ifanc o 14 oed i fyny
3. Mae tystysgrif am 40 awr
4. Mae tystysgrif arbennig am 100 awr
5. Dydy'r colegau ddim yn hoffi'r cynllun
6. Gwych ar CV

atebion ar y we

Pa frawddegau sy'n anghywir? Ysgrifennwch y brawddegau anghywir yn gywir.

Mwy o waith gwirfoddol!

1. Darllenwch y poster yma mewn ysgol uwchradd:

Geirfa

yn y gymuned	in the community
hyrwyddo	to promote

CYFARFOD PWYSIG

i drefnu
Gwaith Gwirfoddol

- Gwaith gwirfoddol yn y gymuned
- Codi arian tuag at achos da
- Hyrwyddo'r iaith Gymraeg

Yr Ystafell Gymraeg, dydd Mawrth am un o'r gloch.

Dewch â'ch syniadau!

S

a. Rydych chi eisiau mynd i'r cyfarfod ond rhaid meddwl am syniadau yn gyntaf:

Gwaith gwirfoddol
- **Hyrwyddo'r iaith Gymraeg**
- **Gwaith gwirfoddol yn y gymuned**
- **Codi arian tuag at achos da**

?

b. Rhaid i chi gyfarfod fel grŵp i drafod eich syniadau. Dewiswch y syniadau gorau.

t.83 t.85 t.92 t.102 sgiliau swyddfa

c. Ysgrifennwch y syniadau gorau mewn grid.

	Syniadau
Gwaith gwirfoddol yn y gymuned	
Codi arian tuag at achos da	
Hyrwyddo'r iaith Gymraeg	

ch. Beth am drefnu un o'r digwyddiadau yma yn Gymraeg?

d. Gwnewch daflen i roi gwybod i ddisgyblion eraill am y digwyddiad.

Y

2. Mae grŵp o ddisgyblion Blynyddoedd 10, 11, 12 ac 13 wedi bod i'r cyfarfod yn yr ystafell Gymraeg ac maen nhw wedi trafod llawer o wahanol syniadau.

Dyma gofnodion y cyfarfod:

Cofnodion
Cyfarfod i drefnu gwaith gwirfoddol am y flwyddyn
Yr Ystafell Gymraeg, Dydd Mawrth, 14 Medi

Yn bresennol: Mr J. Lloyd, Mrs B. Watkins, disgyblion Blwyddyn 10, 11, 12 ac 13

1. Cynhaliwyd cyfarfod i drefnu gweithgareddau gwirfoddol y flwyddyn, ddydd Mawrth, 14 Medi. Trafodwyd llawer o syniadau.
2. **Gwaith gwirfoddol yn y gymuned**
   Trafodwyd gwaith gwirfoddol yn y gymuned, e.e. helpu i glirio sbwriel yn y parc, casglu blancedi ar gyfer pobl ddigartref, paratoi cinio Nadolig ar gyfer yr henoed. Penderfynwyd gwneud hamperi ar gyfer yr henoed cyn y Nadolig a recordio'r newyddion ar gyfer papur y deillion. Bydd John Jones ac Elis Williams yn gwneud rota.
3. **Codi arian at achos da**
   Trafodwyd llawer o syniadau ond penderfynwyd codi arian ar gyfer elusennau plant. Penderfynwyd cynnal bore coffi a stondin gacennau bob mis ar gyfer staff yr ysgol a gwneud taith gerdded noddedig.
4. **Hyrwyddo'r iaith Gymraeg**
   Trafodwyd gwahanol syniadau, e.e. cynnal Diwrnod Cymraeg, trefnu cwrs Dydd Sadwrn ar gyfer rhieni a mynd i Gaerdydd i weld gêm rygbi, ond penderfynwyd helpu'r papur bro lleol a mentora disgyblion ym Mlwyddyn 7 – eu helpu nhw i siarad a dysgu Cymraeg. Mae Gwen Williams ac Emma Davies yn mynd i feddwl am syniadau erbyn y cyfarfod nesaf.
5. **Dyddiad y cyfarfod nesaf**
   Dydd Mawrth, 12 Hydref, Yr Ystafell Gymraeg

help

-wyd

Cynhaliwyd …	… was / were held
Trafodwyd …	… was / were discussed
Penderfynwyd …	… was / were decided

Beth am ysgrifennu cofnodion am eich cyfarfod chi (tud. 197)?

Geirfa

cofnodion	minutes
yn bresennol	present
digartref	homeless
hamper,-i	hamper,-s
papur y deillion	talking newspaper (for the blind)
elusen,-nau	charity, charities
stondin	stand
noddedig	sponsored
mentora	to mentor

Rydych chi wedi gwneud llawer o weithgareddau iaith ac wedi dysgu llawer o sgiliau byd gwaith, e.e.

- mynegi barn yn Gymraeg
- bwcio yn Gymraeg
- cwyno yn Gymraeg
- diolch yn Gymraeg
- darllen ac ysgrifennu llythyrau, e-byst, adroddiadau, erthyglau ac ati yn Gymraeg
- ymgeisio am swydd yn Gymraeg
- cyflwyno rhywun yn Gymraeg
- gwahodd yn Gymraeg
- llongyfarch yn Gymraeg
- ateb y ffôn yn Gymraeg
- trafod yn Gymraeg
- trefnu gweithgareddau yn Gymraeg …

… a llawer mwy!

Gwych! Pob lwc i chi yn y dyfodol!

Atodiadau

1. Nodyn

Mae nodyn yn fyr ac yn syml.

> Rydyn ni wedi trafod y pwyntiau. Rydyn ni wedi penderfynu cynnal sioe ffasiwn ar Chwefror 12. Bydd y sioe'n dechrau am ddeg o'r gloch ac yn gorffen am ddeuddeg o'r gloch. Byddwn ni'n gwerthu brechdanau a diod amser cinio.
>
> Os ydych chi eisiau mwy o fanylion, croeso i chi fy ffonio i: 0786 456 3999.
>
> Diolch.
> Siân

2. E-bost – dyma rai syniadau:

Diolch am eich neges.	Thank you for your message.
Diolch am eich e-bost am …	Thank you for your e-mail about …
Diolch am eich e-bost yn gofyn am …	Thank you for your e-mail asking about / concerning … / requesting …

I ateb eich cwestiynau chi:	To answer your questions:
Yn gyntaf, …	Firstly, …
Yn ail, …	Secondly, …
Yn drydydd, …	Thirdly, …

Gobeithio bod hyn yn help.	I hope that this is of assistance.
Cysylltwch eto os ydych chi eisiau mwy o help.	Do contact me again if you need more assistance.
Fy nghyfeiriad i ydy …	My address is …
Dyma fy nghyfeiriad …	Here is my address …
Fy rhif ffôn i ydy …	My phone number is …
Dyma fy nghyfeiriad e-bost …	Here is my e-mail address …
Yn gywir	Yours sincerely
Dymuniadau gorau	Best wishes

3. Ateb y ffôn

Ym myd busnes, rhaid dweud:

• bore / prynhawn da	Prynhawn da.	Good afternoon.
• enw'r cwmni	Cwmni Williams	Williams Company
• eich enw chi	Lois Evans sy'n siarad.	Lois Evans speaking.
• cynnig help	Sut galla i'ch helpu chi?	How can I help you?
	Sut ga i'ch helpu chi?	How may I help you?

4. Trafod

Trafod syniadau	Discussing ideas
Beth am …? Syniad da! I'r dim! Hoffwn i drefnu … achos mae … yn ddiddorol iawn. Na, dw i ddim yn meddwl. Beth am … yn lle?	What about …? Good idea! Spot on! I'd like to arrange … because … is very interesting. No, I don't think so. What about … instead?

Mynegi barn	Expressing an opinion
Mae … yn syniad da. Dw i'n meddwl bod … yn syniad da achos … Yn fy marn i, mae … yn syniad da achos … Basai'r / Byddai'r cwsmeriaid yn mwynhau … Basen / Bydden nhw'n hoffi …	… is a good idea. I think that … is a good idea because … In my opinion, … is a good idea because … The customers would enjoy … They would like …

Rhoi rhesymau	Giving reasons
Mae … yn dda. Mae … yn wych. Mae … yn well na … Mae … yn fwy diddorol na … Mae … yn fwy rhad na … Dydy … ddim yn dda iawn. Dydy … ddim mor ddiddorol â … Dydy … ddim cystal â …	… is good. … is great. … is better than … … is more interesting than … … is cheaper than … … isn't very good. … isn't as interesting as … … isn't as good as …

Cytuno ac anghytuno	Agreeing and disagreeing
Dw i'n cytuno. Dw i'n cytuno'n llwyr. Dw i'n cytuno achos … Dw i ddim yn cytuno. Dw i ddim yn cytuno achos … Dw i ddim yn cytuno o gwbl. Dw i'n anghytuno. Dw i'n anghytuno'n llwyr achos … Dw i'n anghytuno achos … Ydych chi'n cytuno? / Wyt ti'n cytuno? Ydw. / Nac ydw.	I agree. I agree completely. I agree because … I don't agree. I don't agree because … I don't agree at all. I disagree. I disagree completely because … I disagree because … Do you agree? Yes. / No.

Gofyn cwestiynau	Asking questions
Beth ydych chi'n feddwl? / Beth wyt ti'n feddwl? Oes gwell syniad gyda chi / ti? Oes gennych chi / gennyt ti well syniad? Oes. / Nac oes. Beth arall wyt ti'n awgrymu?	What do you think? Have you got a better idea? Have you got a better idea? Yes. / No. What else do you suggest?

5. Cyflwyniad

Dyma rai syniadau i'ch helpu chi:

Dechrau	**Beginning**
Rydw i'n mynd i siarad am … Heddiw, rydw i eisiau siarad am … Hoffwn i sôn am …	I'm going to talk about … Today, I want to talk about … I'd like to talk about …
Gallwch chi ofyn cwestiynau ar y diwedd os ydych chi eisiau.	You can ask questions at the end if you want.
Croeso i chi ofyn cwestiynau ar y diwedd os ydych chi eisiau.	You're welcome to ask questions at the end if you want.

Symud ymlaen	**Moving on**
Yn gyntaf, rydw i eisiau sôn am …	Firstly, I want to talk about …
Yn ail, …	Secondly, …
Yn drydydd, …	Thirdly, …
Mae …	There is / are …
Does dim …	There isn't / aren't …
Rydw i'n meddwl bod …	I think that …
Mae rhai pobl yn meddwl bod …	Some people think that …
Yn fy marn i, …	In my opinion, …
Unwaith, roedd …	Once, there was …
Oeddech chi'n gwybod …?	Did you know …?
Un diwrnod, bydd …	One day, there will be …
I gael y wybodaeth yma, es i i …	To get this information, I went to …
es i i wefan …	I went to … website
siaradais i â / ag …	I spoke to …
darllenais i …	I read …

Dangos llun, map	**Showing a picture, map**
Mae'r llun yma'n dangos …	This picture shows …
map	map
cerdyn post	post card
sleid	slide
Fel rydych chi'n gallu gweld o'r llun …	As you can see from the picture …

Gorffen	**End**
Dyna ddiwedd y cyflwyniad.	That's the end of the presentation.
Ydych chi eisiau gofyn cwestiynau?	Do you want to ask any questions?
Hoffech chi ofyn cwestiynau?	Would you like to ask any questions?
Oes cwestiynau gyda chi? / Oes gennych chi gwestiynau?	Have you got any questions?

Cofiwch ofyn i'r grŵp ydyn nhw eisiau gofyn cwestiynau i chi!

6. Cyflwyno person

Dyma … Hoffwn i gyflwyno … Mae'n bleser gen i gyflwyno … Mae e'n / o'n / hi'n … Roedd e'n / o'n / hi'n …	This is … I'd like to present … It's a pleasure for me to present … He / She … [present tense] He / She used to …

7. Hysbysebu, e.e. poster / taflen / sgript radio / erthygl

Cwestiynau, e.e.	**Questions, e.g.**
Ydych chi'n …? Ydych chi'n berson sy'n hoffi …? Ydych chi eisiau …? Ydych chi wedi …? Ydych chi wedi … erioed? Beth ydych chi'n feddwl o … Beth ydy'ch barn chi am …? Hoffech chi (+ tr. meddal) …? Beth am (+ tr. meddal) …?	Do you …? / Are you …? Are you a person who likes …? Do you want …? Have you …? Have you ever …? What do you think of …? What's your opinion of …? Would you like to …? What about …?

Disgrifiadau	**Descriptions**
Mae'n hyfryd. Mae'n hardd. Mae'n iach. Mae llawer o bethau i wneud yma, fel cerdded yn y mynyddoedd hardd, loncian ar y traethau glân, mwynhau'r awyr iach …	It's lovely. It's beautiful. It's healthy. There are many things to do here, like walking in the beautiful mountains, jogging on the clean beaches, enjoying the fresh air …

Barn	**Opinion**
Mae'n wych! Mae'n anhygoel! Mae'n ffantastig! Mae'n arbennig! Does unman fel … Dyma'r … gorau yn y byd. Dyma'r … mwya blasus yn y byd. mwya hyfryd mwya diddorol Mae'n lle gwych ar gyfer …	It's great! It's incredible / awesome! It's fantastic! It's special! There's nowhere like … This is the best … in the world. This is the most delicious … in the world. most beautiful most interesting It's a great place for …

Gorchmynion	Commands
Dewch! Dewch i / i'r …! Dewch i weld y … Dewch i brofi'r … Dewch i weld drosoch eich hun! Dewch yn llu!	Come! Come to / to the …! Come and see the … Come and experience the … Come and see for yourself! Come in your hundreds!

Gorffen yn dda	End well
Byddwch chi wrth eich bodd! Byddwch chi'n rhyfeddu! Byddwch chi'n methu credu'ch llygaid chi!	You'll be delighted! You'll be amazed! You won't believe your eyes!

8. Hysbyseb am swydd lawn amser

GORSAF RADIO SAIN Y BOBL	←	Ble mae'r swydd
Yn eisiau: Cyflwynydd ar gyfer y rhaglenni Cymraeg	←	Beth ydy'r swydd
Oriau gwaith: 40 awr yr wythnos	←	Beth ydy'r oriau gwaith
Cyflog: i'w drafod	←	Beth ydy'r cyflog
Rhaid cael • sgiliau cyfathrebu da	←	Rhaid cael …
Rhaid gallu • siarad Cymraeg a Saesneg • defnyddio offer y stiwdio • gweithio mewn tîm	←	Rhaid gallu / medru …
Am fwy o fanylion, cysylltwch â Duncan Davies	←	Pwy ydy'r person cyswllt
Rhif ffôn: 0765 448 210	←	Beth ydy'r rhif ffôn
E-bost: duncan@sainybobl.com	←	Beth ydy'r cyfeiriad e-bost

9. Ysgrifennu llythyrau

Fformat llythyr ffurfiol:

Ysgol y Llan Pentre TH13 5SJ	← Eich cyfeiriad chi (Gallwch chi roi'r cyfeiriad a'r dyddiad ar y chwith hefyd.)
3 Mawrth	← Y dyddiad
Hafan Heini 35 Lôn y Môr Pentre TH13 0PQ	← Cyfeiriad y busnes
Annwyl …	
John Smith ydw i ac rydw i'n dysgu ymarfer corff yn Ysgol y Llan.	← Pwy ydych chi
Rydw i'n ysgrifennu i fwcio'r pwll nofio ar gyfer plant yr ysgol ar …	← Y neges
Hoffwn i ofyn rhai cwestiynau os gwelwch yn dda. Yn gyntaf, … Yn ail, … Yn drydydd, … Hefyd, … Yn olaf, …	
Os ydych chi eisiau cysylltu â fi, dyma fy rhif ffôn … Fy nghyfeiriad e-bost ydy …	← Manylion cyswllt
Rydw i'n edrych ymlaen at glywed oddi wrthych chi. / Gan edrych ymlaen at glywed oddi wrthych chi.	← Diwedd da
Yn gywir	
John Smith	← Eich llofnod chi
John Smith	← Eich enw chi

10. Iaith bwysig ar gyfer ysgrifennu llythyrau neu e-bost, ffonio ac ati:

10a. Cyffredinol (General)

Pwy ydych chi	… ydw i. … ydy fy enw i. Rydw i'n gweithio yn … Rydw i'n gweithio i … Rydw i'n gweithio fel swyddog (marchnata / personél) yn … Rydw i'n ysgrifennu ar ran …	I'm … My name is … I work in … I work for … I work as a (marketing / personnel) officer at … I'm writing on behalf of …
Pam rydych chi'n cysylltu	Rydw i'n ysgrifennu i ddiolch am … i gwyno am … i fwcio … i ddweud … i ofyn … i ateb eich cwestiynau. i'ch gwahodd chi i … achos …	I'm writing to thank (you) for … to complain about … to book … to say … to ask … to answer your questions. to invite you to … because …
Y neges	Hoffwn i ddiolch i chi am … gwyno am … fwcio … ddweud … ofyn … eich gwahodd chi i …	I would like to thank you for … complain about … book … say … ask … invite you to …
Gofyn cwestiynau	Mae gen i sawl cwestiwn. Mae sawl cwestiwn gyda fi. Yn gyntaf, … Yn ail, … Yn drydydd, … Yn olaf, … Hefyd, … Yn ogystal, … Oes …? Fydd …? Oedd …? Ydych chi wedi …? Fyddwch chi'n …? Faint fydd y gost? Fydd y … ar agor?	I have several questions. I have several questions. Firstly, … Secondly, … Thirdly, … Finally, … Also, … In addition, … Is there / Are there …? Will there be …? Was there / Were there …? Have you …? Will you (be) …? What will the cost be? Will the … be open?
Rhoi manylion cyswllt	Os ydych chi eisiau mwy o wybodaeth, cysylltwch â fi os gwelwch yn dda. Mae croeso i chi gysylltu â fi. Dyma fy rhif ffôn. Dyma fy nghyfeiriad e-bost. Ffoniwch fi ar … E-bostiwch fi. Fy nghyfeiriad i ydy …	If you want more information, please contact me. You are welcome to contact me. Here is my phone number. Here is my e-mail address. Phone me on … E-mail me. My address is …
Gorffen llythyr / e-bost	Rydw i'n edrych ymlaen at glywed oddi wrthych chi. Gan edrych ymlaen at glywed oddi wrthych chi.	I look forward to hearing from you. Looking forward to hearing from you.

10b. Diolch

Diolch am … Diolch yn fawr i chi am … Diolch o galon am … Roedd … yn … Roedd hyn yn grêt. Rydyn ni'n gwerthfawrogi hyn yn fawr. Mae pawb yn hapus iawn gyda … Rydyn ni'n edrych ymlaen at … unwaith eto.	Thank you for … Thank you very much for … Thank you most sincerely for … … was / were … This was great. We appreciate this very much. Everyone is very happy with … We look forward to … once again.

10c. Mynegi barn

Mae'n … Mae'n eitha … Mae'n … dros ben. Mae'r … yn arbennig. Mae'r … yn anhygoel. Mae'n rhy … Roedd y … yn arbennig. Roedd y … yn anhygoel. Roedd … yn rhy … Yn fy marn i, mae / roedd … yn … Rydw i'n meddwl bod … yn … Rydw i'n meddwl bod … yn … achos … Rydw i'n credu bod … yn … achos … Rydw i eisiau dweud bod … yn …	It's … It's quite … It's very, very … The … is / are special. The … is / are amazing. It's too … … was / were special. … was / were amazing. The … was / were too … In my opinion, ... is / was … I think that … is / was … I think that … is / was … because … I believe that … is / was … because … I want to say that … is / was …

10ch. Cwyno

Roedd y / yr … yn … Roedd … yn ofnadwy. Roedd … yn warthus. Doedd y / yr … ddim yn … Doedd y gwasanaeth ddim yn ddigon da. Doedd y staff ddim yn fodlon siarad Cymraeg. Dydw i ddim yn hapus o gwbl. Dydyn ni ddim yn hapus iawn. Dydy hyn ddim yn ddigon da. Rhaid i chi wneud rhywbeth am hyn, er enghraifft … Hoffwn i gael fy arian 'nôl, os gwelwch yn dda. llythyr yn ymddiheuro. iawndal. … arall. tocynnau am ddim i …	… was / were … … was / were awful. … was / were disgraceful, shameful, awful. The … wasn't / weren't … The service wasn't good enough. The staff were not willing to speak Welsh. I'm not happy at all. We are not very happy. This isn't good enough. You must do something about this, for example … I would like to have my money back, please. a letter of apology. compensation. another / other … free tickets to …

10d. Bwcio

oedolyn, oedolion	adult, adults
plentyn, plant	child, children
Rydw i'n trefnu …	I'm organizing / arranging …
Bydd pedwar deg o bobl (yn y digwyddiad / ar y cwrs).	There will be forty people (in the event / on the course).
Hoffwn i fwcio ystafell ar gyfer …	I would like to book a room for …
tocynnau ar gyfer …	tickets for …
bwyd ar gyfer …	food for …
bws i …	a bus to …
trip / taith i …	a trip to …
gwyliau yn …	a holiday in …
cwrs.	a course.
lle ar y cwrs.	a place on the course.
ystafell i (deulu).	a room for (a family).
Rydw i eisiau …	I want …
Rydyn ni eisiau …	We want …
Mae angen …	I / we need …
Y dyddiad fydd …	The date will be …
Byddwn ni'n cyrraedd am … ac yn gadael am …	We will arrive at … and leave at …
Faint ydy'r pris ar gyfer (dau) oedolyn a (phedwar) plentyn?	How much will it cost for (two) adults and (four) children?
Oes …?	Is there / Are there …?
Oes gostyngiad ar gyfer plant?	Is there a reduction for children?

10dd. Gwahodd

Bydd … yn … ar …	There will be a … in … on …
Rydyn ni'n cynnal … ar …	We are holding a … on …
Bydd y … yn digwydd yn …	The … will be held in …
Hoffwn i'ch gwahodd chi i agor / gau'r …	I would like to invite you to open / close the …
Rydyn ni wedi'ch dewis chi achos …	We've chosen you because …
Bydd y … yn dechrau am … ac yn gorffen am …	The ... will start at … and finish at …
Byddwn ni'n dechrau am … ac yn gorffen am …	We will start at … and finish at …
Gobeithio byddwch chi'n gallu dod.	I hope that you will be able to come.
Mae pawb yn edrych ymlaen at eich gweld chi.	Everyone is looking forward to seeing you.
Rydw i'n edrych ymlaen at gyfarfod / gwrdd â chi.	I'm looking forward to meeting you.

10e. Llongyfarch

Llongyfarchiadau!	Congratulations!
Llongyfarchiadau i chi.	Congratulations to you.
Llongyfarchiadau i chi am …	Congratulations to you for …
Llongyfarchiadau i chi – rydych chi wedi …	Congratulations to you – you've …
Hoffwn i'ch llongyfarch chi am …	I'd like to congratulate you for …

11a. Ymgeisio am swydd: Llythyr cais

Hendre 13 Parc y Dre Glanrhydd	Eich cyfeiriad chi (Gallwch chi roi'r cyfeiriad a'r dyddiad ar y dde hefyd.)
Mai 12	Y dyddiad
Y Rheolwr Radio'r Fro Stiwdios Stryd y Dŵr Glanrhydd	Cyfeiriad y gwaith
Annwyl Syr	
Gwelais i hysbyseb am swydd … ar eich gwefan a hoffwn i ymgeisio am y swydd. yn y papur newydd	Brawddeg i agor
Rydw i'n un deg saith oed ac rydw i'n mynd i Ysgol … Rydw i'n astudio …	Pwy ydych chi
Rydw i'n gallu / medru … Mae tystysgrif … gyda fi … / Mae gen i dystysgrif … Rydw i'n aelod o … yn yr ysgol.	Sgiliau
Es i i … ar brofiad gwaith. Roedd e'n ardderchog – dysgais i lawer o bethau, e.e. …	Gwaith • profiad gwaith
Rydw i'n gweithio yn … bob dydd Sadwrn. Mae hyn yn wych achos rydw i'n cael profiad o …	• gwaith rhan amser
Rydw i'n mwynhau … Rydw i'n hoffi … Rydw i wrth fy modd yn …	Hobïau / diddordebau
Mae … yn hapus i ysgrifennu geirda amdana i: Mr Benjamin Jones Y Pennaeth Ysgol Gyfun Glanrhydd Ffordd y Cwm Glanrhydd EE1 9YT Mrs Sali Westbrook Pennaeth yr Adran Gerddoriaeth Ysgol Gyfun Glanrhydd Ffordd y Cwm Glanrhydd EE1 9YT	Canolwyr • enw • swydd • cyfeiriad
Rydw i'n gallu dod i gyfweliad unrhyw bryd ym mis Mehefin.	Sôn am y cyfweliad
Diolch yn fawr am ddarllen y llythyr yma.	Diolch
Yn gywir	
Simon Wills	Eich llofnod chi
Simon Wills	Eich enw chi

11b. Ymgeisio am swydd: Ffurflen gais

Dyma un enghraifft o ffurflen gais.

Ffurflen gais

Swydd: .... ← Teitl y swydd

Yn: .... ← Y gweithle

Manylion personol:

Enw llawn: ....

Cyfeiriad: .... ← Ysgrifennwch yn Gymraeg, e.e. 10 Stryd y Dŵr 56 Ffordd y Mynydd

Cod post: ....

Rhif ffôn: Cartref: .... Ffôn symudol: ....

E-bost: ....

Addysg: ....

Ysgol: .... ← Ysgrifennwch yr enw yn Gymraeg.

Pynciau: .... ← Sillafwch yn gywir.

Sgiliau*: ....

Profiad gwaith*: .... ← Ble, pryd

Gwaith rhan amser*: .... ← Ble, pryd

Hobïau / diddordebau: .... ← Dywedwch rywbeth diddorol – dim "gwylio'r teledu", "mynd allan".

Enwau canolwyr:

.... ← Enw

.... ← Swydd

.... ← Cyfeiriad

....

....

....

Llofnod: ....

Dyddiad: ....

* Efallai bydd rhaid i chi ysgrifennu mewn brawddegau llawn.

Geirfa

sillafwch	spell
canolwyr	referees

11c. Ymgeisio am swydd: CV

CV

Enw:		
Cyfeiriad:		← Ysgrifennwch yn Gymraeg, e.e. 10 Stryd y Dŵr 56 Ffordd y Mynydd
Rhif ffôn:		← Ffôn cartref ← Ffôn symudol
E-bost:		
Oed:		
Dyddiad geni:		← Ysgrifennwch y mis yn Gymraeg.
Ysgol:		← Ysgrifennwch yr enw yn Gymraeg. ← Sillafwch yn gywir.
	Rydw i'n astudio …	← Ysgrifennwch y pynciau yn Gymraeg. ← Sillafwch yn gywir.
Sgiliau:	Dw i'n gallu / medru … Dw i'n dda am … Dw i wedi ennill medal … Mae gen i dystysgrif mewn … Mae tystysgrif gyda fi mewn … Dw i wedi dysgu sut i … Dw i wedi bod ar gwrs …	← Sgiliau
Hobïau:		← Dywedwch rywbeth diddorol – dim "gwylio'r teledu", "mynd allan".
Profiad gwaith:	Profiad gwaith	← Ble, pryd
	Gwaith rhan amser	← Ble, pryd
Enwau 2 ganolwr:		← Enw ← Swydd ← Cyfeiriad Fel arfer, mae angen 2 enw.
Llofnod:	M. Williams	
Dyddiad:	12 Mai 2012	← Ysgrifennwch y mis yn Gymraeg.

12. Ysgrifennu adroddiad

Defnyddio Cymraeg yng nghanolfan siopa Maes y Dre	← **Teitl**
Adroddiad gan Rees Davies	← **Enw**
12 Mehefin	← **Dyddiad**
Es i i ganolfan siopa Maes y Dre dydd Mawrth, 1 Mai, rhwng un o'r gloch a hanner awr wedi dau y prynhawn. Roeddwn i eisiau gweld faint o Gymraeg oedd yno. Cerddais i o gwmpas y ganolfan siopa ac edrychais i ar yr arwyddion yn y siopau.	← **Cyflwyniad**
• Gwelais i'r arwyddion yma: **Canolfan Siopa, Sinema, Dim Parcio, Ar Agor, Ar Gau, Oriau Agor, Croeso, Bargen, Sêl** • Roedd y staff yn siarad Cymraeg yn y siop Gymraeg. • • • • I wella, rhaid: • •	← **Pwyntiau bwled**
Mae defnyddio Cymraeg yn bwysig iawn heddiw. Rhaid defnyddio Cymraeg a Saesneg ym myd gwaith. Mae'n dda i'r gymuned ac mae'n dda i'r busnesau hefyd.	← **Cloi**

Geirfa

cymuned — community

Dyma rai geiriau a phatrymau pwysig:

Rhifau

		Enwau gwrywaidd	Enwau benywaidd
1.	un	un pentref un banc un gwesty	un dref un ddinas un ganolfan
2.	dau / dwy	dau **b**entref dau **f**anc dau **w**esty dau **b**arc	dwy **d**ref dwy **dd**inas dwy **g**anolfan dwy siop
3.	tri / tair	tri banc tri **ph**entref tri **ch**apel tri **ph**wll nofio	tair tref tair dinas tair canolfan tair siop
4.	pedwar / pedair	pedwar gwesty pedwar banc pedwar parc	pedair ysgol pedair siop pedair ffordd
5.	pump / pum	pum pentref pum canolfan hamdden pum ysgol pum banc	
6.	chwech / chwe	chwe banc chwe ysgol chwe **ph**entref chwe **ch**apel chwe **ph**wll nofio	

mil	**thousand**
pum mil	five thousand
un deg wyth mil	eighteen thousand
dau ddeg mil / ugain mil	twenty thousand
dau ddeg pum mil	twenty five thousand
pum mil o bunnau / bunnoedd	five thousand pounds
un deg wyth mil o bunnau / bunnoedd	eighteen thousand pounds
dau ddeg pum mil o bunnau / bunnoedd	twenty five thousand pounds

canran		**per cent**
%	y cant	per cent
5%	pump y cant	five per cent
10%	deg y cant	ten per cent
15%	un deg pump y cant / pymtheg y cant	fifteen per cent
20%	dau ddeg y cant / ugain y cant	twenty per cent

Arian

Faint?	**How much?**		
ceiniog	**pence**	**punt**	**a pound**
pum ceiniog	five pence	dwy bunt	two pounds
deg ceiniog	ten pence	tair punt	three pounds
dau ddeg ceiniog / ugain ceiniog	twenty pence	pedair punt	four pounds
pum deg ceiniog / hanner can ceiniog	fifty pence	pum punt	five pounds
		chwe phunt	six pounds
		saith punt	seven pounds
		wyth punt	eight pounds
		naw punt	nine pounds
		deg punt	ten pounds
		un deg pum punt / pymtheg punt	fifteen pounds
		dau ddeg punt / ugain punt	twenty pounds
		mil	**thousand**
		pum mil o bunnau	five thousand pounds

Faint wyt ti'n ennill? **Faint ydych chi'n ennill?**	**How much do you earn?**
pum punt **yr awr**	five pounds **per hour**
deg punt **y bore**	ten pounds **per morning**
dau ddeg punt / ugain punt **y dydd**	twenty pounds **per day**
dau ddeg pum punt **y noson**	twenty five pounds **per night**
pum deg punt / hanner can punt **y penwythnos**	fifty pounds **per weekend**
can punt **y mis**	one hundred pounds **per month**
deg mil o bunnau'r **flwyddyn**	ten thousand pounds **per year / per annum**

Yr amser

Dyddiau'r wythnos	The days of the week	Nosweithiau'r wythnos	The nights of the week
dydd Sul	Sunday	nos Sul	Sunday evening / night
dydd Llun	Monday	nos Lun	Monday evening / night
dydd Mawrth	Tuesday	nos Fawrth	Tuesday evening / night
dydd Mercher	Wednesday	nos Fercher	Wednesday evening / night
dydd Iau	Thursday	nos Iau	Thursday evening / night
dydd Gwener	Friday	nos Wener	Friday evening / night
dydd Sadwrn	Saturday	nos Sadwrn	Saturday evening / night
y penwythnos	the weekend		

Geiriau pwysig		Important words	
ddoe	yesterday	y llynedd	last year
heddiw	today	eleni	this year
yfory	tomorrow	y flwyddyn nesaf	next year

Mwy o eiriau pwysig		More important words	
dydd	a day	un diwrnod	one day
nos	a night	un noson	one evening / night
diwrnod	a day	dau ddiwrnod	two days
noson	a night	dwy noson	two evenings / nights
wythnos	a week	tair wythnos	three weeks
pythefnos	a fortnight	dau benwythnos	two weekends
mis	a month	dau fis	two months
blwyddyn	a year	dwy flynedd	two years
		tair blynedd	three years
		pedair blynedd	four years
		pum mlynedd	five years

bob		every	
bob dydd	every day	bob penwythnos	every weekend
bob nos	every night	bob dydd Sadwrn	every Saturday
bob wythnos	every week	bob nos Lun	every Monday night
bob mis	every month		
bob blwyddyn	every year		

diwethaf	last	nesaf	next
penwythnos diwethaf	last weekend	penwythnos nesaf	next weekend
wythnos diwethaf	last week	wythnos nesaf	next week

Beth ydy'r dyddiad?		What's the date?
4 Chwefror (pedwar Chwefror) 21 Ionawr (dau ddeg un Ionawr) 30 Hydref (tri deg Hydref)	Chwefror 4 (Chwefror pedwar) Ionawr 21 (Ionawr dau ddeg un) Hydref 30 (Hydref tri deg)	4 February / February 4 21 January / January 21 30 October / October 30
Hefyd: y cyntaf o Fehefin yr ail o Fehefin	Hefyd: Mehefin y cyntaf Mehefin yr ail	Also: the first of June / June the first the second of June / June the second
y trydydd o Fehefin y pedwerydd o Fehefin	Mehefin y trydydd Mehefin y pedwerydd	the third of June / June the third the fourth of June / June the fourth
y pumed o Fehefin	Mehefin y pumed	the fifth of June / June the fifth

Y tymhorau		The seasons	
y gwanwyn yr haf	spring summer	yr hydref y gaeaf	autumn winter

Amser ar y cloc		Time on the clock	
un o'r gloch	1 o'clock	pum munud wedi	five past
dau o'r gloch	2 o'clock	deng / deg munud wedi	ten past
tri o'r gloch	3 o'clock	chwarter wedi	a quarter past
pedwar o'r gloch	4 o'clock	ugain munud wedi	twenty past
pump o'r gloch	5 o'clock	pum munud ar hugain wedi	twenty five past
chwech o'r gloch	6 o'clock	hanner awr wedi	half past
saith o'r gloch	7 o'clock	pum munud ar hugain i	twenty five to
wyth o'r gloch	8 o'clock	ugain munud i	twenty to
naw o'r gloch	9 o'clock	chwarter i	a quarter to
deg o'r gloch	10 o'clock	deng / deg munud i	ten to
un ar ddeg o'r gloch	11 o'clock	pum munud i	five to
deuddeg o'r gloch	12 o'clock		

Cofiwch ...
<u>Mae hi'n</u> ..., <u>am</u>, <u>i</u>, <u>o</u>, <u>tan</u> + treiglad meddal, e.e. o ddeg o'r gloch tan ddeuddeg o'r gloch

Geiriau pwysig		Important words	
cyn ar ôl	before after	erbyn rhwng … a …	by between … and …

Enwau
Byd gwaith

garddwr	gardener	cogydd, cogyddes	cook, chef
ffermwr	farmer	arlunydd	artist
gyrrwr tacsi	taxi driver	derbynnydd	receptionist
trydanwr	electrician	cyfrifydd	accountant
gofalwr, gofalwraig	carer, caretaker	optegydd	optician
siopwr	shopkeeper	trinydd gwallt	hairdresser
rheolwr, rheolwraig	manager, manageress	gweinydd, gweinyddes	waiter, waitress
cyfreithiwr	solicitor	deintydd	dentist
plismon	policeman	gohebydd	reporter
postmon	postman	athro, athrawes	teacher
mecanig	mechanic		
nyrs	nurse		
doctor / meddyg	doctor		

yn + enw		
trydanwr	Dw i eisiau bod yn **d**rydanwr.	I want to be an electrician.
cogydd	Dw i eisiau bod yn **g**ogydd.	I want to be a chef / cook.
plismon	Dw i eisiau bod yn **b**lismon.	I want to be a policeman.
deintydd	Dw i eisiau bod yn **dd**eintydd.	I want to be a dentist.
garddwr	Dw i eisiau bod yn **a**rddwr.	I want to be a gardener.
banciwr	Dw i eisiau bod yn **f**anciwr.	I want to be a banker.
mecanig	Dw i eisiau bod yn **f**ecanig.	I want to be a mechanic.
OND …		
llyfrgellydd	Dw i eisiau bod yn **ll**yfrgellydd.	I want to be a librarian.
rheolwr /aig	Dw i eisiau bod yn **rh**eolwr / **rh**eolwraig siop.	I want to be the manager of a shop.

Teithio

car, ceir	car,-s	beic,-iau	bike,-s
bws, bysiau	bus,-es	tacsi,-s	taxi,-s
trên, trenau	train,-s	awyren,-nau	aeroplane,-s

Yn y dre: Enwau gwrywaidd ac enwau benywaidd

Enwau gwrywaidd (Masculine nouns)		Enwau benywaidd (Feminine nouns)	
banc,-iau	bank,-s	siop,-au	shop,-s
gwesty, gwestai	hotel,-s	ysgol,-ion	school,-s
caffi,-s	café,-s	ffatri, ffatrïoedd	factory, factories
tŷ, tai	house,-s	canolfan,-nau	centre,-s
tŷ bwyta, tai bwyta	restaurant,-s	sinema, sinemâu	cinema,-s
parc,-iau	park,-s	marchnad,-oedd	market,-s
ysbyty, ysbytai	hospital,-s	archfarchnad,-oedd	supermarket,-s
gweithle,-oedd	workplace,-s	stad,-au	estate,-s
		llyfrgell,-oedd	library, libraries
		swyddfa, swyddfeydd	office,-s
		garej,-is	garage,-s

Disgrifio: Yr ardal

pert / tlws	pretty
hyll / salw	ugly
mawr	big
bach	small
tawel	quiet
swnllyd	noisy
hen / hynafol	old / ancient
traddodiadol	traditional
hanesyddol	historical
bywiog	lively
newydd	new
modern	modern
rhyfedd	strange
diflas	boring, miserable
glân	clean
brwnt / budr	dirty
ofnadwy	awful
cyfleus	convenient

Hyrwyddo ardal	Promoting an area
anhygoel	awesome, amazing
cyffrous	exciting
lliwgar	colourful
ardderchog	excellent
bendigedig	wonderful
perffaith	perfect
delfrydol	ideal
hudolus	magical
rhamantus	romantic
ffantastig	fantastic
gwych	great
grêt	great
arbennig	special
hyfryd	lovely
hardd	beautiful
diddorol	interesting

yn + treiglad meddal	
Mae'r ardal yn fendigedig.	The area is wonderful.
Mae'r traeth yn lân.	The beach is clean.
Mae popeth yn berffaith.	Everything is perfect.

Pobl

amyneddgar	patient	di-amynedd	impatient
bywiog / llawn bywyd	lively, full of life	di-fywyd	lifeless
brwdfrydig	keen, eager	diog	lazy
caredig	kind	creulon	cruel
cwrtais	polite, courteous	anghwrtais	rude
cyfeillgar	friendly	anghyfeillgar	unfriendly
deinamig	dynamic	diflas	miserable, boring
diddorol	interesting	anniddorol / diflas	boring
dibynadwy	dependable	annibynadwy	not dependable
doniol	funny	difrifol	serious
gonest	honest	anonest	dishonest
hapus	happy	anhapus, trist	unhappy, sad
hyderus	confident	di-hyder	lacking in confidence
proffesiynol	professional	amhroffesiynol	unprofessional
sensitif	sensitive	ansensitif	insensitive
llym	strict		
hael	generous		
heini	fit		

Enwau gwrywaidd + ansoddair		**Enwau benywaidd + ansoddair = tr. meddal**	
parc hyfryd	a lovely park	marchnad hyfryd	a lovely market
caffi drud	an expensive café	siop ddrud	an expensive shop
tŷ bwyta da	a good restaurant	ysgol dda	a good school
gwesty moethus	a luxurious hotel	canolfan foethus	a luxurious centre
gweithle modern	a modern workplace	ffatri fodern	a modern factory

Ond ...

ansoddair + enw	
hen adeilad	an old building
prif ffordd	a main road
yr unig gwyn	the only complaint